RAYMOND A. SCOFIELD

Das Weihnachtswunder von Old Nichol

rütten & loening

RAYMOND A. SCOFIELD heißt eigentlich Gert Anhalt und ist Reporter beim Zweiten Deutschen Fernsehen. Viele Jahre hat er für das ZDF aus China und Japan berichtet und zahlreiche Romane und Thriller verfasst, darunter »Der Jadepalast« und »Die Tibet-Verschwörung«. Zuletzt erschien von ihm der Bestseller: »Der große Lord« – eine Fortsetzung des Klassikers »Der kleine Lord« von Frances Hodgson Burnett.

RAYMOND A. SCOFIELD

Das Weihnachtswunder von Old Nichol

ROMAN

rütten & loening

MIX
Papier aus verantwortungsvollen Quellen
FSC® C083411

ISBN 978-3-352-00889-4

Rütten & Loening ist eine Marke der
Aufbau Verlag GmbH & Co. KG

1. Auflage 2016

Einbandgestaltung www.buerosued.de, München
unter Verwendung eines Bildes
von © Andy & Michelle Kerry/Trevillion Images
Gesetzt aus der Bembo durch Greiner & Reichel, Köln
Druck und Binden CPI books GmbH, Leck, Germany
Printed in Germany

www.aufbau-verlag.de

If you had the luck of the Irish
You'd be sorry and wish you were dead
You should have the luck of the Irish
And you'd wish you was English instead.

JOHN LENNON

PROLOG

DAS ZAUBERHAFTE FENSTER

Grau, grau und nochmals grau – das war die Farbe des Winters in Old Nichol, dem dunkelsten Winkel des Londoner *East End*.

Grau war der Nebel, der die Gebäude, Gassen und Gänge einhüllte, als wolle er sie allesamt ersticken. Grau war die Kleidung der Menschen, die hier ihr Leben fristeten, und grau war auch die Farbe ihrer Haut. Grau waren meistens die Hemden und Laken, welche die Waschfrauen aus der grauen Brühe zogen. Grau war sogar der Schnee, wenn er lautlos auf die Pflastersteine rieselte. Und selbst die Seelen der Menschen waren befallen vom tristen Grau des allgemeinen Grauens. Den Schleier aus Dreck und Drangsal im Elendsviertel durchdrangen in der kalten Jahreszeit kein Lichtstrahl und kein Hoffnungsschimmer.

Bis auf jenen erlösenden Schein, der jedes Jahr an Heiligabend und dem Weihnachtstag aus einem bestimmten Fenster an der Ecke Boundary Street und Redchurch hinaus auf die Straße fiel. Es war dies das Schaufenster des Puppen- und Spielwarenladens von Thelma Crackpickle. Und wer diesem goldenen Lichterschein folgte und durch das Fenster in den Laden blinzelte, der erlebte ein wahres Wunder. Denn dahinter, von geschickt verborgenen Laternen geheimnisvoll beleuchtet, war eine zauberhafte Puppenstadt aufgebaut.

Dächer, Fassaden, Fenster und Türen. Bäume und Laternen. Eine kleine Straße mit einer Bäckerei, einer Kirche, einem Blumenladen, einem Jahrmarkt mit Karussell und einem Pub. An der Wand lehnte ein seliger Zecher, dessen rote Schnapsnase weithin sichtbar leuchtete. Seine erboste Frau, die wohl schon lange auf seine Heimkehr wartete, neigte sich im Nachbarhaus weit aus dem Fenster und drohte ihm mit einem Nudelholz. Sehr zum Vergnügen eines Kutschers, der seinen Zweispänner über die nur knopfgroßen Pflastersteine lenkte. Eine Gruppe von Kindern spielte mit bunten Reifen. Ein weißes Hündchen lief eifrig bellend neben ihnen. Ein betagter Gelehrter, würdevoll in wichtige Gedanken vertieft und mit runder Brille auf der Nase, spazierte, ein Buch unter dem Arm, zwischen den lachenden Marktfrauen umher, die sich schenkelklopfend über ihn lustig machten. Ein dicker Polizist schritt lässig, die Daumen in den Gürtel gehakt, sein Revier ab, während oben und für ihn unsichtbar ein fröhlicher Dieb aus dem Dachfenster stieg. Hier eine Mutter mit Kinderwagen auf dem Weg nach Hause, da ein Leierkastenmann, dort ein Schornsteinfeger mit Leiter und Besen und da hinten ein Scherenschleifer mit seinem runden Sandstein, der sich langsam drehte. Wohin das Auge auch schweifte in diesem Bild – es fand liebenswerte Menschen im Westentaschenformat, die ein sorgenfreies Leben führten. Allesamt eingefroren in einem Moment der Heiterkeit, wie es ihn hier draußen in der grauen Welt von Old Nichol kaum jemals gab.

Immer wenn zur vollen Stunde die Turmuhr schlug, erwachte kurz darauf das lustige Äffchen auf dem Rathausdach zum Leben und knallte seine Schepperbecken zusammen. Und auf dieses Signal hin kam mit Dampf und Pfiff eine Lokomotive aus dem Tunnel gerattert, die zwei Waggons zog, in denen übermütig singende Soldaten hockten und Studenten, die sich aus dem Fenster lehnten, um die scheuen, jungen Mädchen zu beeindrucken. Die saßen im zweiten Wagen und tuschelten und kicherten unter ihren großen Hüten. Manchmal hockte hinten auf dem Dach des Zuges ein besonders niedliches Zwergenwesen mit rotem Vollbart, das einen grün karierten Anzug und auf seinem walnussgroßen Kopf einen Zylinderhut trug. Dieser witzige Wicht winkte seinen Betrachtern zu und lachte und wirkte alles in allem so lebensecht, dass die Menschen sich fragten, welcher Genius von einem Spielzeugbauer ihn wohl erschaffen haben mochte. Manchmal tanzte der kleine Geselle auch hinter den Gardinen in den Wohnungen der Miniaturstadt herum, schlug Purzelbäume im Park oder hangelte sich frech an den Regenrinnen und Laternen entlang.

Jeder im Viertel, egal ob groß oder klein, kannte jedes Detail des magischen Weihnachtsfensters. Jeder hatte schon einmal mit einem verzückten Lächeln im Gesicht davorgestanden und gestaunt, bis ihn die Nachrücker ungeduldig wegschoben. Jeder hatte sich schon einmal in diese bessere Welt hineingeträumt, und jeder hatte dabei einen geheimnisvollen Schauer des Glückes gespürt, das leise wie ein wohliger, warmer Hauch über ihn kam und das, wenn man es gut bewahrte, Kraft und Hoffnung für das ganze, kommende Jahr gab. Gleichgültig wie trostlos das Leben hier draußen, auf der anderen, der grauen Seite von Mrs. Crackpickles zauberhaftem Fenster, auch war.

Jeder bis auf ein Mädchen namens Anna O'Reilly und ihren älteren Bruder Benjamin. Diese beiden waren erst im vergangenen Sommer bei ihrer alten Tante Siobhan eingezogen. Die Geschwister hatten ihre Eltern verloren und waren vor dem Hungertod von einer grässlich armen Insel geflohen, wo die Not noch größer war als im Londoner Osten. Dies war eine Insel, auf der die Menschen noch weniger Freude hatten, noch ärger froren und schlimmer schufteten und noch früher starben als in Old Nichol. Obwohl sich kaum jemand einen solchen Ort vorstellen konnte, gab es ihn: Er hieß Irland. Ihr trauriges Los konnten diese beiden Waisen mit der Flucht nach London aber nur wenig verbessern. Kurz nach ihrer Ankunft verstarb plötzlich und unerwartet ihre Tante, der einzige Mensch, der ihnen auf dieser Welt noch geblieben war. Benjamin wurde krank, und weil sie die Miete nicht mehr zahlen konnten, wollte der Apotheker Fox, in dessen Keller die Tante gehaust hatte, ihnen auch noch diese bescheidene Bleibe kündigen. Anna hatte zwar eine Anstellung als Putzkraft im Spielwarenladen der Witwe Crackpickle gefunden. Aber was ihr die geizige Händlerin zahlte, das reichte bei Weitem nicht aus, um sich selbst und ihren Bruder durchzubringen.

Und als sei das alles nicht schlimm genug, ereignete sich noch ein weiteres Unglück. Zwar geschah es weit entfernt und am anderen Ende der Welt, doch seine Auswirkungen auf das Leben in Old Nichol waren grausam und unmittelbar.

Denn plötzlich lief alles aus dem Ruder. Und zum Schrecken der ganzen Nachbarschaft geriet sogar die größte Weihnachtsfreude, das zauberhafte Fenster, in Gefahr.

Alles begann mit diesem schrecklichen Brief …

Erstes Kapitel

MRS. CRACKPICKLE ERHÄLT EINE SCHRECKLICHE NACHRICHT.

Hallo? Ist da wer? Ich habe hier einen wichtigen Brief für eine gewisse Mrs. Crackpickle.«

Begleitet vom aufgeregten Gebimmel der Türglocke und eingehüllt in einen unangenehmen Schwall eiskalter Straßenluft, betrat der bärtige Bote des Königlichen Postdienstes den Spielzeugladen Ecke Boundary Street und Redchurch. Er stampfte mit den Stiefeln auf, um sie vom Schneematsch zu befreien, und blinzelte suchend ins Halbdunkel. Der stattliche Mann, der eine Ledertasche vor seinem Bauch und eine blaue Mütze auf dem Kopf trug, kam nicht oft in diese Gegend und kannte sich folglich hier überhaupt nicht aus. Die Bewohner von Old Nichol erhielten überaus selten Post. Denn die meisten waren des Lesens und Schreibens nicht kundig. Wenn sie einander etwas mitzuteilen hatten, dann brüllten sie die Nachricht für gewöhnlich einfach quer über die Gasse. Irgendwer würde sie schon aufschnappen und seinem Nachbarn weitererzählen und dieser dann seinem Nachbarn, bis die Nachricht irgendwann den richtigen Adressaten erreichte.

»Daìn gaàte misses çhlooeckt bahi'is flackbottel'll back fl'ovier. Aunˇber plàackflund øhnøœt blætzenmuçtzen micht iirch …«, antwortete eine aufgeregte, helle Stimme aus den Tiefen des Raumes, und der Postmann blickte sich irritiert um. Dann zog er verärgert die Stirn kraus und sagte mit brummiger Stimme: »Wenn sich hier jemand über mich lustig machen will, dann wird ihm oder ihr das aber gleich noch sehr leidtun. Mit dem Boten des Königlichen Postdienstes scherzt man nämlich nicht.«

»Schórry! Ich bemeœe mich doch so sehr. Aber manchæig kommen die rællchtigen Worte falsch heraus und die falschen Worte rællchtig. Aber es wird immer béscher, öhrlich.«

Eigentlich hatte Anna O'Reilly ihren lustigen, irischen Akzent längst erfolgreich unterdrückt und konnte sich fließend und beinahe wie ein Einheimischer in der eigenartigen Sprechweise des Londoner Ostens verständlich machen. Aber manchmal, vor allem wenn sie aufgeregt war oder gerade tief in ihren eigenen Gedanken an die ferne Insel ihrer Vorfahren gefangen, verfiel sie unvermittelt wieder in den vertrauten Singsang, der sich für die Menschen hier anhörte wie die Sprache von einem fernen Planeten. Ihr feuerroter Haarschopf tauchte hinter der Ladentheke auf, als sie ihren Besen abstellte und flink auf den Stuhl kletterte, um den Briefträger auf Augenhöhe zu begrüßen. Unter ihrem Kittel trug sie, was der brave Mann sehr missbilligte, eine zigmal geflickte und viel zu große Wollhose. Unerhört für ein Mädchen! Diese Hose war obendrein auch noch statt mit einem Gürtel mit einem dicken Strohseil zugebunden! Pfui und noch mal pfui!

»Oje«, stöhnte der Mann. »Du bist wohl nicht von hier, wie?«

»Stimmt genau. Ich komme aus Irland. Wie haben Sie das so schnell bemerkt?«

»Man kommt viel rum im Dienste der *Royal Mail*. Ihr Iren seid ein lebensfrohes Völkchen. Liebt Tanz, Gesang und Schnaps. Aber man kann euch wirklich nur sehr schwer verstehen.«

»Komisch …«, das Mädchen legte nachdenklich ihren roten Lockenkopf schief, »das sagen viele. Dabei verstehen wir uns untereinander eigentlich immer sehr gut. Schwierig wird es nur mit Auswärtigen.«

»Also …?« Der bärtige Besucher räusperte sich nunmehr sehr offiziell, denn er hatte noch eine ganze Reihe wichtiger Zustellungen zu erledigen. Vor allem amtliche Post. Rechnungen, Mahnungen, Vorladungen. Dann auch etliche versiegelte Briefe. Manche davon auf duftendem Papier geschrieben und vermutlich romantischen Inhalts. Bedeutsame Terminsachen und behördliche Anweisungen. Und weil derartiges in den letzten Jahren bei den Angehörigen der feinen Gesellschaft immer mehr in Mode gekommen war, fand er nun auch immer wieder Weihnachtskarten unter der Geschäftspost.

»Mein Name ist Watson, und ich habe Mrs. Crackpickle eine Postsendung auszuhändigen, die sie quittieren muss. Wo kann ich diese Dame finden?«, fragte er sehr zugeknöpft.

Anna räusperte sich ebenfalls und gab mit großem Ernst zurück: »Mein Name ist Anna O'Reilly. Ich mache hier sauber und koche der guten Madame den Tee. Sie ist ausgegangen, um Besorgungen für die Weihnachtsdekoration zu machen, und kommt erst am Nachmittag zurück. Ich kann gerne diesen Brief für sie entgegennehmen und quittieren. Vorausgesetzt, Sie zeigen mir, wie man das macht.«

Mr. Watson schien dieser Vorschlag nicht auf Anhieb zu gefallen.

»Das ist aber kein gewöhnlicher Brief, sondern ein Schreiben von der Versicherung«, erklärte er gewichtig und blickte auf den Umschlag in seiner Hand. »*Lloyd's of London*. Ich nehme an, dass dies eine sehr bedeutsame Nachricht ist, die auf keinen Fall verloren gehen darf.«

»Dann ist sie bei mir gut aufgehœúben«, versicherte Anna und blinzelte den Fremden aus ihren großen, meergrünen Augen treu und ehrlich an. Sie hatte ein sehr hübsches und breites Gesicht mit zwei tiefen Grübchen in den Wangen und einer stattlichen Menge Sommersprossen.

»Gut aufgehoben«, korrigierte der Postmann Watson, der immer alles sehr genau nahm. Ein Einschreiben einfach so an ein unbekanntes Kind auszuhändigen, das war eigentlich gegen seine Gepflogenheiten und widersprach auch den Dienstanweisungen der Königlichen Post. Er traf jedoch auf seinen Touren jeden Tag dutzende Leute und hielt sich auf seine Menschenkenntnis einiges zugute. Dieses Mädchen, dachte er bei sich, war doch gewiss keine Diebin. Ganz genau wissen konnte man das natürlich nie. Schon gar nicht, wenn es sich um eine kleine Irin handelte. Aber die Zeit drängte, und seine heutige Tour war noch weit, denn sie ging bis hinüber zur Bank und zum Bahnhof in der Liverpool Street. Also wollte er mal die Vorschriften nicht allzu wörtlich auslegen.

»Na gut. Ich muss dann auch los. Aber ich ermahne dich hiermit: Ich werde mich ganz gewiss bei Mrs. Crackpickle erkundigen, wenn ich das nächste Mal in dieser schrecklichen Gegend bin. Du kannst das natürlich nicht wissen, aber solch ein Brief von einer angesehenen Versicherung kann unter Umständen alles verändern. Ich habe schon Fälle erlebt, wo Leute, denen ich einen solchen Brief zustellte, unverhofft steinreich wurden. Und zwar weil die Versicherung ihnen eine ganze Stange Geld auszahlen musste. So funktioniert das nämlich oft mit Versicherungen. So und nicht anders wird man reich.«

»Wirklich?«, staunte das Mädchen aus dem bettelarmen Irland. »Das wusste ich nicht.«

»Also, mach gefälligst keinen Unsinn damit, verstanden?«

»Natürlich nicht!«, sagte Anna mit großer Bestimmtheit. Sie war zwar erst zehn Jahre alt, aber mit Unsinn jeglicher Art wollte sie nichts zu schaffen haben.

Nachdem der Briefträger Watson sich empfohlen hatte, legte das Mädchen den kostbaren und wichtigen Umschlag unübersehbar mitten auf den Verkaufstisch des Spielwarenladens, über den sonst Spielfiguren, Schnitzwerk, Kreisel und bunte Bälle den Besitzer wechselten, und machte sich wieder an ihre Arbeit. Die bestand darin, dass sie wieder und wieder den Boden fegte und die Fenster putzte, die Holzflächen aller Regale und Kommoden mit einem nassen Lappen wischte und die dort verstauten unzähligen kleinen und größeren Figuren von Gnomen und Dämonen, von Damen und Rittern und Soldaten einzeln herausnahm und säuberte. Ebenso die Schaukelpferde, Reifen, mehrfarbigen Stoffbälle und weißen Federbälle, Springseile und Springteufel, die Würfelspiele, Zinnsoldaten, Handspielpuppen und Marionetten. Die vielen Holzschnitzereien, die winzigen Möbel der Puppenstuben und die noch winzigeren Tassen des Puppen-Teeservice musste sie jeden Tag aufs Neue von Spinnweben befreien, entstauben und ordentlich wieder aufstellen. Denn Mrs. Crackpickle war sehr bedacht darauf, dass ihr Laden immer gepflegt und einladend aussah. Und weil die Luft in London und besonders in diesem Teil Londons so unsagbar schmutzig und voller Staub und Ruß war, der durch alle Ritzen drang und sich in jeder Ecke sammelte, musste Anna, sobald sie mit allem durch war, auch schon wieder von vorne anfangen. Sie selbst hatte niemals ein Spielzeug besessen. Abgesehen von einem Lumpen, den ihre verstorbene Mutter mithilfe eines kurzen Seils in eine Art Gespensterpuppe namens Lilly verwandelt hatte. Lilly war längst weg, am Ende zu Tode gedrückt und in Fetzen geliebt von dem kleinen Mädchen, das so früh Armut und Angst kennengelernt hatte. Hier im Laden aber gab es echte Spielsachen, und Anna liebte ihre Arbeit und war Mrs. Crackpickle unendlich dankbar.

Am Morgen war die Witwe schon in aller Frühe aufgebrochen, um auf dem Markt von Spitalfields Tannen- und Mistelzweige zu besorgen, denn morgen sollte der Laden weihnachtlich geschmückt werden. Und später dann – daraus wurde ein großes Geheimnis gemacht –, später würde endlich das zauberhafte Fenster aufgebaut. Dazu erwartete die Witwe ihre beiden Söhne, William und Charlie, die zwar seit Jahren zur See fuhren, aber zu jeder Weihnacht pünktlich heimkehrten. Auf das Fenster war Anna sehr gespannt, denn sie kannte es bisher nur aus den Erzählungen, vor allem ihrer Tante, die mit Mrs. Crackpickle auf recht freundschaftlichem Fuße gestanden hatte.

Als die Türglocke und der unvermeidliche Wirbel kalter Straßenluft die Rückkehr der Besitzerin anzeigten, stand das Mädchen hoch auf einer Leiter im Nebenraum und säuberte eine handgeschnitzte Holzarche und all die niedlichen Tierpaare, die der Künstler mit auf die Reise gegeben hatte: zwei Kühe, zwei Hunde und ein Gänsepaar. Aber auch Vertreter des afrikanischen Tierreichs, die die hiesigen Kinder nur aus den Märchen kannten: Löwen, Kamele und zwei Giraffen mit langen Hälsen.

»Ein Mann von der Post war da!«, rief Anna Mrs. Crackpickle fröhlich entgegen. Die ganze Zeit über hatte sie an den wichtigen Brief denken müssen. Und an die Reichtümer, die er nach Ansicht des in diesen Dingen sehr erfahrenen Mr. Watson möglicherweise verhieß. Es kam lange keine Antwort von Mrs. Crackpickle, und so stellte Anna den Elefanten, den sie gerade säuberte, neben seinen Artgenossen und stieg die Leiter hinab. Sie sah gerade noch, wie die Witwe langsam auf ihren Stuhl niedersank. Mit einer Hand hielt sie sich am Verkaufstisch fest, in der anderen hatte sie den Brief. Ihr Gesicht, das ohnehin selten freundlich war, wirkte nun steinhart und so grau wie der Dezemberhimmel über Old Nichol.

»Stimmt es denn, dass Sie jetzt reich sind?«, fragte Anna aufgeregt.

Die Frage brauchte eine Weile, bis sie Mrs. Crackpickle erreicht hatte, die wie vom Donner gerührt ins Nichts starrte.

»Zehn Pfund Sterling«, sagte die Witwe leise und verzog keine Miene.

»Aber das ist ja wunderbar«, freute sich Anna. Sie hatte zwar keine Ahnung, was man für diese Summe kaufen konnte. Aber wenn sie und ihr Bruder mal von richtig großem Geld fantasierten, dann sprachen sie von nur einem Pfund. Und hier handelte es sich um atemberaubende zehn Pfund!

»Wunderbar …«, wiederholte Mrs. Crackpickle tonlos, und Anna, die ein angeborenes Gespür für Menschen und ihre Stimmungen hatte, begann zu ahnen, dass etwas ganz und gar nicht in Ordnung war. Und schon gar nicht wunderbar. Plötzlich tat es ihr sehr leid, dass sie so ungestüm gewesen war.

»Kann ich Ihnen vielleicht helfen? Möchten Sie einen Tee?«

Das Mädchen ergriff die Hand der Witwe und bemerkte, dass sie eiskalt war. Sie hielt den Brief der Versicherung umklammert und reichte ihn dem Mädchen. Anna hatte zwar Lesen gelernt, aber diesen Brief verstand sie nicht. So viele fremde Namen und unbekannte Worte.

Im Auftrag der Kompanie Samuel Enderby & Söhne sind wir als Versicherungsträger verpflichtet, anzuzeigen, dass der Walfänger Roscoe Bonham, *Heimathafen London, am 13. August dieses Jahres vor der Küste von Chile in einen Sturm geriet und sank. Die Mannschaft wird vermisst, und es besteht keine Aussicht auf Rückkehr. Weil der Zweite Harpunier William Crackpickle und der Schiffszimmermann Charles Crackpickle zur Besatzung der havarierten* Roscoe Bonham *gehörten, drücken wir Ihnen hiermit unser Beileid aus und legen vertragsgemäß als Entschädigung einen Scheck über 10 (in Worten: zehn) Pfund Sterling bei. Einzulösen ab sofort bis zum Ende des Jahres bei der Bank of England unter Nennung der Kennziffer 7878–64 und 65.*

»William und Charlie«, sagte Anna leise. »Das sind doch Ihre beiden Söhne, von denen Sie so gerne erzählen!«

Die Frau, die plötzlich um Jahre gealtert schien, nickte, als höre sie in der Ferne leise eine vertraute Melodie.

»Die beiden sind alles, was ich noch hatte. Alles, was mir geblieben war nach dem Tod meines Mannes«, sagte sie mit einem unheimlichen Lächeln. »Und jetzt sind sie nur noch Nummern bei einer Bank. 7878–64 und 65.«

»Es tut mir so furchtbar leid.« Anna drückte tröstend die Hand der Spielwarenhändlerin und fühlte, wie Tränen ihr die Kehle und die Nase zuschnürten. Sie hatte ja selbst schon viel zu oft Schmerzen gekostet und viel zu viel Not und Schrecken erlebt. Die schlimmen Hungerjahre in Irland. Den Tod beider Eltern und zweier kleiner Geschwister. Die Gewalt, die Gefahren und die Angst auf der langen Flucht nach London. Dann den unerwarteten Tod des einzigen Menschen, der sich um sie und Benjamin gekümmert hatte, der lieben Tante. Deshalb empfand sie den Verlust der Witwe wie ihren eigenen und wünschte sich nur, ihr doch irgendwie helfen zu können. Ihre Trauer jedoch riss die arme Witwe in einen Abgrund, wo freundliche Worte sie nicht mehr erreichten. Überwältigt von ihren Gefühlen stieß sie das Mädchen von sich und spuckte auf den Brief der Versicherung und den verfluchten Scheck über zehn Pfund.

»Geh jetzt und verschwinde!«, herrschte sie Anna an, und ihre Augen waren plötzlich böse und voller Ablehnung und Kälte. »Lass mich alleine. Auf der Stelle!«

Anna wich erschrocken zurück und wäre fast über die Misteln und Tannenzweige gestolpert, die Mrs. Crackpickle besorgt hatte. Allein schon der Gedanke an Weihnachtsschmuck wirkte in diesem Haus der Trauer plötzlich fremd und unpassend. An Feiern, Fröhlichkeit, Frohlocken war überhaupt nicht mehr zu denken. Die Hausherrin war außer sich und schrie:

»Ich hätte es wissen müssen, dass so ein rothaariges Biest alles zerstören würde. Ich wollte dich nicht anstellen. Nur deiner Tante zuliebe habe ich es getan, und nun bezahle ich den Preis dafür! Hinaus! Hinaus!«

So wild und böse waren ihre Blicke, dass Anna es mit der Angst zu tun bekam.

»Gute Madame, es tut mir so leid. Kann ich nicht doch irgendetwas für Sie tun?«, bettelte sie verzweifelt. Was alles aber nur noch schlimmer machte. Denn weil sie so aufgeregt war, verfiel sie in ihren irischen Heimatakzent, und das klang in Mrs. Crackpickles Ohren wie: *»Gæìnze MaulLhàmm mescheèfan* æunsche *kl'aépper* æll *förse póltentag?«,* woraufhin die gramgepeinigte Spielwarenhändlerin antwortete:

»Sei still! Das ist die Sprache des Teufels! Mach jetzt, dass du verschwindest, du Satansbraten. Du hast das Unglück über mich und meine Söhne gebracht. Ich will dich nie wieder hier sehen. Das Unglück! Das Unglück!«, heulte sie hinter Anna her, die sich ins Freie rettete und weglief, so schnell sie konnte.

Zweites Kapitel

BENJAMIN BRINGT EINEN GEHEIMNISVOLLEN KASTEN HEIM UND TRÄUMT VON EINER GOLDENEN ZUKUNFT.

»So geht das nicht, *Paddy*. Wirklich! So geht das nicht. Ich bin kein schlechter Mensch. Im Gegenteil. Ich bin, wie du sicherlich weißt, sogar ein ganz besonders gütiger Mensch. Aber auch meine Güte hat Grenzen. Besonders, wenn ich das Gefühl haben muss, dass ein gewisser Jemand meine Hilfsbereitschaft ausnutzt.«

Der Apotheker und Kräuterkundler Elias Fox war ein Mann von schier erdrückender Körperfülle und wenigen Skrupeln. Er wohnte und wirkte in dem windschiefen, grau angelaufenen Fachwerkhaus, das eingezwängt war zwischen den Häusern des Sargschreiners und des Hufschmieds. In seinem Keller hatte seit einigen Jahren bis zu ihrem plötzlichen Tode vor wenigen Wochen die irische Kräuterfrau Siobhan O'Reilly gewohnt. Jetzt hausten dort die beiden Kinder, von denen, wie der Apotheker Fox nicht müde wurde, jedem zu versichern, nichts Gutes zu erwarten war.

Soeben hatte der Apotheker Annas älteren Bruder,

Benjamin O'Reilly, beim Nachhausekommen am Treppenabsatz abgefangen und zur Rede gestellt, bevor der Knabe in dem steilen, dunklen Kellerabgang verschwinden konnte. Zu seinem Glück gelang es Benjamin noch, den teuer erworbenen Kasten rechtzeitig in einer Mauernische verschwinden zu lassen. In diesem Kasten befand sich der Schlüssel zu einem neuen Leben für ihn und seine Schwester. Aber der Junge verspürte wenig Neigung, das Thema mit dem unangenehmen Dickwanst zu erörtern. Der Apotheker war einfach zu neugierig, und seine Motive waren undurchsichtig. Außerdem roch er ziemlich streng, und niemand hielt sich gerne länger als nötig in seiner unmittelbaren Umgebung auf. Aber am schlimmsten war, dass Benjamin tatsächlich sehr tief in seiner Schuld stand.

»Ich habe dir eine schöne Stange Geld geliehen, *Paddy*, mein Junge«, erklärte der Apotheker und fuchtelte mit seinem Zeigefinger vor Benjamins Nase herum. »Und zwar, weil ich Mitleid mit dir und deiner Schwester hatte. Außerdem fühlte ich mich dem Andenken an deine selige Tante verpflichtet. Aber so langsam werde ich unruhig und frage mich, ob ich meine siebzehn Schilling jemals wiedersehen werde.«

Benjamin trat ungeduldig von einem Bein aufs andere und vermied es, dem Mann direkt in die Augen zu schauen. Der Apotheker trug einen grauen Kittel, der vor vielen Jahren einmal weiß gewesen sein musste, und muffelte penetrant nach Albigenserkresse, röhrigen Buckelschilfblüten und dem gezackten Krötenfurz. Benjamin wünschte sich, Mr. Fox würde ihn nicht immer *Paddy* nennen. Auch wenn er aus Irland geflohen war, hatte er doch ein Recht auf seinen eigenen Namen. Jedoch war dieses abschätzige »*Paddy*« immer noch geringfügig besser als »*Knollenkauer*« oder »*Kartoffelfresser*«. Das waren die Schmähworte, mit denen die Iren in England am häufigsten belegt wurden.

»Also? Will der junge Herr mir vielleicht antworten?«, drängte ihn der Vermieter. Die Stimme des Apothekers klang viel zu hoch für einen erwachsenen Mann. Wenn er laut wurde und sich ereiferte, dann bekam sie sogar etwas entschieden Weibisches. Jetzt jedoch war sie durchaus nicht aufgeregt, sondern im Gegenteil bedrohlich ruhig. »Ich möchte doch zu gerne wissen, was mit meinem sauer verdienten Geld geschehen ist. Und noch lieber würde ich erfahren, wann ich es wohl zurückbekomme.«

Benjamin stand da wie ein ertapptes Sünderlein. Der kalte Wind, der einzelne Schneeflocken umherwirbelte, schnappte wie ein bissiger Hund nach seinen nackten Fußgelenken und seinem ungeschützten Hals.

»Wenn Sie nur noch ein paar Tage Geduld haben möchten, lieber Mr. Fox«, sagte er mit schamhaft gesenktem Kopf. »Ich habe nämlich einen Plan, um mein eigenes Geld zu verdienen. Ich beabsichtige, ein kleines Geschäft zu eröffnen. Und sobald das einigermaßen läuft, werden wir Ihnen das ganze Geld mit Zinsen zurückerstatten.«

»So? Der feine, irische Herr will also ins Geschäftsleben einsteigen?«, staunte der Fettwanst und zog seine Augenbrauen höhnisch in die Höhe. Alles an Mr. Elias Fox war rundlich, rosa und irgendwie fleischig. Er war nicht besonders groß, dafür aber stattlich in die Breite gewachsen. Seine Hände waren aufgedunsen, die Finger wie talgige, kurze Würste. Sein Schädel glich einer rosig glänzenden Kugel, umkränzt von einem Halbmond aus weißen Haaren. Auf seiner runden, knopfartigen Nase, die wie eingekeilt zwischen zwei runden, roten Wangen steckte, balancierte er ein rundes Brillengestell. Aber dahinter wohnte ein Paar flinker, blauer Augen. Man hätte diesen Mann für einen gemütlichen, vielleicht sogar gutmütigen Menschen halten können. Diese Augen jedoch, die das Gegenüber kühl und berechnend taxierten und Blicke werfen konnten, die spitz und schnell waren wie Giftpfeile – diese Augen verrieten, dass man ihn nicht unterschätzen sollte. Benjamin und Anna fühlten sich sehr unwohl, wenn der Apotheker sie mit diesen kalten, blauen Augen musterte. Es war, als taste er ihre Seelen ab. So wie jetzt, als sein Blick den Jungen zu durchleuchten schien.

»Und um welches Geschäft handelt es sich dabei?«, fragte er mit gespielter Fürsorge. »Ich kenne mich in geschäftlichen Dingen bestens aus. Vielleicht kann ich dir ein paar Tipps dafür geben, *Paddy*.«

Auch der zwölfjährige Benjamin war stolzer Träger eines feuerroten Haarschopfes von der gleichen Farbe wie Annas. Auch sein Gesicht war ein Tummelplatz für Sommersprossen. Auch er hatte Augen so grün wie die grünen Hügel Irlands und angenehme und offene Gesichtszüge. Er war von seinen Anlagen her kräftig und wäre unter günstigeren Umständen sicherlich zu einem stattlichen Mann emporgewachsen. Aber die Jahre der Armut und Unterernährung hatten bereits ihren Tribut gefordert. Er war viel zu dünn und viel zu blass, und er fror ohne Unterlass, weil seine Kleidung für einen milden Sommer in Irland und nicht für einen strengen Winter im

Londoner Osten taugte. Doch so schwach auch sein Körper war – sein Wille war aus Eisen, und er verabscheute den falschen, gönnerhaften Ton, in dem der Apotheker mit ihm sprach. Nun war aber nicht der Zeitpunkt, gegen Fox aufzubegehren. Er schuldete diesem Mann eine Menge Geld. Und wenn der es darauf anlegte, konnte er sie jederzeit aus seinem Keller vertreiben und der Polizei übergeben. Dann bliebe für sie nur das Arbeitshaus. Und alles war besser als das Arbeitshaus.

»Also, *Paddy* …? Sag's mir! Was ist dein Plan?«

Benjamin brachte es nicht über sich, Elias Fox in sein Vorhaben mit dem versteckten Kasten einzuweihen.

»Ich … hatte … gedacht«, begann er stotternd, denn er war wirklich kein guter Lügner. Plötzlich traten ihm Tränen in die Augen. Seine Stimme klang atemlos und gehetzt. Lange würde er es nicht mehr zurückhalten können. Die Worte presste er förmlich heraus, während ihm war, als setze jemand seinem Hals von innen mit einer Feder zu. »Mein Plan … ist …«

Jetzt war es so weit. Dieser verdammte Husten griff wieder nach ihm. Plötzlich brach es mit aller Gewalt aus ihm heraus. In seinen Lungen brodelte es wie in einem Vulkan kurz vor dem Ausbruch. Und es brannte schrecklich, als wollte ihm glühende, mit scharfem Pfeffer versetzte Luft die Atemwege zerreißen. Der Apotheker wich vorsichtshalber einen Schritt zurück.

»Himmel, *Paddy*, das klingt ja abscheulich«, tadelte er.

Benjamin konnte nicht antworten, so grausig schüttelte ihn der Anfall durch. Sein Inneres schmerzte, er bekam kaum Luft. Sein Stöhnen und Röcheln ließ erahnen, welche Qualen er zu leiden hatte.

»Wie willst du denn irgendwas Nützliches anfangen mit diesem Husten?«, spottete der Apotheker. »Ich mache dir ein Angebot. Du arbeitest für mich. So kannst du deine Schulden nach und nach abtragen. Deine Aufgabe besteht nur darin –«

Doch bevor er seinen Satz beenden konnte, wurden die beiden fast über den Haufen gerannt von einem rothaarigen Blitz, der aus dem Nichts heranschoss und zwischen ihnen in den Kellerabgrund fuhr. Der rundliche Fox musste sich an der Wand abstützen, um nicht das Gleichgewicht zu verlieren, und Benjamin bat ihn immer noch hustend und mit flehendem Blick um Verzeihung für das ungebührliche Verhalten seiner ungestümen kleinen Schwester.

»Du musst diesem Wildfang endlich Manieren beibringen«, grollte der Apotheker. Seine kaltblauen Augen blitzten boshaft auf. »Und sie sollte auch keine Hosen tragen, das geziemt sich nicht für ein Mädchen. Wenn sie es nicht selbst lernt, wird man es ihr im Arbeitshaus beibringen.«

»Bitte, haben Sie nur noch ein wenig Geduld.« Benjamins Stimme war nur mehr ein Krächzen, aber zum Glück entließ der Husten ihn langsam aus seiner quälenden Umklammerung.

»Wir werden sehen«, beschied ihn der Apotheker und wandte sich zum Gehen. Dann jedoch kam ihm noch ein Gedanke, und er packte Benjamin am Arm. »Ach, warte mal … Vielleicht gibt es doch noch eine andere Lösung. Könnte es nicht sein, dass eure Tante noch irgendwelche versteckten Geldmittel hatte, von denen keiner etwas wusste? Ich habe ihr immerhin einen sehr anständigen

Lohn gezahlt.« In Wahrheit war er ihr den Lohn über viele Monate schuldig geblieben, hatte allerdings immer auf pünktlicher Bezahlung der Miete beharrt. »Wollten wir nicht gemeinsam mal danach suchen?«

Benjamin schüttelte heftig den Kopf. »Sie hatte nichts, Sir. Leider. Sonst hätte sie doch einen Arzt bezahlen können und wäre nicht so plötzlich gestorben.«

Die Auskunft schien Fox einzuleuchten. Er nickte und ließ Benjamins Arm wieder los.

Als der Junge seiner Schwester hinterher in den Keller geeilt war, zog der dicke Mann mit einem beherzten Ruck seinen Kittel gerade. Jetzt musste er zuerst dafür sorgen, dass er nicht etwa selbst noch krank wurde. Er war nämlich anfällig für Leiden aller Art, und so einen grauenvollen Husten wie jener, der den blassen, kleinen Kartoffelfresser quälte, wollte er sich auf keinen Fall zuziehen. So eilte er in seine Kräuterküche, wo er zwei Messlöffel getrocknetes Lungenkraut mit einer Prise walisischem Huflattich, Fenchel und Thymian vermengte und im Mörser zerkleinerte, mit heißem Wasser übergoss und den Sud vorsichtig schlürfte.

»Was hast du denn, Anna? Solltest du nicht um diese Zeit bei Mrs. Crackpickle im Laden arbeiten?« Als Benjamin ihre Behausung betrat, lag seine Schwester schluchzend auf dem aus groben Brettern gezimmerten Bett, das Gesicht im Kissen vergraben. Sie antwortete, aber er konnte die Worte nicht verstehen. Es klang, als hätte sie »Schrecklich, schrecklich« gewimmert.

»Was ist denn so schrecklich?«

Er setzte sich neben sie und streichelte vorsichtig ihren

Rücken. Durch einen schmalen Spalt des mit alten Holzresten vernagelten Fensters drang nur ein wenig von dem blassen Licht, aber eine ganze Menge von der schneidende Kälte dieses Dezembertages in ihren Schlafkeller. Der Raum war niedrig wie ein Gewölbe, Benjamin konnte darin gerade noch aufrecht gehen, ohne mit dem Kopf an die Decke zu stoßen. Ihre Tante, die etwas größer gewesen war, hatte immer den Kopf einziehen müssen. Da stand dieses schiefe Bettgestell mit zwei zerrissenen Decken und einem Kissen. Ringsherum waren nackte und an manchen Stellen sogar tropfnasse Steinwände. Ein traurig herabhängender Vorhang diente als eine Art Raumteiler, denn dahinter befanden sich ein Krug und ein Waschbecken sowie die Stapel von Papieren, Heften und Büchern, die ihre Tante über viele Jahre mit Beobachtungen und Notizen beschrieben hatte. Auf einer längst erkalteten Kochstelle unterhalb des Fensters hatte die alte Frau ihre Kräutersuppen, heilenden Tinkturen und Wurzelgetränke angerührt. Da stand auch noch ein schwerer, schwarzer Eisentopf. Ein rußiges Abzugsrohr führte nach oben zur Straße. Zu kochen gab es allerdings für Anna und Benjamins nichts, und das Feuer hatten sie nie entzündet, weil sie kein Holz hatten. Eine Kleiderkiste hatten sie schon gar nicht, denn außer der Kleidung, die sie auf dem Leib trugen, besaßen die Kinder nichts. Aber bei aller Armut war dieser Keller für sie wenigstens eine sichere Zuflucht. Und als wache noch irgendwo der gute Geist ihrer verstorbenen Tante über ihnen, fühlten sie sich, sobald sie die Treppe hinuntergestiegen waren, geborgen und auf unerklärliche Weise glücklich.

Nur nicht gerade in diesem Moment, wo eine so grausame Nachricht und ihre unerwarteten Folgen einen dunklen Schatten auf Annas Tag geworfen hatten.

»War die alte Krähe etwa wieder so gemein zu dir?«, fragte Benjamin, der wusste, dass die Spielzeughändlerin seine kleine Schwester gerne spüren ließ, wie wenig sie von den Iren im Allgemeinen und von ihr im Besonderen hielt.

Anna schüttelte heftig den Kopf und schluchzte auf. Benjamin konnte sich denken, was sie gesagt hatte: dass er doch bitte Mrs. Crackpickle nicht »alte Krähe« nennen sollte. Das mochte sie nicht, weil sie nicht gerne schlecht über nicht Anwesende sprach.

Anna brauchte noch volle fünf Minuten, bis sie sich endlich so weit beruhigt hatte, dass sie ihm die ganze traurige Geschichte erzählen konnte.

»Das ist ja schrecklich«, sagte Benjamin, nachdem sie ihren Bericht abgeschlossen hatte, der mit dem Besuch des Postboten begann und mit ihrer Vertreibung aus dem Laden endete. »Beide Söhne in der Fremde ertrunken?«

Anna nickte und wischte sich die Tränen aus den Augen. »Und Mrs. Crackpickle denkt nun, ich sei schuld an dem Unglück. Ich! Wie kommt sie denn nur darauf? Ich habe doch nichts getan!«

»Ach, das ist nur ihr Schmerz. Du wirst schon sehen, sie wird sich bald wieder beruhigen. Du bist ihr eine große Hilfe in ihrem Laden, und sie bezahlt dir fast nichts für deine Arbeit. Aber jetzt schau doch mal hier, was ich endlich bekommen habe!«

Er stellte den Kasten auf das Bett, während sich Anna aufrappelte und die Tränen aus den Augen wischte.

»Der Kasten!«, staunte sie.

»Ja, endlich. Und er war ganz billig. Fast geschenkt!«, schwindelte er. In Wirklichkeit hatte er einem nicht sehr vertrauenswürdigen Pfandleiher namens Fulham siebzehn Schilling dafür in die Hand gezählt und sich für diese Summe tief in die Schuld des Apothekers begeben. Aber das sollte Anna nicht wissen.

Mit spitzen Fingern öffnete er den Deckel des abgewetzten Holzkastens, als handele es sich um eine Schatztruhe. Darin befanden sich aber kein Gold, keine Perlen und keine Edelsteine, sondern nur ein Fußbänkchen, eine halbleere Tube Schuhschwärze, eine ziemlich abgenutzte Bürste und ein Putztuch, das aussah, als hätte jemand versucht, damit die Straße zwischen Old Nichol und Whitechapel sauber zu wischen. Und doch war für ihn diese morsche Kiste wie das Versprechen auf ein besseres Leben.

»Weißt du, was das bedeutet?«, fragte er und gab gleich die Antwort: »Das bedeutet, dass ich endlich Geld für uns beide verdienen kann. Ich werde Schuhe schwärzen von morgens bis abends!«

Benjamin klemmte sich die Box unter den Arm und ging vor ihr auf und ab. Zu Annas Vergnügen tat er so, als spreche er auf der Straße Kunden an.

»Hallo, Mister? Darf ich Ihre Schuhe schwärzen? Die könnten einen neuen Anstrich ganz gut vertragen. Einen Penny kostet das nur. Einen Penny und Sie haben die schwärzesten Schuhe der Stadt. Und Sie, Sir? Das sind ja ganz besonders schöne Exemplare, die Sie da tragen. Aber ich kann sie noch schöner machen ... Siehst du, Anna? So schnell habe ich *Twopence* verdient.«

Anna, immer noch Tränen in den Augen, gluckste vor

Vergnügen, während sich ihr Bruder erschöpft auf das Bett sinken ließ, schwer atmete und schon wieder seinen Husten niederringen musste.

»Du musst nie wieder Hunger haben«, sagte er und kniff vor Anstrengung die Augen zusammen. Unvermittelt unterbrach ihn wieder sein elender, bellender Husten. Als es vorbei war, schüttelte er sich. »Und wenn mein Geschäft erst richtig gut läuft … dann musst du auch nicht mehr bei … der alten Krähe arbeiten.«

»Du sollst sie nicht so nennen. Aber das wäre schon schön«, sagte Anna und strich eine Haarsträhne aus seiner Stirn, die das Hustenbeben dorthin verschlagen hatte. »Und jetzt ruh dich doch erst mal aus, Benjamin. Du hast schon wieder ganz fiebrige Augen. Und der Husten ist auch nicht besser geworden.«

Er schaffte es trotzdem, für einen Moment glücklich auszusehen mit seiner Schuhschwärzerbox auf den Knien. Zum ersten Mal seit sie in ihrer neuen Heimat im Londoner Slum angekommen waren, war er sicher, dass sie es schaffen konnten. Gegen alle Widerstände, Vorurteile und Hindernisse. Er war bereit, bis zum Umfallen zu arbeiten, um ihnen ein besseres Leben zu ermöglichen als jenes, das sie in Irland hinter sich gelassen hatten.

»Ich werde mit Sicherheit der beste und fleißigste Schuhputzer der ganzen Stadt«, sagte er feierlich entschlossen. »Das verspreche ich dir …«

»Natürlich wirst du das. Ich bin sehr stolz auf dich«, sagte Anna, und das meinte sie auch so. Obwohl sie wusste, dass Benjamin ein Träumer war und sie selbst für die praktischen Dinge in ihrem Leben sorgen musste.

»Und dann …«, er nahm ihre Hand und drückte sie, »… wenn ich dann endlich genug Geld verdient habe, dann gehen wir von hier in das ferne Land. Bald ist Weihnachten, da geben die Leute einem fleißigen Jungen gerne etwas mehr. Wenn ich mich wirklich ins Zeug lege, dann können wir vielleicht im neuen Jahr schon aufbrechen!«

Anna lächelte ihren Bruder so strahlend an, dass ihre Sommersprossen wie Sterne leuchteten. »Es wird ganz wunderbar. Ich träume so oft davon.«

Das ferne Land, wo immer die Sonne schien und niemand frieren oder hungern musste – davon hatten die beiden gerüchteweise gehört. Die Menschen sagten *Queensland* oder *New South Wales* dazu, und manche nannten es auch *Australien*. Egal wie es nun hieß – eines stand jedenfalls fest: Dies war der Ort, wo alle ihre Träume wahr werden konnten. Da wollten sie hin, koste es, was es wolle.

»Ich werde so lange Schuhe schwärzen, bis ich die Überfahrt bezahlen kann. Und dann nehmen wir ein Schiff und lassen das alles hinter uns: *Goodbye* London, *Farewell* England, *Adieu* und *Auf Nimmerwiedersehen* Mrs. Crackpickle und Mr. Fox …«, sagte Benjamin und sank auf das Bett. Der Hustenanfall hatte ihn sehr erschöpft. Er zog die Beine an und ließ sich von Anna zudecken.

Bald darauf löschte sie das Licht und schlief ebenfalls ein. Ein Abendessen hatte es für die beiden Waisenkinder schon lange nicht mehr gegeben. Seit sie denken konnten, waren sie hungrig zu Bett gegangen. Das rebellische Knurren ihrer Mägen war wie ein vertrautes Gute-Nacht-Lied. Es verfolgte sie bis in ihre Träume.

Oje, was für ein Unglücksrabe du doch bist, mein armer *Paddy*-Boy!, dachte mit einem Grinsen der Apotheker Elias Fox, der die beiden Kinder durch ein kleines Loch im Mauerwerk beobachtet und belauscht hatte. Von seinem Kräuterkeller nebenan konnte er die Wohnhöhle mühelos ausspionieren. Und davon machte er auch gerne Gebrauch. Denn wie jedermann wusste, waren Mieter in erster Linie Schmarotzer und Halunken. Sie drückten sich vor Zahlungen und legten heimliche Verstecke an, in denen sie das Geld horteten, das sie ihm nicht zahlen wollten. Oft hatte er von hier aus auch die irische Hexe beobachtet, die über alten Büchern und Schriftstücken gebrütet, an getrockneten Kräutern, Wurzeln und Blüten geschnuppert und gezupft und sich eifrig Notizen gemacht hatte. Fox hatte das Gefühl, dass Siobhan, die Geheimnisvolle, irgendetwas ausgeheckt hatte, irgendetwas von großer Bedeutung. Er vermutete, dass es mit der Herstellung von Gold zu tun gehabt hatte. Jedenfalls war sie einer verbotenen Sache auf der Spur gewesen. Und ihre Kenntnisse über Moorerde und Heilsteine, über Kräuter und deren Wirkstoffe waren umfassend und tiefer gewesen, als es Fox jemals erfassen könnte.

Er hatte andere Fähigkeiten. Wie ein Raubtier auf der Jagd, das die Schwächen seiner Beute witterte, hatte der Apotheker ein feines Gespür für seinen eigenen Vorteil und den günstigen Moment. Und dieser war nun gekommen. Er wollte sich alle Weisheiten und Erkenntnisse seiner verstorbenen Mitarbeiterin zu eigen machen. Mehrmals schon hatte er ihre Sachen durchstöbert, doch war er jedes Mal gestört worden. Es war, als hätte die alte Hexe eine Art Bannmeile eingerichtet, die er nicht bezwingen konnte. Alles, was er bisher hatte erbeuten können, war ein kleines, grünes Duftsäckchen, das die alte Krähe wohl gegen den Schimmelgeruch oder gegen Ungeziefer in der hintersten Ecke aufgehängt hatte. Dieses Säckchen roch tatsächlich sehr gut und verschaffte ihm ein angenehmes Gefühl, immer wenn er es berührte. Aber ansonsten waren seine Nachforschungen bisher ohne Ergebnis geblieben. Nun hatte er immerhin herausgefunden, dass der rothaarige Irenbengel das von ihm geliehene Geld in eine Schuhschwärzerkiste investiert hatte.

Ausgerechnet!

Dieser ahnungslose Pechvogel! Bald würde Klein-Paddy bemerken, dass er auf diese Weise in diesem Teil der Stadt bestimmt kein Geld verdienen konnte. Aber das war dem Apotheker nur recht. Er hatte ganz andere Pläne mit dem Jungen. Dieser konnte ihm in einem blühenden, neu eröffneten Geschäftszweig immens nützlich werden.

Nun ließ er die irischen Bälger schlafen und zog sich in die Dunkelheit zurück.

Aber unbeobachtet waren Benjamin und Anna nun noch immer nicht. Jemand hatte versprochen, sie nicht aus den Augen zu lassen, und dieser Jemand nahm seine Versprechen grundsätzlich sehr ernst.

Drittes Kapitel

BENJAMIN ERLEBT EIN BÖSES ERWACHEN, UND DER APOTHEKER MACHT ANNA EIN RETTENDES ANGEBOT.

Bei Sonnenaufgang waren die engen Straßen und Gassen bereits erfüllt von dem grauen und rauen Leben, das die Menschen hier führten. Straßenhändler manövrierten ihre Wagen durch das Gedränge aus Leibern, Körben, Fässern und Rädern. Pferdekutschen und Lastfuhrwerke behinderten einander, während sich ihre Besitzer lautstarke Wortgefechte über die Köpfe der Passanten hinweg lieferten. Müde und abgemagerte Gäule stießen aus ihren Nüstern Wolken von warmem Pferdeatem aus. Hühner und Enten zappelten, Schweine beschwerten sich quiekend, als hätten sie schon eine Ahnung davon, was bald mit ihnen geschehen würde. Hier öffnete ein Fischverkäufer singend sein Ladenfenster und wuchtete die Flechtkörbe mit Muscheln und Aalen hinaus auf den Gehweg, wo sie den ganzen Tag ein Hindernis blieben. Dort feuerte ein Kaffeebrüher das Kohlenbecken für seinen Kessel an, um das sich bald eine Traube aus frierenden Arbeitern bildete, die mit den Füßen trampelten und sich die Hände rieben, um warm zu werden. Und dort drüben, aus dem Fenster im Obergeschoss, kippte jemand ungeniert den Inhalt seines Nachttopfes in die Gasse hinunter, was den erstickenden Gestank, der Tag und Nacht über dem ganzen Viertel lag, ganz gewiss nicht mindern würde. Zwischen den Backsteinfassaden der Reihenhäuser, in den Hinterhöfen und den Nebengassen hatten sich Handwerksbetriebe wie Schuster, Streichholzmacher, Sattler, Schreiner, Möbelbauer, Schlosser oder Schmiede niedergelassen. Und wenn der Tag erwachte, begann bald auch überall ein Hämmern und Sägen, ein Klopfen und Klirren, Schreien und Schimpfen – die immer gleiche Symphonie des Slums. Feuer wurden entzündet, Tiere geschlachtet, Streitigkeiten ausgetragen. Händler und Hehler, Pfandleiher und Pferdeknechte, Schiffsausrüster und Garköche, Quacksalber und Alleinunterhalter gingen laut und geschäftig ihren Gewerben nach, in erdrückender Enge, ohne Rücksicht auf Nachbarn oder Passanten. Leise und unauffällig arbeiteten nur die Taschendiebe.

Das Wetter hätte gar nicht günstiger sein können an Benjamins erstem Tag als Londons bester und fleißigster Schuhschwärzer. Es war bitterkalt und trocken, im eisigen Nordwind wirbelten vereinzelt kleine Schneeflocken umher. Am Dezemberhimmel war die fahle Sonnenscheibe kaum zu erkennen hinter den Schmutz- und Dunstwolken, die aus den Schloten der unzähligen Fabriken und den Schornsteinen der bessergestellten Familien aufstiegen. Die Armen hatten nichts zum Heizen, folglich hatten sie zu frieren. Der allgegenwärtige graue Staub, der in jede Fuge drang, der das Atmen zur Last machte und sich wie ein feiner Film auf die ganze Stadt legte, waberte wie hartnäckiger Nebel in den Straßen von Old Nichol, und nach wenigen Schritten waren auch die glänzendsten Schuhe überzogen von einer Schicht aus grauem Puder.

Wie der Junge bereits ausgekundschaftet hatte, gab es einige vielversprechende Orte, um seinen Schuhschwärzerkasten aufzustellen und auf Kundschaft zu warten: im Norden an der Columbia Road, wo einige der etwas besseren Fabriken standen, deren Belegschaft Wert darauf legte, die Arbeitsstätte mit gepflegtem Schuhwerk zu betreten. Noch einträglicher erschien die Gegend im Westen, rund um die Liverpool Street Station, die er mit einem fünfzehnminütigen Fußmarsch erreichen konnte. Vertreter aller Gesellschaftsschichten – vom einfachen Arbeiter bis zum adeligen Gentleman – stolzierten, schlurften, schlenderten hier den lieben langen Tag auf und ab und trugen dabei Schuhe aller Moderichtungen und Preisklassen. Interessant war auch die Region rund um die Kirche – vor allem, wenn eine Beerdigung anstand. Dann wollten sich alle Trauergäste noch einmal geschwind die Schuhe schwärzen lassen, denn bei diesen Anlässen wurde ja viel nach unten geschaut, und alle hielten die Köpfe gesenkt – da empfahl es sich, besonders auf den Zustand der Fußbekleidung zu achten, um keinen Anlass für Tuscheleien zu geben.

Benjamin beschloss, an seinem ersten Tag alle drei Standorte zu besuchen, um sich dann für den besten zu entscheiden. Und weil er so darauf brannte, endlich loszulegen, begann er an den Toren der Fabriken, wo sich bereits vor Sonnenaufgang viele andere Kinder mit ihren handlichen Kästen aufgereiht hatten. Ein gutes Dutzend Schuhschwärzer hockte schlotternd an der Backsteinmauer vor dem Tor der *Londsdale* Seifenfabrik in der Annahme, dass die hier Tätigen gewiss ein besonders ausgeprägtes Bedürfnis nach sauberer Fußbekleidung hatten. Benjamin ließ einen, wie er meinte, gebührenden Abstand zum nächsten Jungen, dem er freundlich zunickte, und stellte feierlich seinen Kasten auf den eiskalten Winterboden.

»Wer bist du?«, erkundigte sich nach einer Weile sein Nachbar, unter dessen brauner Wollmütze eine rote Rotznase hervorlugte. Sein Gesicht war nicht unangenehm, aber nichts darin schien zusammenzupassen. Die Augen befanden sich nicht auf der gleichen Höhe, auch sein Mund war leicht schief. Die Nase war ein bisschen eingedrückt, als hätte er einmal einen harten Schlag darauf bekommen. Auch hatte der Junge eine sehr hohe Stirn, über welche quer eine Narbe verlief, die sich rötlich verfärbte, wenn er aufgeregt war. Und das war jetzt offensichtlich der Fall. Er schüttelte energisch den Kopf und machte ein Gesicht, als erwarte er ein schreckliches Donnerwetter.

»Ich heiße Benjamin O'Reilly – und du?«

»Ich heiße Chip … Aber hör mal, das geht so nicht …«

Der Junge wurde stetig unruhiger und blickte sich immer wieder nach den anderen um, die ihn mit erwartungsvollen Blicken bedachten.

»Du weißt, was zu tun ist, Chip!«, rief einer.

»Los, sei kein Feigling und jag ihn weg!«, rief ein anderer.

»Du musst leider gehen«, raunte der Junge mit Namen Chip dem erstaunten Benjamin zu.

»Warum denn? Ich bin doch gerade erst gekommen.«

Der Junge mit dem schiefen Gesicht schüttelte den Kopf. »Das ist ganz egal. Du musst gehen. Bitte … sonst …«

»Aber was denn sonst?« Benjamin verstand überhaupt nicht, was der Junge von ihm wollte. Er hatte doch dasselbe Recht hier zu arbeiten. Oder etwa nicht?

»Chip ist ein Versager. Los, Ollie, erledige du das!«, schrie einer.

Da erhob sich ein anderer Junge, vermutlich dieser Ollie. Er trug eine schmutzstarrere Schiebermütze auf seinem fast quadratischen Kopf, war älter und viel kräftiger als die halbe Portion Chip. Ollie kam wortlos auf Benjamin zu und versetzte ihm unversehens einen heftigen Tritt vor die Brust.

»Und jetzt hau ab!«

Aus der Hocke kippte Benjamin um und riss im Fallen seinen Kasten mit. Das höhnische Lachen der anderen Schuhputzer tat ihm mehr weh als die Hände und sein Kopf, nachdem sie die unsanfte Bekanntschaft mit dem hart gefrorenen Straßendreck gemacht hatten.

»Na also, Ollie ist der Größte!«, erklang ein lobender Ruf.

»He, he. Gut, dass du es dem kleinen Schmarotzer gezeigt hast.«

»Bitte, du musst deine Sachen packen und woanders anfangen!«, flüsterte der fremde Junge mit der Wollmütze, der sich Chip nannte.

Ollie stand noch über Benjamin, die Arme verschränkt, und schaute voller Verachtung auf ihn herab. Dann drehte er sich plötzlich um und verzog sich hinter seine eigene Kiste.

Eilig und ohne Interesse an dieser kleinen Auseinandersetzung schritten die Arbeiter der Seifenfabrik an ihnen vorbei. Aus dem Augenwinkel sah Benjamin ihre staubbedeckten Schuhe, die so gut die Behandlung mit der schwarzen Paste aus seiner Box hätten vertragen können. Er sah, wie einige Männer weiter vorne die Dienste der anderen Jungen in Anspruch nahmen und ihnen jeweils einen Penny für die Reinigung zahlten.

»Hierher, Sir, ich lasse Ihre schönen Schuhe wieder wie neu glänzen«, riefen sie. Auch Chip blinzelte demütig die Passanten an und hoffte, es würde sich bald ein Kunde seiner erbarmen. Durch einen Seitenblick vergewisserte er sich, dass der Neuling seine Lektion gelernt hatte und den anderen Schuhschwärzern nicht wieder Konkurrenz machen wollte. Aber so leicht und widerspruchslos gedachte sich Benjamin nicht geschlagen zu geben. Als die Arbeiter in ihrer Fabrik verschwunden waren und die Jungen ihre Kästen zusammenpackten, um zu einem anderen Ort weiterzuziehen, ging er auf Chip zu, der aussah, als würde er am liebsten wegrennen.

»Warum hat er das getan?«, fragte Benjamin mit Blick auf den bösen Ollie. »Es ist doch Platz für alle da.«

»Du kannst hier nicht arbeiten«, bekam er zur Antwort. »Du gehörst nicht zur Gilde.«

Benjamin verstand ihn nicht. »Zur Hilde? Wer ist diese Hilde?«

Wieder näherte sich nun Ollie, der Chip unsanft zur Seite stieß, und baute sich bedrohlich vor Benjamin auf.

»Hurra, jetzt regelt Ollie die Angelegenheit ein für alle Mal!«, raunte einer der anderen Jungen. »Den rothaarigen Mistkerl sehen wir hier nie wieder.«

»Ollie ist der Beste«, ergänzte ein anderer.

»Häh …?« Ollie, bei Freund und Feind im ganzen Viertel als »der wilde Ollie« bekannt, stemmte die Arme in die Seiten und verzog sein Gesicht zu einer Grimasse des Nichtverstehens. »Was für eine Hilde, Blödmann? Hörst du schlecht, oder was? Oder kannst du kein Englisch?«

»Entschuldigung, ich komme aus Irland«, erklärte Benjamin.

»Ein Kartoffelfresser!«, schrie Ollie.

Seine Bewunderer näherten sich in Erwartung einer interessanten Auseinandersetzung, aber dem wilden Ollie mit seiner schräg sitzenden Schiebermütze schien der Sinn plötzlich doch nicht mehr nach Prügeln zu stehen. Diese Iren, so erzählte man sich, waren ganz passable Boxer. Und wenn man an einen echten Raufbold geriet, konnte es sehr unangenehm werden und richtig wehtun.

»Hör mir gut zu, Kartoffelfresser. Unsere Gilde vergibt die Lizenz zum Schuhschwärzen, kapiert? Ohne diese Lizenz kannst du hier nicht arbeiten. So einfach ist das.«

»Davon hat mir der Pfandleiher aber nichts gesagt!«, protestierte Benjamin. »Ich habe dem Händler Fulham siebzig Schilling für den Kasten bezahlt.«

»Das tut nichts zur Sache, Kartoffelfresser«, sagte Ollie, dem dieses Wort zu gefallen schien. »Dann hat dieser Mister Fulham dich wohl ganz schön übers Ohr gehauen.«

»Wo bekomme ich denn so eine Lizenz?«

»Iren bekommen hier gar keine Lizenz!«, mischte sich ein anderer Junge ein. Der schüchterne Chip hatte sich inzwischen ganz zurückgezogen und beobachtete sie aus sicherer Entfernung. Immer noch mit diesem traurigen Gesichtsausdruck unter seiner Wollmütze.

»Ja. Verschwinde endlich von hier, du irischer Rotkopp!«, rief ein Junge aus der Gruppe.

Benjamin schloss schützend seine Arme um den Kasten, für den er sich so hoch verschuldet hatte, und ging rückwärts, während sich nun schon drei, dann vier, dann fünf und schließlich zehn Schuhschwärzer vor ihm aufbauten und immer näher kamen. Er fürchtete, dass sie gleich über ihn herfallen und ihn windelweich prügeln würden.

Wieso es die ganze Zeit gut gegangen war, konnte er selbst nicht sagen. Aber jetzt packte ihn sein Husten mit aller Macht und schnürte ihm die Atemluft ab. Er krümmte sich unter Krämpfen und musste alle Kräfte und Konzentration aufbringen, um nicht die kostbare Putzkiste zu Boden fallen zu lassen. Die Jungen schlossen sich zusammen, wie um ihn zu verfolgen.

»Kommt, lasst uns doch weitergehen«, sagte der Junge namens Chip. »Der Kerl ist bedient, er hat seine Lektion gelernt.«

»Maul halten, Chip, du Feigling!«

»Wir sollten ihm wenigstens seinen Kasten abnehmen und zerstören!«, forderte einer aus der Gruppe. Aber Ollie, der sehen konnte, mit welcher Verzweiflung sich der von seinem Husten geplagte Benjamin an der Box festhielt, entschied sich dagegen.

»Chip ist zwar eine Memme, aber diesmal hat er recht. Der hat's kapiert«, befand er. »Der Kartoffelfresser stört uns bestimmt nicht mehr.«

Dann zogen sie ab, die zehn Jungs mit ihren lizensierten Kisten, und nur Benjamin blieb schwer atmend zurück. Er hoffte, dass er eine andere Stelle finden würde, um seine neue Laufbahn als bester und fleißigster Schuhputzer der Stadt zu beginnen.

Zur selben Zeit erlebte auch seine Schwester Anna eine herbe Enttäuschung. Sie war am Morgen doch zum Spielwarenladen der Witwe Crackpickle aufgebrochen, denn vielleicht hatte sich die arme Frau ja von ihrem Schrecken erholt und war nun bereit, das rothaarige Mädchen wieder bei sich zu dulden. Es waren schließlich nur noch zwei Tage bis Heiligabend, und wenn das Weihnachtsgeschäft vielleicht doch noch nicht ganz verloren war, wollte Anna jedenfalls zur Stelle sein und nötigenfalls den Verkauf alleine bewältigen. In der Eiseskälte wartete sie vor dem Eckhaus. Doch das Geschäft war geschlossen, alle Fensterläden waren dicht, niemand antwortete auf Annas Klopfen.

»Eine grausame Tragödie …«

»Die arme Frau …«

»Vorletztes Jahr ihr Mann und nun ihre beiden Söhne, es ist eine Schande …«, wisperten die Leute, die mit gesenkten Köpfen an dem Haus vorbeigingen. Manche blieben stehen und waren ganz erschüttert oder taten zumindest so.

»Ob sie sich von diesem Schicksalsschlag wohl jemals wieder erholen wird?«

Ein Passant, der bemerkte, dass Mrs. Crackpickle die Tannenzweige und die Misteln, die sie gestern auf dem Markt besorgt hatte, neben dem Haus auf den Müll geworfen hatte, knurrte in düsterer Vorahnung:

»Da wird es dieses Jahr wohl auch kein Weihnachtsfenster geben …«

Plötzlich wurde allen klar, dass der tragische Tod der beiden Söhne alle im Viertel betraf. Denn jedem würde diese Weihnachten etwas fehlen, und nichts würde so sein wie vorher.

In allen Treppenhäusern und Hauseingängen, auf allen Fluren und in allen Hinterhöfen hörte man nun die Leute tuscheln: »Was denn? Kein Fenster?«

»O weh – wie soll ich das nur meinen Kindern beibringen?«

»Meine Söhne freuen sich schon das ganze Jahr auf das Fenster!«

»In einem Trauerhaus kommt nun mal keine Weihnachtsstimmung auf.«

»Und wer denkt an uns?«

»Keiner denkt an uns. Ist das was Neues?«

»Ach, sei doch froh, dass deine Kinder noch am Leben sind!«

»Das wird aber wirklich mal ein trauriges Weihnachtsfest.«

Auch Anna, die das zauberhafte Fenster nie gesehen hatte, war todunglücklich, und sie entwickelte einen intensiven Groll gegen solch gewissenlose Schurken, die es fertigbrachten, junge Männer auf Walfangboote zu setzen und in fremde Gewässer zu schicken, wo die Gefahr bestand, dass sie ertranken.

Sie wartete den ganzen Morgen in der Kälte vor dem Laden von Thelma Crackpickle, ohne dass ein Lebenszeichen der Besitzerin nach draußen drang. Sie ging auf und ab, pustete dampfenden Atem in ihre von der Kälte rot glühenden Hände und stampfte mit den Füßen auf dem Boden auf, um ihre Beine vor dem Erfrieren zu bewahren. Ab und zu klopfte sie an der Tür und rief vorsichtig nach der Besitzerin. Niemand jedoch antwortete. Anna vermisste ihre Arbeit und sehnte sich nach den vielen Spielsachen, die sie zu säubern hatte. Sie stellte sich vor, wie alles da drinnen allmählich unter einer feinen Staubschicht verschwand, die immer dichter und dicker würde, bis schließlich keine Farben mehr zu erkennen waren und alles vom großen Grau verschluckt werden würde. Wie dann eifrige Spinnen ihre Netze über Puppenhäusern und Bauklötzen spannten. Wie am Schluss alles Schöne unter einer Decke aus feiner Spinnenseide verschwunden war wie in einem verwunschenen Schloss, während die arme Mrs. Crackpickle mit verheulten Augen an ihrem Tisch saß und immer dünner wurde, weil sie nichts mehr essen mochte. Dieser Gedanke machte das Mädchen so traurig, dass sie ihn schnell beiseiteschob.

»Nanu? Was machst du denn hier auf der Straße?«

Die ungewöhnlich hohe Männerstimme jagte ihr einen Schrecken ein. Anna fuhr herum, und da stand der Apotheker Elias Fox, diesmal nicht in seinem Kittel, sondern in Gehrock mit Zylinderhut.

Anna und Benjamin hatten beobachtet, wie er an manchen Vormittagen zu langen Gängen aufbrach und erst nach Stunden wieder auftauchte. Meist war er dann bei guter Stimmung und pfiff fröhlich vor sich hin. Wie ein feiner Herr wirkte der Apotheker nicht: Der Stoff seines Rocks war an vielen Stellen zerschlissen und geflickt, im Hut klaffte unübersehbar ein Loch, und die fingerlosen Wollhandschuhe, in denen seine Speckhände steckten, waren ekelig verschmiert, weil er sie auch als Taschentuch benutzte. Er roch noch penetranter als sonst nach Albigenserkresse, Buckelschilfblüten und Krötenfurz.

»Ich warte auf Mrs. Crackpickle«, antwortete Anna.

Der dicke Apotheker, der noch nichts von dem Unglück gehört zu haben schien, nickte.

»Willst du etwa Spielzeug kaufen?«

»Nein, ich arbeite hier.«

»Ach so. Das wusste ich nicht«, log er. Natürlich wusste er alles über seine Mieter, und weil er sie heimlich beobachtete, kannte er jedes Detail aus ihrem Leben.

»Hör mal, mein Mädchen«, sagte er und senkte verschwörerisch die Stimme. »Ich muss mit dir reden.« Dazu beugte er sich zu ihr herunter, worauf Anna sofort einen Schritt zurückwich. In der Gesellschaft dieses Mannes war ihr nicht wohl, und sein muffiger Geruch verursachte ihr Übelkeit. Er sah sie mit seinen stechenden Augen, die zwischen den Speckwülsten steckten wie kleine, schwarze Nadelköpfe, auf eine Weise an, die an ein Raubtier erinnerte. Wenn dieser furchteinflößende Mann sie jetzt auch noch »mein Mädchen« nannte, dann war allerhöchste Vorsicht geboten.

»Es geht um deinen Bruder, den lieben Paddy.«

»Er heißt Benjamin.«

»Du sollst Erwachsenen nicht widersprechen. Hat dir das denn niemand beigebracht?«

»Doch. Was ist denn mit Benjamin?«

Fox hatte die Geschwister lange genug beobachtet, um zu wissen, dass der Junge zwar der Ältere, seine kleine Schwester aber viel gewitzter war. Sie war diejenige, die auf ihren Bruder aufpasste, nicht etwa umgekehrt.

»Ich bin etwas in Sorge um ihn«, seufzte er listig.

»Wirklich?«

»Ja. Sein Husten will mir gar nicht gefallen.«

»Mir auch nicht.« Das Mädchen nickte. Die eisige Winterkälte, das schlechte Essen, der feuchte Keller, die löchrige Sommerkleidung – Benjamin war schon immer anfällig für alle möglichen Krankheiten gewesen, aber dieser Husten war schlimmer als alles, was ihn bisher befallen hatte. Kein Tag verging, ohne dass Anna in aller Inbrunst zum lieben Gott betete, dass ihr großer Bruder bald wieder gesund werden möge. Bisher leider ohne Erfolg.

Der dicke Apotheker lächelte und sah für einen Moment aus wie ein freundlicher, heiliger Pfannkuchen mit einem Zylinderhut. Nur seine Augen lächelten nicht, sondern musterten das Mädchen weiterhin kalt und abschätzend.

»Ich könnte ihm eine besondere Medizin zusammenstellen, um den Husten zu lindern und vielleicht ganz abzustellen. Ich denke da an eine Mischung aus Lobiskraut und geselliger Nachtfuchtel mit einem Schuss Weißboselminze. Dazu noch zwei, drei Esslöffel getrocknete und gemahlene Fenchelwurzeln. Und nicht zu vergessen Laudanum. Damit haben schon viele Hustenpatienten gute Erfahrungen gemacht. Bis zum Jahreswechsel könnte er tatsächlich geheilt sein.«

»Das wäre aber wirklich furchtbar nett von Ihnen, Sir«, sagte Anna höflich und ein wenig erstaunt über sich selbst. Denn plötzlich war sie bereit zu glauben, dass sie den Apotheker bisher ganz falsch eingeschätzt hatte. Sollte er es am Ende doch gut mit ihnen meinen? Oder hatte die Sache vielleicht doch einen Haken? »Aber so eine Medizin ist bestimmt sehr teuer.«

Der Apotheker kratzte sich am Kopf, als sei ihm dieses Problem auch eben erst bewusst geworden.

»Ja, das ist wohl wahr. Besonders die Preise für Laudanum sind in jüngster Zeit enorm angestiegen. Normalerweise würde ich wohl fünf bis sechs Schilling für die Behandlung in Rechnung stellen müssen.«

»So viel?« Anna riss vor Schreck ihre meergrünen Augen ganz weit auf. Für eine solche Summe müsste sie ein ganzes Jahr bei Mrs. Crackpickle putzen. Was sie selbstverständlich gerne getan hätte, um Benjamin zu helfen. Aber nun war sie doch ausgesperrt und konnte gar nichts verdienen!

»Ruhig, ruhig, mein Kind.« Mister Fox lächelte. »Ich sage ja eben gerade: normalerweise. Da ich aber ein so unglaublich guter Mensch bin und den tapferen Paddy wirklich gern habe, werde ich über die Kosten der Behandlung mit mir reden lassen.«

Anna beschloss, ihn diesmal nicht zu korrigieren. Wenn er ihn tatsächlich von seinem schauerlichen Husten befreite, dann konnte er ihren Bruder ihretwegen auch gerne Eddie oder Freddy nennen.

»Vielleicht kannst du mir dafür einen kleinen Gefallen tun. Deine Tante hat doch einen Haufen nutzloses Papier da unten in eurer Wohnung zurückgelassen. Das könnte ich gut gebrauchen.«

»Wozu denn?«

»Um meinen Ofen anzufeuern«, murmelte er hastig und blickte sie vorwurfsvoll an. »Was guckst du denn so? Der Winter ist kalt, und Papier ist teuer und wird zum

Einpacken gebraucht. Eure Tante benötigt den Krempel ja nun nicht mehr. Also? Was ist, Mädchen?«

Anna seufzte, denn es war ihr gar nicht wohl dabei, die vielen eng beschriebenen Seiten, die Kladden, Bücher und Hefte, die ihre Tante gewiss über viele Jahre gesammelt hatte, einfach so wegzugeben. Aber wenn tatsächlich die Hoffnung bestand, dass Benjamin bald geheilt werden könnte …

»Also gut, Sie können die Sachen von mir aus haben.«

»Braves Mädchen. So! Ich habe noch ein paar Besorgungen zu machen. Später komme ich und hole den Krempel ab. Sei doch froh! Dann habt ihr auch ein bisschen mehr Platz in eurer Wohnung. Und noch heute Abend bringe ich Paddy die erste Portion Hustensaft.« Mit diesen Worten setzte der Apotheker sich in Bewegung und schob seinen rundlichen Körper mit rudernden Armen die Straße hinab, wo er bald im Gedränge der Händler, Schieber, Bettler, der Seeleute, Tagelöhner und Taschendiebe verschwand.

Anna wartete noch lange vor dem verrammelten Laden, lauschte und hoffte auf ein Zeichen, dass Mrs. Crackpickle vielleicht doch begriffen hatte, dass sie nicht mit dem Teufel im Bunde war und auch nichts mit dem Tod ihrer Söhne zu tun hatte. Aber kein Laut und kein Wort drangen nach draußen, und die Pforte zum Spielzeugparadies blieb fest verschlossen.

Viertes Kapitel

BENJAMIN WIRD VON EINEM WÜTENDEN SCHUTZMANN GEJAGT, UND ANNA FINDET EINEN NEUEN FREUND.

Die abweisenden, schwärzlich angelaufenen Mauern des Bahnhofs in der Liverpool Street wollten dem Jungen vorkommen wie die Fassade einer mittelalterlichen Burg. Oder wie die schroffen Wände eines Gebirges. In den Straßen rund um dieses imposante Bauwerk wimmelte es zu jeder Stunde des Tages von Menschen aller Schichten und Klassen. Hier trafen arbeitsuchende Zuwanderer vom Lande, zerlumpt und elend, auf vornehme Herrschaften, die ihren Kutschen entstiegen, und Ladys, die an ihren Riechfläschchen schnüffelten, damit nicht die fauligen Dünste der Gosse in ihre feinen Nasen strömten. Hier schrien Zeitungsjungen die neuesten Skandale hinaus, priesen minderjährige Verkäufer lautstark ihre Backwaren an, schimpften die Marktweiber und prügelten sich die jungen Stutzer. Hier rumpelten Kutschen und Kofferwagen über das Pflaster und versuchten die Werber der Indienarmee, neue Rekruten in den bewaffneten Arm des Empires zu locken.

Benjamin stand andächtig unter der Markise eines Gemischtwarenladens und sah in dem Getümmel vor allem eines: Schuhe. Schnittige und elegante, neue oder oft reparierte, grobe und klobige, knöchelhohe oder wadenhohe Schuhe. Arbeitsstiefel, Reitstiefel, Militärstiefel, Schnürstiefel, Schaftstiefel und solche mit Knopfleisten. Flache Schuhe oder Stiefel mit Absätzen, abgewetzte Schlappen oder teure Maßanfertigungen vom Schuhmacher. Und alle waren sie vom Winterruß und vom Straßendreck befallen und befleckt wie von einer ansteckenden Krankheit. Nach nichts schienen diese Schuhe sich so sehr zu sehnen wie nach einer gründlichen Abreibung mit schwarzer Farbe. Anders als an diesem Morgen vor der Fabrik war hier keine Reihe von Schuhschwärzern zu sehen. Vielmehr hatten sich einige an strategisch wichtigen Ecken oder Kreuzungen postiert, und soweit Benjamin es beurteilen konnte, hatten sie alle ordentlich zu tun.

Seine Kiste fest unter den Arm geklemmt, suchte er sich eine windgeschützte Mauernische wenige Schritte seitlich des Nebeneingangs, hockte sich hin, klappte die Kiste auf und rief: »Schuhe schwärzen, Schuhe schwärzen! Nur einen Penny für die schwärzesten Schuhe der Stadt!« Diesen besonderen Lockruf hatte er sich neulich nachts ausgedacht, als er nicht schlafen konnte. Darauf war er ganz besonders stolz.

»Schwarz, schwarz – schwärzer. Schnell, schnell – schneller beim Roten Benjamin!« Die Rs rollte er auf die kehlige, irische Weise, so dass sie sich besonders vertrauenswürdig anhörten. Jedenfalls in seinen Ohren. Nun hatte endlich die Zukunft begonnen! Als *Rrroter Benjamin* würde er bis zum Umfallen schuften und genug Geld für sich und seine Schwester verdienen. Zwölf Paar konnte er spielend in einer Stunde schaffen. Das wären zwölf Pence, also ein Schilling. Wenn alles gut ginge, dann könnte er dem Apotheker innerhalb weniger Tage das geliehene Geld zurückzahlen. Und was er danach einnahm, das ginge alles in die Reisekasse für die Überfahrt nach Australien. Vielleicht wären er und Anna früh im neuen Jahr schon auf dem Weg in das wundervolle Queensland.

Und da senkte sich auch schon der erste Schuh auf das Fußbänkchen hinunter, das einladend vor ihm auf dem Boden stand. Ein äußerst solider Schuh mit dicken Sohlen und festen Nähten. Vielleicht wohlig gefüttert und jedenfalls ein Schuh, in dem man den ganzen Tag bequem herumlaufen konnte, dachte Benjamin noch und blickte, während er seine Bürste und die Tube mit der schwarzen Farbe ergriff, dankbar nach oben ins Gesicht seines ersten Kunden.

Und er erstarrte.

Streng blickte ein Polizist unter seinem glockenförmigen Helm auf den Jungen herab, beide Arme in die Seiten gestemmt.

»Dürfte ich wohl Ihre Schuhe schwärzen, Sir?«, fragte Benjamin vorsichtig. Er spürte, wie es ihm den Atem verschlug und wie es leise im Halse zu kratzen begann. Bald würde der Husten wieder ausbrechen.

»Was machst du Laus hier in meinem Distrikt?«, grollte der riesenhafte Wachtmeister.

»Ich wollte doch nur …«

Der Polizist jedoch ließ ihn nicht ausreden.

»Verschwinde, und zwar sofort. Bevor ich dich ins Arbeitshaus stecke. Oder gleich ins Gefängnis nach Pentonville.«

»Aber, Sir, ich hatte gewiss nicht vor …«

»Hörst du etwa auch noch schlecht?«, herrschte ihn der uniformierte Gigant aus seinen gottgleichen Höhen an. Und bevor Benjamin antworten konnte, dass er jedes Wort klar und deutlich verstanden hatte, hob der Beamte sein Bein und rammte seinen soliden, fest vernähten, möglicherweise gefütterten Schuh mit aller Kraft auf das Fußbänkchen nieder, das unter der Last in dutzend Späne und Splitter zerkrachte. Ein zweiter Tritt – und dem Kasten ging es ebenso. Einen Moment später riss der Polizist Benjamin die Bürste und die Tube aus den Händen und warf sie achtlos hinter sich.

Siebzehn geliehene Schilling und der Traum von einem besseren Leben waren in wenigen Sekunden vernichtet.

Benjamin konnte nichts tun. Er konnte nicht einmal atmen, denn ein Hustenanfall, der so schlimm war wie bislang keiner zuvor, packte ihn. Aber als der Junge bemerkte, wie der Polizist nun auch noch seinen Arm ergreifen wollte, wahrscheinlich um ihn mitzunehmen und einzusperren, da stürzte er los. Er schoss wie ein verwundetes Wild durch den Dschungel der tausend Beine. Hustete, schnappte nach Luft, rannte weiter mit brennendem Brustkorb. Hustete und spuckte, wich mit knapper Not Kutschen, Handwagen und Schubkarren aus, bis er endlich auf der anderen Seite der Liverpool Street angekommen war, wo ihm so schwindlig wurde, dass er beinahe das Bewusstsein verloren hätte.

Dort stand, ein wenig wundersam und ganz unbeachtet von den vorbeieilenden Passanten, ein zerlumpter Schrat mit einer Fidel. Seine Hakennase ragte selbstbewusst aus dem Gestrüpp seiner Gesichtsbehaarung hervor. Er spielte sehr schön und sauber, ganz versunken in die Musik, nach vorne gebeugt, als sei die hektische Welt ringsherum ohne Bezug zu ihm und den beiden Mädchen, die neben ihm standen, vermutlich seine Töchter. Sie hielten sich bei den Händen, trugen makellose, weiße Kleider und sangen Weihnachtslieder. Ihr Atem formte in der klirrend kalten Dezemberluft kleine Wölkchen, ihre glockenhellen Stimmen kamen Benjamin unendlich tröstlich und bekannt vor. Die Mädchen sahen betörend aus, und ihr Gesang war so rein und ehrlich, als kämen sie aus einer anderen, besseren Welt. Sie erinnerten ihn sogar ein wenig an Engel. Ihre Laute waren ihm seltsam vertraut. Ob sie wohl auch aus Irland stammten?

Schmückt den Saal mit grünen Zweigen,
Fa-la-la-la-la, la-la-la-la
Schließt den Bund zum frohen Reigen
Fa-la-la-la-la, la-la-la-la

Der Gesang hüllte ihn ein wie eine schützende, warme Decke. Er blickte das Trio mit sehnsüchtigen Blicken an und wäre gerne näher gekommen, aber eines der beiden Mädchen schüttelte ganz vorsichtig den Kopf, als bitte sie ihn, ihre Harmonie nicht zu stören. Und da wurde Benjamin schwarz vor Augen, und er fühlte, wie ihm die Beine wegsackten und sein Kopf schmerzhaft auf den Boden schlug. Dazu sangen mit ihren Engelsstimmen die beiden Mädchen:

Dreht und wendet euch zum Tanze
Fa-la-la-la-la, la-la-la-la
In dem weihnachtlichen Glanze
Fa-la-la-la-la, la-la-la-la

Auf der anderen Seite der Straße und für Benjamin unsichtbar näherte sich dem bösen Polizisten ein junger Mann mit schrägem Gesicht, der grinste und ihm etwas zusteckte. Der Polizist salutierte, indem er einen Finger an seinen Helm tippte, und legte dann die Arme auf den Rücken, um in aller Ruhe und mit strengem und unbestechlichem Blick seinen Kontrollgang im Bahnhofsviertel fortzusetzen. Es war schließlich kurz vor Weihnachten, und da hatte sich jeder einen kleinen Bonus verdient, mochte er denken. Den rothaarigen Jungen hatte er da schon wieder vergessen. Aber bald sollte er es schon wieder mit ihm zu tun haben.

Wo er nur blieb? Eigentlich hatten sich die irischen Geschwister zur zwölften Stunde verabredet, denn Benjamin wollte seiner Schwester doch unbedingt von seinen ersten Erfolgen als Schuhschwärzer berichten und ihr möglicherweise schon seinen ersten selbst verdienten Schilling aushändigen. Aber nun waren die Mittagsglocken der *Shoreditch*-Kirche schon eine ganze Weile verklungen, und von ihrem Bruder fehlte jede Spur. Anna wurde unruhig. Und weil sie nach einigen Stunden am verschlossenen Spielwarenladen immer noch kein Lebenszeichen der Witwe Crackpickle erhalten hatte, gab sie das Warten auf und eilte hinüber zur Columbia Road, denn genau dort hatte Benjamin mit der Arbeit beginnen wollen.

Vor der *Londsdale* Seifenfabrik sah sie die Reihe von jungen Schuhschwärzern, die mit ihren Kästen auf Kundschaft warteten oder emsig dabei waren, jemandes Schuhe zu schwärzen. Benjamin, dessen rotes Haar in jeder Menschenmenge leuchtete wie ein Alarmsignal, war allerdings nicht dabei und auch nirgends zu sehen. Zweimal ging Anna die Straße hinauf und hinab, blickte auch in die Seitengassen und die Mauerwinkel, aber ihren Bruder konnte sie nicht finden.

»Suchst du jemanden?« So hochkonzentriert beobachtete Anna die Menschenströme in der geschäftigen Straße, dass die fremde Stimme sie vor Schreck zusammenzucken ließ. Sie drehte sich um und sah einen Jungen, etwa in ihrem Alter, dessen leicht schiefe Nase und etwas ramponierten Wangen vom Frost gerötet waren und wie angemalt leuchteten. Der Junge hatte kein sehr harmonisches, aber ein ehrliches Gesicht unter seiner braunen Wollmütze, die so alt und verschlissen war, dass schon sein Vater und sein Großvater sie einst getragen haben mochten. Die Augen standen ein wenig schräg, auch sein Mund verlief in keiner geraden Linie. Wenn er jedoch lächelte, wurde es ein bisschen wärmer ringsherum.

»Ich bin Chip. So nennen mich jedenfalls alle. Obwohl ich nicht glaube, dass das ein richtiger Name ist.«

»Wieso?«, gab Anna erstaunt zurück. »Was ist denn ein richtiger Name?«

»Ollie, Gary oder Peter«, sagte der Junge achselzuckend. »Aber nicht Chip. So nennt man eher einen Hund.«

»Aber du bist doch kein Hund.«

»Nein, natürlich nicht.«

»Also, Chip, mich nennen alle Anna. So heiße ich nämlich auch. Und ich suche meinen Bruder, Benjamin. Er wollte hier Schuhe schwärzen. Hast du ihn zufällig gesehen?«

»Kann schon sein. Hatte er dieselbe Haarfarbe wie du?«

»Genau! Wo ist er?«

Der Junge stutzte und verschränkte unsicher die Arme vor der Brust. Statt ihre Frage zu beantworten, schaute er auf seine Füße, die in löchrigen Socken und in viel zu großen Schuhen steckten. Dann setzte er zu einem kleinen Vortrag an: »Hier kann nicht einfach jeder kommen und Schuhe schwärzen. Zuerst muss er Mitglied der Gilde werden. Die weist ihm seinen Arbeitsplatz zu, sorgt für Unterbringung und Verpflegung und zahlt ihm seinen Lohn. Wer nicht in der Gilde ist, muss gehen.«

»Und wie wird man Mitglied der Gilde?«

»Das ist unmöglich. Die Gilde nimmt keine Mitglieder auf. Nur ganz selten bekommt mal einer die Zulassung.«

»Und du? Wie hast du deine Zulassung bekommen?«

»Von Gary Simmons, dem Boss der Gilde. Der hat mich von Mr. Tibbits übernommen.«

»Und wer ist das?«

»Dem gehört das Waisenhaus in der Lower Street.«

»Kenne ich nicht.«

»Sei froh.«

Anna blinzelte Chip erstaunt an. »Und das mit der Gilde – das weiß hier jeder?«

Der Junge nickte. »Eigentlich schon. Na ja, dein Bruder … der wusste es anscheinend nicht. Aber der wilde Ollie hat ihm das beigebracht …«

»Also hast du Benjamin gesehen?«

»Nur sehr kurz«, gab Chip verschämt zu. Er fand Anna nett und war nicht erpicht darauf, dass sie alle Einzelheiten der morgendlichen Auseinandersetzung erfuhr. Auch wenn er sich selbst für sein Verhalten gegenüber ihrem Bruder schämte – er musste so gemein sein und hatte dem Jungen nicht helfen können. Er musste wie alle Kinder in Old Nichol zuerst an sich selbst denken. Wenn er sich falsch verhielt, dann gab es Ärger mit Ollie oder sogar mit dem brutalen Gary Simmons.

»Tut das eigentlich weh?«, wollte er plötzlich wissen.

»Was denn? Was tut weh?«

»Die roten Haare. Brennen sie nicht auf der Kopfhaut?«

»Nein. Sie halten den Kopf schön warm. Wie kommst du denn darauf?«

Chip krempelte seinen Ärmel hoch und zeigte eine scheußliche, alte Brandwunde die von seinem Ellenbogen hinauf bis zur Schulter verlief.

»Ich habe furchtbare Angst vor allen Dingen, die auf der Haut brennen … Deshalb …«

»Oh«, sagte Anna betroffen. »Wie ist das denn passiert?«

»Als ich noch ein Säugling war, ist das Haus meiner Eltern abgebrannt. Sie sind beide umgekommen. Mich haben die Nachbarn gerettet.«

»Das tut mir schrecklich leid.«

»Ja, mir auch.«

»Weißt du, wo er hingegangen sein könnte? Mein Bruder?«

Chip zuckte die Achseln. »Keine Ahnung. Ich hoffe, dass er nicht so dumm war, sein Glück an der Liverpool

Street Station zu versuchen. Da kontrolliert nämlich die Gilde von Lewis Littlewhite das Geschäft, und die Typen sind nicht so freundlich wie wir. Warum trägst du eigentlich eine Hose und nicht ein Kleid wie die anderen Mädchen?«

»Ich besitze kein Kleid, und die Hose passt mir gut. Früher hat sie Benjamin gehört, bevor er zu groß geworden ist. Er trägt jetzt eine Hose von unserem Dad. Der ist leider gestorben. Mama auch. Wer ist denn dieser Lewis Littlewhite?«

Chip beugte sich vor und raunte ihr geheimnisvoll ins Ohr:

»Ein ganz schlimmer Kerl ist das, der Littlewhite. Noch schlimmer als unser Gary Simmons. Er bezahlt sogar die Polizisten, damit sie fremden Schuhschwärzern das Leben schwermachen. Da landet man auch schnell mal im Gefängnis oder im Arbeitshaus, wenn man denen in die Fänge gerät.«

»Wie komme ich auf dem schnellsten Wege dorthin?«, fragte Anna entschlossen.

Zur selben Zeit erwachte Benjamin aus seiner kurzen Ohnmacht und fand sich am Boden liegend an einem dunklen, intensiv nach Lauch und Sellerie riechenden Ort wieder, Auge in Auge mit einem schwarzen Hund, der ganz begeistert seine Hand ableckte. Sein Kopf schmerzte von dem Sturz, er fühlte eine Beule an der Stirn, und ihm war so kalt, dass er nicht einmal mehr zittern konnte. Vorsichtig und unendlich langsam, wie eine Mumie, die nach tausend Jahren zum Leben erwacht, setzte er sich auf und stellte fest, dass er unter einem Gemüsestand hockte. Wie er hier hingekommen war, wusste er nicht. Er hörte viel Rascheln von Laub und Rumpeln von Rüben. Er hörte Stimmen, Lachen und Fluchen und sah die Beine und Füße der Menschen, die sich für die Ware interessierten oder eilig an dem Stand vorbeiliefen. Der Anblick ihrer Schuhe versetzte ihm einen schmerzhaften Stich, denn nun erinnerte er sich an den schlimmen Zwischenfall am Bahnhof und an den Polizisten, der seinen Kasten zerschmettert hatte.

»Am besten wäre es, ich würde jetzt und hier sterben«, sagte Benjamin leise vor sich hin und streichelte den Hund, der schwanzwedelnd näher an ihn heranrobbte und zu ihm aufblickte. Dankbar, dass er endlich einen Menschen gefunden hatte, der ihn nicht schlug oder nach ihm trat.

»Ich wollte arbeiten und für meine Schwester sorgen«, erklärte Benjamin dem Hund leise. »Aber ich habe versagt. Jetzt habe ich einen Berg von Schulden und keine Arbeit. Wie soll ich das nur Anna beibringen?«

Der Hund sah ihn aus seinen schwarzen Augen nachdenklich an und schien auch keine Antwort zu wissen.

»Ich werde Mr. Fox alles beichten müssen und dann hören, was er zu sagen hat. Vielleicht kann ich am Ende doch für ihn arbeiten wie schon meine Tante. Dann könnte ich meine Schulden abbezahlen, auch wenn es Jahre dauert. Was meinst du?«

Der Hund stieß ihn fordernd mit seiner kalten Nase an und wartete darauf, dass Benjamin ihn streichelte. Der Junge spähte seitlich aus seinem Versteck hinaus in die Gasse. Die beiden engelsgleichen Sängerinnen und der bärtige Schrat mit der Fidel waren weitergezogen. Schade, dachte er. Noch nie hatte er so einen schönen Gesang gehört.

»Ich muss jetzt los«, verabschiedete er sich mit einem kleinen Klaps von dem Hund und kroch unter dem Gemüsestand hervor. Sofort bemerkte ihn der Händler und schrie: »Was machst du da, du Wiesel? Hilfe, ein Dieb! Ein Gemüsedieb! Fass, *Bugger*, fass ihn!« Dieser Befehl galt dem netten, schwarzen Hund, der allerdings keine Anstalten machte, seinen neuen Freund zu beißen, und dem Flüchtenden stattdessen wehmütig hinterherblickte.

Zum zweiten Mal an diesem Tage rannte Benjamin, als wäre der Leibhaftige hinter ihm her. Er legte alle Kraft in seine ermatteten und ausgekühlten Beine, aber er schien gar nicht vom Fleck zu kommen. Das aufgeregte Geschrei des Gemüsehändlers im Ohr bewegte er sich, als hätte er Blei in seinen Knochen, und noch bevor er die Ecke erreicht hatte, ergriff ihn eine Hand am Schlafittchen, und ein kräftiger Arm hob ihn in seiner Kleidung empor. Benjamin strampelte, aber seine Beine hatten den Bodenkontakt verloren.

»Heiliger Bimbam! Das ist doch schon wieder dieser verfluchte, rote Teufelsbraten!«, grollte ihn der riesenhafte Streifenpolizist an, der zuvor seinen Kasten zertreten hatte. »Ich hatte dich doch gewarnt. Jetzt reicht es mir. Jetzt bringe ich dich ins Arbeitshaus, da wirst du lernen, wie ein ehrlicher Mensch für seinen Lebensunterhalt aufkommt.«

»Bitte nicht, Sir. Ich will doch ehrlich arbeiten«, flehte Benjamin. »Bitte bringen Sie mich nicht in das Arbeitshaus! Ich will nicht dort sterben!«

Nur die allerschrecklichsten Berichte und Schauergeschichten drangen hinter den hohen Mauern und den vergitterten Fenstern des Arbeitshauses von Bethnal Green hervor. Obwohl es eigentlich kein Gefängnis war, ging niemand aus eigenem Antrieb hinein oder hielt sich dort freiwillig auf. Und niemand kam vor seiner Zeit heraus, so inständig er auch darum bettelte. Nur als Leiche, abgemagert, von Krankheit gezeichnet und in Tuch gewickelt, verließen die meisten der Mittel- und Wohnungslosen diese Einrichtung wieder. Man erzählte sich haarsträubende Geschichten von grausamen Wärtern mit Gerten und Peitschen. Von völlig überfüllten Schlafsälen, in denen die Ratten nachts die Füße der schlafenden Insassen anknabberten. Von Hunger, Misshandlung und Angst und von langen, unbezahlten Arbeitstagen an den Webstühlen und in der gefährlichen Streichholzherstellung, wo einem giftige Dämpfe den Hals zuschnürten. Am schlimmsten, so hieß es, waren die Irren und Verwirrten, die hier weggesperrt wurden. Ihre Schreie erfüllten die Keller und die Korridore vierundzwanzig Stunden am Tag. Aber alle versuchten, nicht hinzuhören, und niemand half ihnen.

Benjamin bekam kaum mehr Luft, als der grausame Polizist ihn wie ein Gepäckstück unter den Arm klemmte und mit großen Schritten durch die Menge walzte. Als der Husten ihn packen wollte, fand er keine Atemluft, und er drohte tatsächlich zu ersticken. Immer röter und röter wurde sein Kopf, immer verzweifelter strampelte er mit beiden Beinen, immer weiter traten seine Augen aus ihren Höhlen. Da hörte er plötzlich durch das Hämmern seines Herzschlags und das Rauschen seines Blutes eine liebe, vertraute Stimme.

»Lassen Sie auf der Stelle meinen Bruder los!«, brüllte seine Schwester, die wie eine Löwin kämpfen konnte, wenn es um Benjamin ging. Anna hatte sich dem hünenhaften Beamten in den Weg gestellt und blickte böse zu ihm empor, als wolle sie ihn gleich anfallen. Chip, der sie bis hierher geführt hatte, verkrümelte sich blitzartig, denn er wusste, dass man die Polizisten der Liverpool Street besser nicht reizte. Besonders nicht diesen. Konstabler Gordon war dafür bekannt, dass er dem Gesetz und dem, was er dafür hielt, gerne mit brutaler Gewalt Geltung verschaffte.

»Noch so eine feuerrote irische Kakerlake«, zürnte der Beamte. »Dich nehmen wir gleich mit!«

Um jedoch Anna zu ergreifen, musste er Benjamin für einen Moment absetzen, der endlich wieder Luft bekam, als sich der eiserne Griff des Konstabler Gordon lockerte. Der Junge keuchte mit weit vorgebeugtem Oberkörper, als sei er gerade nach langer Zeit und großer Tiefe aus einem See aufgetaucht. Aber schon schloss sich wieder die Pranke des Gesetzes um seinen Arm. Ins Leere griff jedoch der Konstabler mit seiner anderen Hand, mit der er die flinke Anna packen wollte. Sie umkreiste ihn wie ein freches Insekt. Schaulustige versammelten sich um dieses Spektakel, und bald hörte man Kichern und Rufe. In einer Gegend, in der auch in der Adventszeit niemand Geld für Theater, Tanz oder Jahrmarktvergnügungen übrighatte, waren Auseinandersetzungen wie diese das Salz in der tristen Suppe des Alltags. Aber der ungleiche Kampf ging viel zu schnell seinem Ende entgegen. Der Polizist bekam zwar Anna nicht zu fassen, doch als er es schließlich leid wurde, zückte er seine Dienstpfeife und stieß ein markerschütterndes Signal aus, das jedem seiner Kollegen im Umkreis von fünfhundert Yards mitteilte: Hier wird dringend Unterstützung im Kampf gegen das Böse gebraucht.

Kurze Zeit später bahnte sich schon der erste Kollege schubsend und schnaufend seinen Weg durch die Menge der Gaffer. Er packte Anna unsanft von hinten am Arm und schüttelte sie durch.

Sie zappelte wie wild und schrie: »Aua! Lassen Sie mich sofort wieder los!« Was die Menge mit einem höhnischen Lachen quittierte.

»Ihr beiden Früchtchen, jetzt lernt ihr mal die Härte der Londoner Gesetze kennen«, drohte Konstabler Gordon.

Benjamin steckte wieder fest im Schwitzkasten, Anna war gefangen und die Lage rundherum aussichtslos.

Da geschah etwas überaus Sonderbares, das sich im Nachhinein keiner der vielen Zeugen erklären konnte. Manche sagten, es sei ein silbrig glänzender Staub aus einem Gassenfenster auf die Gruppe gerieselt. Andere wollten den Schatten eines unglaublich flinken Angreifers, womöglich eines maskierten, asiatischen Kriegers, erkannt haben. Und wieder andere berichteten, es sei ein grüner Vogel oder auch ein Blitz aufgetaucht, nach dessen Erscheinen sich plötzlich das Blatt für die Kinder gewendet habe. Es war zwar der unwahrscheinlichste aller möglichen Erklärungsversuche – aber die Geschichte mit dem grünen Vogel oder auch Blitz kam der Wahrheit tatsächlich am nächsten. Auch wenn das rabiate Eingreifen eines maskierten Asiaten in diese Kraftprobe sicherlich eine große Sensation gewesen wäre.

Jedenfalls erlitt Konstabler Gordon, der Benjamin gepackt hatte, aus heiterem Himmel einen so heftigen Niesanfall, dass er den Jungen loslassen und sich irgendwo festhalten musste, um nicht das Gleichgewicht zu verlieren. Seine Augen tränten, und die Wucht seiner Niesattacken schüttelte ihn durch, als stecke er von allen Seiten von unsichtbaren Gegnern heftige Fausthiebe ein. Der Kollege, der ihm zu Hilfe geeilt war, vertrat sich den Fuß auf einer Unebenheit im Straßenpflaster und knickte weg, als hätte ihm jemand von hinten mit Anlauf in die Kniekehlen getreten. Auch er ließ seine Gefangene los.

Geistesgegenwärtig ergriff Anna die Hand ihres Bruders, und die beiden stolperten und rannten so schnell sie konnten in eine dunkle Gasse hinein, die mit Körben, Krügen und Kästen zugestellt war. Sofort setzten ihnen einige kräftige junge Männer aus dem Publikum nach. Sie hätten die Flüchtenden sicherlich bald eingeholt, wäre nicht plötzlich hinter einem Mauervorsprung Chip aufgetaucht, um sie in einen halb verborgenen Gang zwischen zwei Hauswänden zu lotsen, der für Kinder gerade noch gangbar war, aber für die erwachsenen Verfolger deutlich zu eng. Über etliche Stufen ging es hinab in einen unheimlichen, niedrigen Keller, der unter dem Haus hindurch in einen Hinterhof führte, wo sich Müll und Unrat sammelten und in dessen Mitte eine Ziege festgebunden war, die sie stumm vor Entsetzen betrachtete.

Als der arme Benjamin Atem holte, klang das, als wäre ein Wasserkessel kurz vor dem Überkochen. Seine Augen waren weit aufgerissen, und er zeigte anklagend auf Chip, der schuldbewusst zu Boden blickte. Anna übernahm das Reden.

»Ihr kennt euch ja bereits«, stellte sie fest, selbst auch heftig nach Luft schnappend. »Danke, Chip. Du hast uns gerettet. Toll, dass du dich hier so gut auskennst.«

Chip, ebenfalls außer Puste, antwortete: »Komisch. Ich bin ehrlich gesagt noch niemals hier gewesen. Ich bin nur zufällig da draußen stehen geblieben, und genau in dem Moment kamt ihr beiden schon angerannt. Das war pures Glück, sonst nichts.«

»Ja, das war wirklich eine sehr glückliche Rettung. Geht's wieder, Benjamin?«, fragte Anna.

Ihr Bruder nickte keuchend und stützte sich an einem dünnen Bäumchen ab, das dem traurigen Innenhof wenigstens einen winzigen Tupfer von Weihnachtsstimmung gab. Denn jemand hatte einen Stern aus Draht, einige falsche, aber sehr echt aussehende Zuckerstangen aus bemaltem Salzteig und die Attrappe eines Knallbonbons ins nackte Geäst gehängt. Benjamin bedachte Chip immer wieder mit misstrauischen Seitenblicken und schien sich in seiner Gegenwart nicht wohl zu fühlen.

»Hör mal«, begann Chip unsicher. »Das heute Morgen … das tut mir sehr leid. Aber wir haben sehr strenge Anweisungen, niemanden in unserem Revier arbeiten zu lassen, der nicht Mitglied der Gilde ist.«

»Schon gut«, sagte Benjamin, als er endlich seine Stimme wiedergefunden hatte, »… ist ja nicht so schlimm. Ich habe dann hier in der Liverpool Street einen guten Platz gefunden.«

»Wirklich?«, wunderte sich Chip.

»Ja, wirklich. Ich habe heute schon eine gehörige Stange Geld verdient, das kann ich dir sagen.«

»Tatsächlich?« Chips Augen wurden immer größer.

Noch nie hatte es ein Schuhschwärzer von außerhalb geschafft, in dieser von Lewis Littlewhite und seiner kriminellen Bande kontrollierten Gegend auch nur einen Fuß auf den Boden zu bekommen. Zumal jeder wusste, dass sich Littlewhite den gefährlichen Konstabler Gordon mit Geldspenden gewogen hielt. Dank dieser Maßnahme liefen seine Geschäfte reibungslos.

Plötzlich bemerkte Chip, dass Benjamin verzweifelt versuchte, ihm mit seinen Blicken etwas zu verstehen zu geben, ohne dass seine Schwester es mitbekam. Laut jedoch behauptete er: »Ja. Ich bin hier richtig dick im Geschäft. Sogar die Polizisten scheinen mich gern zu haben.«

»So gern wie der da eben, der dich fast erdrückt hat?«, fragte Anna misstrauisch.

»Ach, das … das war doch nur ein Missverständnis unter Freunden. Sie dachten, ich hätte Gemüse gestohlen. Lächerlich! Eine dumme Verwechslung.« Benjamins Mienenspiel hinter Annas Rücken wurde immer verzweifelter. Endlich kapierte Chip auch den Grund: Anna sollte nicht erfahren, dass ihr Bruder mit seinem Traum vom eigenen Schuhschwärzerstand kläglich gescheitert war.

»Alles klar«, sagte er nur unbestimmt, ohne das Thema weiter zu vertiefen.

Dann warteten sie in dem Hinterhof, bis die Luft in der Gasse wieder rein war, und traten den Heimweg nach Old Nichol an. Unterwegs erzählten die Kinder einander ihre Lebensgeschichten. Chip war in Old Nichol geboren und hatte seine Eltern nicht gekannt. Beide waren ja früh bei dem Wohnungsbrand ums Leben gekommen. Wobei es Gerüchte gab, nach denen sein Vater, ein bekannter Raufbold, der dem Alkohol verfallen war, das Feuer aus Wut selbst gelegt hatte. Chip war schwer verwundet gerettet worden und in einem privat geführten Waisenhaus groß geworden. Der Betreiber, ein gewisser Mr. Tibbits, verdonnerte schon die Kleinsten zum Arbeitsdienst. Chip hatte er in frühesten Jahren zum Betteln auf die Straße geschickt. Sein verbrannter Arm erregte das Mitleid einiger Passanten, was ein großer Pluspunkt in diesem Gewerbe war. Als der Junge alt genug war, hatte Mr. Tibbits seinen Schützling an die berüchtigte Schuhschwärzergilde vermittelt. Wobei »vermittelt« nicht ganz der richtige Ausdruck war. Im Grunde war Chip verkauft worden.

»Wie bist du eigentlich auf meine Schwester gekommen?«, raunte Benjamin, als Anna für einen Moment abgelenkt war.

»Ihre roten Haare haben mir gut gefallen«, raunte Chip etwas verschämt zurück. »Und ich finde es interessant, dass sie Hosen trägt.«

»Das schon, aber sie kann auch sehr anstrengend und neugierig sein«, verriet Benjamin. »Und sie will immer recht haben. Na ja. Hat sie ehrlich gesagt meistens auch. Sie ist ziemlich klug.«

»Das macht mir nichts aus. Ich habe mir schon immer eine kluge Schwester gewünscht. Ich habe sonst niemanden auf der Welt.«

»Was habt ihr denn zu tuscheln?«, wollte Anna wissen.

»Siehst du, genau das meinte ich mit: anstrengend und neugierig«, sagte Benjamin mit einem Augenzwinkern.

Als sie an einem Verkaufswagen vorbeikamen, dessen Besitzer mit Schürze und Kochhut lauthals einen Aal in

Gelee, Kartoffelbrei und Teigtörtchen anpries, blieb Benjamin stehen und bestellte zwei Portionen.

»Von meinem ersten selbst verdienten Geld als Schuhschwärzer«, behauptete er, und Chip, der wusste, dass das nicht stimmen konnte, sagte vorsichtshalber nichts.

»O sorry. Willst du vielleicht auch?«, fragte Benjamin scheinbar großzügig und sah ihn so flehend an, dass Chip schlagartig der Appetit verging.

»Nein, danke, ich mag keinen Aal«, log er, obwohl jeder in Ostlondon den kalten Geleeaal liebte, der in würziger Fischsuppe gekocht und eingedickt war. »Esst ihr nur. Ich bin wirklich gar nicht hungrig. Wir bekommen ja unsere Mahlzeit im Haus der Schuhschwärzergilde.«

»Wir nehmen den Aal als Abendessen mit«, beschloss Anna. »Packen Sie es bitte ein!«

Als sie beinahe die Apotheke erreicht hatten, verabschiedete sich ihr neuer Gefährte.

Unvermittelt standen sie dem dicken Mr. Fox gegenüber, der sie schon erwartet hatte. Er roch wie immer stark nach Albigenserkresse, Buckelschilfblüten und Krötenfurz. Dazu war jetzt noch eine deutliche Spur Wacholderschnaps auszumachen sowie eine deftige Mischung aus Lobiskraut, Geselliger Nachtfuchtel mit etwas Weissbosselminze, die er anscheinend geraucht hatte. Er hielt dem verdutzten Benjamin ein Tongefäß unter die Nase, das mit schlammfarbenem Sud gefüllt war, der duftete wie aufgekochter Torf.

»Trink das aus, und zwar sofort!«, gebot er, leicht lallend.

»Nein!«, protestierte der Junge, der einen Giftanschlag vermutete.

»Du musst es trinken«, sagte Anna. »Es ist ein Mittel gegen den Husten.«

»Es riecht scheußlich.«

»Los, austrinken!«

Benjamin fasste sich ein Herz und kippte das ekelhafte Zeug hinunter, wo es sich sofort wie flüssiges Feuer in seinem Inneren ausbreitete. Er machte große Augen und schnappte wieder verzweifelt nach Luft. Mr. Fox warf den Kopf in den Nacken und lachte laut, wobei er ein wenig ins Schwanken geriet.

»Später komme ich und hole die wertlosen Papiere ab«, verkündete er und wankte zurück in seine Apotheke.

»Welche Papiere?«, fragte Benjamin.

»Das erkläre ich dir unten«, wiegelte Anna ab und zog ihn sanft die Kellertreppe hinab.

Die Geschwister waren jedoch viel zu durchgefroren und zu müde, um noch lange zu reden. Sie schlangen beim Kerzenschein den köstlichen Geleeaal samt Kartoffelbrei und Teigtörtchen hinunter. Es war das beste Essen seit langer Zeit. Und es hatte Benjamins letztes Geld gekostet. Morgen, dachte er noch, morgen werde ich mit Mr. Fox reden müssen …

»Du, Benjamin …« Anna gähnte, von Müdigkeit übermannt.

»Ja, was ist denn?«, fragte Benjamin. Hoffentlich stellte sie keine Fragen nach seiner neuen Arbeit.

»Heute … als die Polizisten uns ergriffen hatten und wir dann doch plötzlich freikamen …«

»Ja?«

»Ist dir da irgendwas …« Wieder ein herzhaftes Gähnen. »… irgendwas aufgefallen?«

»Nein. Außer dass wir echt Glück hatten. Das hätte schlimm enden können.«

»Du hast nichts gesehen?«

»Nein. Was meinst du denn? Was sollte ich gesehen haben?«

»Ach, nichts«, sagte Anna schnell. Bestimmt hatte sie sich das nur eingebildet, aber für einen Moment hatte sie ganz klar und deutlich einen kleinen Mann in einem grünen Anzug gesehen, der sich mit einer Hand an einer Wäscheleine festhielt und mit der anderen aus einem Beutel glitzernden Staub auf die Polizisten und die Kinder rieseln ließ.

So ein Unfug! Bestimmt nur ein Traum. Denn schon fielen ihr die Augen zu, und bald darauf schlief auch Benjamin ein. Mr. Fox ließ sich in dieser Nacht nicht mehr blicken, um die Papiere zu holen. Vermutlich war das auf den fortgesetzten Genuss des Wacholderschnapses zurückzuführen.

Einmal, mitten in der Nacht, wachten beide Geschwister zur selben Zeit auf. Vermutlich hatte ein lautes Geräusch auf der Straße sie erschreckt. Sie fassten sich bei den Händen und suchten wieder den Schlaf.

»Du … wo ist eigentlich dein Kasten geblieben?«, murmelte Anna.

»Ach, den … den habe ich am Bahnhof deponiert, damit ich ihn morgen nicht wieder den ganzen Weg dort hinschleppen muss«, behauptete Benjamin, als Anna schon wieder auf dem Weg ins Land der Träume war.

»Was ist nur mit mir los, dass ich den Menschen belüge, den ich mehr liebe als alles andere auf dieser Welt?«, fragte er sich mit nicht geringer Verzweiflung. Aber es gab nun mal keine Worte, um sein Versagen zu erklären oder zu entschuldigen. Es gab keine Worte, die groß genug waren und mit denen man sagen konnte, dass er ihr Glück und ihre Zukunft verspielt hatte.

Benjamin lag noch lange wach, starrte in die Dunkelheit und horchte auf den kalten Winterwind, der durch die Gassen von Old Nichol pfiff und ab und zu einen eisigen Hauch auch in ihren Keller brachte. Irgendetwas war anders, und er brauchte lange, bis ihm einfiel, was es war: Er hatte den ganzen Abend nicht ein einziges Mal husten müssen.

Fünftes Kapitel

BENJAMIN WIRD ZUM KURIER FÜR APOTHEKER FOX, UND ANNA SOLL FÜR MRS. CRACKPICKLE ETWAS WICHTIGES ERLEDIGEN.

Das Hämmern an der Tür riss Benjamin jäh aus seinem Schlummer und bevor er noch »Wer ist da?« rufen konnte, baute sich schon der massige Elias Fox in der Kellerwohnung auf und blickte voller Geringschätzung auf ihn herab.

»Na, Paddy-Boy, heute nicht bei der Arbeit?«

Der Junge tastete nach seiner Schwester. Doch Anna war schon in aller Frühe hinüber zum Spielwarenladen gegangen, um zu sehen, ob sich die unglückliche Witwe Crackpickle vielleicht beruhigt hatte und sich erweichen ließ, sie doch wieder im Geschäft putzen zu lassen. Es gab im Moment nichts, was sie sich sehnlicher wünschte, als ihr altes Leben wieder aufzunehmen.

»Ich dachte, du wärest längst auf den Beinen. Arbeiten, um mir mein sauer verdientes Geld zurückzugeben«, stichelte Fox. »Das hast du mir doch weismachen wollen, oder?«

»Entschuldigung, Sir. Ich musste meine Pläne ändern.

Ich …« Benjamin räusperte sich und wartete auf einen rettenden Hustenanfall, der aber ausgerechnet diesmal nicht kommen wollte. »Ich habe beschlossen, mein Glück als Schuhschwärzer zu versuchen, und schaue mich noch nach einem geeigneten Standort um.«

Das Mienenspiel des Apothekers wechselte zwischen schlecht gespieltem Mitleid und blanker Verachtung.

»Soso, als Schuhschwärzer? Bist du noch zu retten? Weißt du denn nicht, dass die Gilde von Gary Simmons dieses Gewerbe kontrolliert? Neulinge haben keine Chance. Und schon gar nicht solche, die von außerhalb kommen. Noch dazu aus Irland!« Fox lachte wie eine Hyäne, als hätten die Iren hier weniger Rechte als die Kellerasseln und Küchenschaben.

»Doch, Sir. Jetzt weiß ich das sehr wohl.« Benjamin war zerknirscht. »Ich muss den Plan überdenken. Das wird ein paar Tage dauern. Aber Sie bekommen Ihr Geld, das verspreche ich.«

»Hättest du mich mal vorher gefragt, du Naseweis. Aber nein, der junge Herr muss ja auf eigene Faust losziehen, weil er mir nicht vertraut! Mir! Dem einzigen Menschen auf der Welt, der es gut mit ihm meint. Das hast du nun davon.«

»Es tut mir sehr leid, Sir.« Das war durchaus nicht geschwindelt.

»Los, trink das!« Fox hielt dem Jungen einen Becher unter die Nase, der mit demselben Sud gefüllt war, den er am Vorabend schon hinuntergewürgt hatte.

»Sir, ich würde es lieber nicht …«

»Austrinken!«, herrschte der Mann ihn an. »Oder willst du lieber an deinem elenden Husten verrecken? Mir wäre es egal, aber deine kleine Schwester scheint an dir zu hängen. Also: Runter damit!«

Benjamin überwand sich und kippte das Zeug hinunter. Wenn das überhaupt möglich war, schmeckte es noch schlimmer als beim ersten Mal. Fox weidete sich an seiner Abscheu und kam gleich wieder auf das, was ihm ohnehin viel wichtiger war als die Genesung seines Untermieters: das Geschäft.

»Also – jetzt, wo deine Pläne gründlich fehlgeschlagen sind – was ist mit meinen siebzehn Schilling?«

»Ich habe schon ein paar neue Ideen. Ich bin fleißig und kann anpacken, und ich will alles tun, um die Schulden zu bezahlen.« Benjamin wischte sich den Mund mit dem Handrücken ab und reichte Fox mit einer Grimasse des Ekels den Becher zurück.

»Worauf du dich verlassen kannst«, grollte der Apotheker. »Ich könnte dich sofort ins Gefängnis bringen, aber ich bin nun mal ein unverbesserlicher Menschenfreund und jetzt in der Weihnachtszeit immer besonders milde gestimmt. Du wirst ab heute für mich arbeiten.«

»Aber, Sir, ich verstehe doch gar nichts von Kräutern.«

»Das ist egal. Du hast doch gerade gesagt, dass du anpacken kannst. Und ich habe eine Aufgabe für dich.« Fox rieb sich die Hände. »Und nun aus dem Weg. Ich will jetzt diese unnützen Papiere hier wegschaffen.«

»Aber das sind die Aufzeichnungen meiner Tante!«

»Genau. Und die habe ich gestern deiner Schwester abgekauft. Damit du Taugenichts deine Hustenmedizin bekommst. Ihr könnt doch sowieso nichts damit anfangen. Los, hilf mir damit! Ich will den ganzen Krempel nach oben schaffen.«

Stapel für Stapel trugen sie die Hefte, Journale und losen Blätter hinauf in das Studierzimmer des Apothekers. Benjamin war gar nicht wohl dabei, das Vermächtnis der Verstorbenen ausgerechnet dem gierigen Vermieter zu überlassen. Seine Tante hatte Fox auch nicht ausstehen können, obwohl sie aus Not für ihn gearbeitet hatte. Er sei ein *bithiúnach*, hatte sie ihm mehr als einmal mit finsterem Gesicht hinterhergeraunt, ein Schurke. Aber Tante Siobhan war plötzlich und unerwartet an Herzversagen aus dem Leben geschieden, ohne zu verfügen, was mit den Stößen von Notizen, Journalen und Skizzen geschehen sollte, die sie in all den Jahren angefertigt und gesammelt hatte. Die Kinder waren daraus nicht schlau geworden, und wie sich nun zeigte, war auch der Apotheker mit der fremdartigen, keilförmigen Schrift überfordert.

»Was soll das denn bloß heißen? Hat da irgendeiner versucht, mit Streichhölzern zu schreiben? Und was zum Henker sind denn das für Strichlisten?«

»Das ist das Runenalphabet, Sir. Und diese Zeichen werden *Ogham* genannt. Es ist eine alte irische Schrift.«

»Von wegen Schrift!«, grunzte der Apotheker. »Das nenne ich ein heilloses Gekritzel. Als hätte man ein Hühnchen mit bemalten Füßen über das Papier gejagt. So was unsagbar Blödes können sich wirklich auch nur die bescheuerten Iren ausdenken. Wie soll das ein normaler Mensch lesen?«

»Meine Tante konnte das anscheinend sehr wohl lesen«, erklärte Benjamin.

»Nun werde mal bloß nicht frech, Paddy-Boy, verstanden? Ich werde es schon entziffern. Auch wenn es wahrscheinlich nichts als Unsinn ergibt.« Seine wurstigen

Finger schoben achtlos die Papiere auf dem Tisch zusammen, als habe er plötzlich das Interesse daran verloren. »Und jetzt zu deiner neuen Arbeit. Damit du deine beträchtlichen Schulden bei mir begleichen kannst, wirst du mir ab heute im Geschäft helfen.«

»Sir, ich sagte doch bereits …«

»Deine Aufgabe ist die Auslieferung von Medizin.«

Der Apotheker blickte sich um, als fürchte er, beobachtet oder belauscht zu werden, und schob eine Kommode beiseite, die an der Wand neben der Tür stand. Dahinter war ein geheimes Regal ins Mauerwerk eingelassen. Benjamin sah, dass es vollgepackt war mit kleinen Portionspäckchen, die ordentlich und fest verschnürt, aber nicht beschriftet waren. Sie waren unterschiedlich groß, manche waren in graues, andere in rotes Papier eingeschlagen. Fox nahm gezielt einige heraus und schob die Kommode wieder vor das Versteck.

»Zehn Pakete gehen heute an zehn Empfänger im Westen der Stadt. Und denke immer daran, dass du sie nur den betreffenden Herrschaften aushändigen darfst, deren Namen auf dieser Liste stehen. Denen und niemandem sonst, verstanden? Keinem Dienstboten, keinem Familienmitglied und keinem Butler. Und du sagst nur diesen einen Satz: ›Ich komme vom freundlichen Mister Unbekannt und habe eine Lieferung für Sie.‹ Hast du das kapiert?«

»Ja, Sir. Und wenn der Betreffende nicht da ist?«

»Dann wartest du eben so lange an Ort und Stelle, bis er oder sie erscheint. Lass dich hier nicht blicken, bis du sie alle ausgeliefert hast.«

»Verstanden«, sagte Benjamin und ließ die geheimnisvollen Päckchen in einer Umhängetasche verschwinden, die ihm Fox hinhielt. »Soll ich gleich losgehen?«

»Soll ich gleich losgehen?«, äffte ihn der dicke Mann nach. Seine Stimme war wieder so hoch, dass sie an eine wütende Frau erinnerte. »Was dachtest du denn, Dummkopf? Vorher noch ein Nickerchen machen? Es ist bald neun Uhr, und der Weg ist weit. Also los, verschwinde!« Er holte aus, als wollte er Benjamin einen Hieb versetzen. Aber der Junge tauchte geschwind zum Ausgang.

»Ach, und noch eines, Paddy …«, rief ihm der Apotheker hinterher, um dann sogleich die Stimme im Verschwörerton zu senken: »Sieh dich vor, dass du nicht die Aufmerksamkeit der Polizei erregst, kapiert?«

Dieser letzte Satz gab dem Jungen zu denken. Aber es kam noch schlimmer.

»Und wenn doch irgendwie irgendwas schiefgehen sollte und Fragen gestellt werden, dann untersteh dich, der Polizei oder sonst irgendwem meinen Namen zu nennen. Ist das klar? Ich bin der freundliche Mister Unbekannt, mehr weißt du nicht. Nicht, wo ich wohne, und schon gar nicht, wie ich heiße. Kein Wort zu irgendwem.«

»Aber, Sir …«

»Wenn du dich verquatschst, Junge, dann geht es deiner kleinen Schwester an den Kragen, das schwöre ich dir. Dann hat sie nichts zu lachen. Also pass gefälligst auf.«

Als Benjamin, zutiefst verstört von dieser Drohung, verschwunden war, widmete sich Fox wieder dem Studium der erbeuteten Papiere. Lange jedoch konnte er den Anblick der sonderbaren Schriftzeichen nicht ertragen.

Verdammt, dachte er. Das scheint doch ein fettes Stück

Arbeit zu werden. Ich muss dafür einen Übersetzer anheuern. Das Ganze wird sicher sehr mühselig.

Zum Glück herrschte kein Mangel an arbeitslosen Iren in diesem Stadtteil, der so viele gescheiterte Existenzen beherbergte. Dem Apotheker fiel spontan der spindeldürre Gelegenheitshändler ein – Sheehoon oder Shaahoon oder wie diese komischen Leute auch immer hießen –, der keine Zähne mehr in seinem Mund hatte, nach Hafenwasser stank und Seepferdchen, Algen, Schnecken und anderes Meeresgemüse verkaufte. Hoffentlich war er des Lesens kundig. Fox würde sofort nach ihm suchen lassen.

Aber würde sich die Mühe auch lohnen? Vielleicht hatte die alte Kräuterhexe ja einfach irgendwelchen Unfug aufgeschrieben. Vielleicht hatte sie gar keine Rezepte notiert, sondern einfach nur Tagebuch über den neuesten Klatsch im Viertel geführt. Vielleicht waren die mutmaßlichen Schriftzeichen in Wirklichkeit nichts weiter als die sinnlosen Kritzeleien einer verwirrten alten Jungfer.

Ach, das Leben eines Kräuterapothekers war schwierig und wurde immer komplizierter. Jetzt hatten die da oben in Westminster auch noch neue Gesetze erlassen, die ihm den Handel mit dem Zauberzeug aus China, Indien und der Türkei untersagten. Als Pulver, Tabletten und Kügelchen hatte Fox es an den Mann und die Frau gebracht. Zum Schlucken, Kauen und zum Rauchen – mit grandiosen Resultaten. Gelangweilte Abgeordnete des Oberhauses, erschöpfte Fabrikanten und nervöse Bankiers fanden Frieden, Ablenkung oder Abenteuer. Schriftsteller erdachten die wildesten Geschichten, Maler sahen die Welt in anderen Farben, und sogar die verwöhnten Damen des Hochadels erlebten, wenn sie seine besondere Medizin einnahmen, einige sehr aufregende Stunden. Besonders stolz war Fox auf seine neueste Komposition, eine raffinierte Mischung mit dem klangvollen Namen *Muttertrost*. Die empfahl er unter der Hand als Einschlafhilfe für überkandidelte Aristokratenbälger. Nur wenige Tropfen des Wundermittels verwandelten auch das unbändigste Kreischkind für einige Stunden in ein lieblich schlummerndes Engelchen. Das Zeug war Gold wert und verkaufte sich bei den ahnungslosen, jungen Müttern fast von selbst. Leider hatte es ausgerechnet mit dem *Muttertrost* in jüngster Zeit einige unliebsame Zwischenfälle gegeben, die sogar die Polizei auf den Plan gerufen hatte. Falsche Dosierung und einzelne Fälle von Unverträglichkeit hatten für Teile der Kundschaft einiges Ungemach gebracht. Nicht zuletzt aufgrund dieser Vorfälle hatte das Parlament kurzerhand ein Gesetz beschlossen, das nur noch wenigen hochspezialisierten Chemikern der Vertrieb des plötzlich als gefährlich eingestuften Opiums und Laudanums erlaubt war. Das rüttelte an den Grundpfeilern seines Geschäftes und bedrohte sein ohnehin sehr spärliches Einkommen. Von der hässlichen Strafandrohung ganz zu schweigen. So leicht aber wollte sich der Kräuterkundler Fox nicht von seinem lukrativsten Geschäftszweig trennen. Schließlich brachte ein einziges dieser Päckchen ein Vielfaches von dem ein, was ein braver Apotheker mit Rheumasalben, Zahnpulver, Haarwuchsölen und Schnupfenmitteln verdienen konnte. Und an eben dieser Stelle kam der Irenbengel ins Spiel. Für Fox war es unter den gegebenen Umständen viel zu gefährlich, selbst mit der verbotenen Ware in Verbindung gebracht zu werden. Aber mit Paddy als Austräger konnte er seine Drogen noch jahrelang weiter an den Mann und die Mutter bringen. Und vielleicht – davon träumte er fast jede Nacht –, vielleicht würde sich, wenn er dann genug Geld gesammelt und einige wichtige Bekanntschaften in der höheren Gesellschaft gemacht hatte, sein größter Wunsch erfüllen, und er könnte sich um die Mitgliedschaft im *East India Club* bewerben. In diesem exklusiven Zirkel verkehrten die feinsten Herren, die er jemals gesehen hatte, und er, der dicke Apotheker aus dem Elendsviertel, wäre doch so gerne einer von ihnen. Und diesem Ziel – das fühlte er mit jeder Faser seines fetten Leibes – war er wieder einen Schritt näher gekommen.

Bist schon ein kluger Fuchs, Fox, bescheinigte er sich selbst. Du bist und bleibst einfach der Beste …

»Komm herein und mach die Tür hinter dir zu!«, lud eine müde Stimme aus der Küche sie ein.

Anna, die gar nicht mit einer Antwort gerechnet hatte, erschrak und schlüpfte schnell ins Haus. Die Witwe Thelma Crackpickle hatte noch nie in dem Verdacht gestanden, eine besonders liebenswerte Person zu sein. Aber der tragische Verlust ihrer geliebten Söhne versteinerte ihr Herz bis zu dem Punkt, an dem kein liebes Wort, keine freundliche Anteilnahme, kein tröstender Blick sie mehr erreichen konnte. Alle Spiegel im Haus waren verhängt, alle Uhren angehalten, und das Schaufenster, in dem in nur zwei Tagen die zauberhafte Weihnachtsstadt mit Eisenbahn, Puppenhäusern und all den kleinen Figuren erblühen sollte, war hinter einem dunkelgrauen Vorhang verschwunden. Die Witwe selbst saß am Küchentisch, vor sich eine längst erkaltete Tasse Tee. Daneben lag wie ein böser Fluch der schicksalhafte Brief der Versicherung.

»Ach, die kleine Miss *Baggypants*«, knurrte die Witwe, ohne aufzusehen.

Anna war erleichtert. Den Spitznamen »Fräulein Schlabberhose« hatte Mrs. Crackpickle ihr ganz am Anfang ihrer Bekanntschaft verpasst, und zwar wegen der weiten Hose, die Anna trug.

»Guten Tag, Mrs. Crackpickle«, sagte sie artig und dankbar, dass sie nicht wieder als kleine Teufelin beschimpft wurde. Der hysterische Zorn der Witwe war längst verraucht, und der Schrecken der Todesnachricht war einer niederdrückenden Stille gewichen. Wenn alles gut ginge, würde sie vielleicht bald wieder Staub wischen und Spielzeug säubern können, als wäre nichts geschehen, dachte Anna. Doch dann erschrak sie über den Anblick, den Mrs. Crackpickle bei näherem Hinsehen bot. Zu ihrem schwarzen Witwenkleid trug sie nun noch einen schwarzen Hut mit Schleier, der ihr Gesicht fast unsichtbar machte. Niemand sollte ihre vom Leid entzündeten Augen sehen, den schmalen Mund, der niemals wieder lächeln wollte, und die vor Trauer eingefallenen Wangen. Sie starrte vor sich hin und summte ganz leise ein Weihnachtslied aus alten Tagen.

»Das habe ich immer mit den beiden gesungen«, sagte sie nach einer Weile. »William und Charlie haben Weihnachten so sehr geliebt. Und am meisten liebten sie unser Fenster.« Sie lächelte, als hinge sie einem fernen Traum nach. In ihrem grauen Trauergesicht aber wirkte dieses Lächeln fremd und unheimlich. »Weißt du, sie haben uns oft geholfen, das Fenster aufzubauen. Mir und meinem

Mann. Aber der ist ja nun auch schon lange tot, und ich bin ganz allein …«

»Nun bin ich doch da. Ich bleibe bei Ihnen. Kann ich nicht irgendetwas tun?«, fragte Anna, und weil ihr nichts anders einfiel, bot sie an: »Soll ich vielleicht Staub wischen?«

Die Witwe schüttelte den Kopf. »Das wird nicht mehr nötig sein. Ich werde den Laden nicht mehr öffnen. Diese Zeiten sind nun vorbei. Ich ziehe zu meiner Schwester Rhonda. Sie wohnt am Meer. Da fühle ich mich meinen Söhnen näher. Am Meer, das sie verschlungen hat.«

Anna hatte keine guten Erinnerungen an das Meer. Benjamin und sie waren, versteckt im Bauch eines Kutters, aus Irland gekommen, der auf den Wellen tanzte wie ein Ball. Zwei Tage und Nächte lang hatten sie schreckliche Angst gehabt. Ob es den beiden unglücklichen Söhnen in ihren letzten Stunden im Sturm wohl auch so ergangen war?

»Ich werde dieses Haus und mein Geschäft verkaufen«, murmelte die Witwe. »Noch vor dem Jahresende werde ich abreisen und niemals zurückkehren. Wirst du mir einen letzten Gefallen tun?«

»Alles, was Sie wollen. Soll ich nicht doch einen frischen Tee zubereiten?«

»Ich möchte, dass du mit diesem Brief zur Bank gehst und für mich diesen dreimal verfluchten Scheck einlöst. Ich kann es selbst nicht tun, es würde mir das Herz zerreißen. Aber ich werde jeden Penny des unseligen Geldes brauchen, denn meine Schwester ist sehr bedürftig. Und wer weiß, wie lange mich der liebe Gott noch mit dem sinnlosen Aufenthalt auf dieser Welt prüfen will.«

»Ich gehe sofort los«, sagte Anna und nahm den Umschlag mit dem Scheck an sich.

Auf der Straße begrüßte sie ein schneidender Nordwind, der die Schmutz- und Aschewolken niedrig über den Dächern und Schornsteinen vor sich hertrieb. Vielleicht war dies der Vorbote des Schnees, den die alten Leute schon seit Tagen vorhersagten. Mit eingezogenen Köpfen, hochgeklappten Kragen, die Hände in den Taschen eilten die Menschen grußlos aneinander vorbei. Die tapferen Straßenhändler hatten tränende Augen, triefende Nasen und leuchtend rote Ohren. Vor den Nüstern der Kutschengäule bildeten sich dichte weiße Wolken aus Pferdeatem. Die Pfützen auf der Gasse waren gefroren, so dass man bei jedem Schritt aufpassen musste. Denn wer unachtsam war, der glitt aus und schlug auf den Dreck, der zu Stein erstarrt war.

Vorbei an der Kirche, wo wie jeden Tag um diese Zeit die Toten der Nacht gesammelt wurden, eilte Anna, den Brief der Versicherung ganz fest an ihren Körper gepresst. Diesmal waren es drei längliche Leinensäcke – zwei große und ein kleiner –, die aufgebahrt worden waren, und auf dem Kirchhof von Shoreditch brannte ein Feuer, in dessen Nähe sich die fröstelnde Trauergemeinde versammelt hatte. Erst wenn die Hitze den Boden ein wenig aufgetaut hatte, konnte man flache Gräber ausheben und die Verstorbenen beisetzen. Das würde noch viele Stunden dauern.

Die Witwe hatte ihr den Weg zu dem großen Geldhaus genau beschrieben, und nach fünfzehn Minuten Fußmarsch Richtung Westen und endlich außerhalb des Armenviertels stand Anna vor dem imposanten Säulenportal der Bank. Ganz klein, fast wie eine Ameise fühlte sie sich, als sie die Treppenstufen hinaufstieg. Zehn Stufen zählte sie mit einem Schauer der Ehrfurcht. Oben erwarteten sie zwei in Stein gemeißelte Löwen, die mit ihrem stummen Fauchen und gefletschten Zähnen das viele Geld bewachten und unerwünschte Besucher einschüchterten.

»Verschwinde bloß von hier, du Gossengöre!«, zischte ihr einer der Löwen zu.

Anna fuhr der Schreck in die Glieder. Mit großen Augen musterte sie das starre Raubtier zu ihrer Linken.

»Du kannst sprechen?«, fragte sie verwundert.

»Los, hau schon ab! Sonst werde ich rabiat!«

Zu ihrer Enttäuschung war es gar nicht der Löwe, der zu ihr sprach, sondern ein junger Mann mit einem breiten, etwas einfältigen Gesicht. Er trug Zylinder und Handschuhe und steckte in einem nicht ganz sauberen schwarzen Mantel. Seine Aufgabe war es, den ganzen Tag hier draußen zu warten, um für die ankommenden Herrschaften die Flügeltür zu öffnen.

»Ich bin geschäftlich hier«, verkündete Anna. Diesen Satz hatte sie irgendwann im Laden aufgeschnappt und war sehr stolz, ihn jetzt selbst einmal auszusprechen. Er verfehlte aber völlig seinen Eindruck auf den jungen Mann.

»Geschäftlich!«, schnaubte er. »Was hat denn ein Balg wie du schon für Geschäfte zu machen?«

»Ich möchte einen Scheck einlösen«, sagte Anna und zog den Umschlag hervor. Der Wächter staunte und griff sofort danach. Doch Anna zog das kostbare Dokument schnell weg. »Es ist ein Scheck von der Versicherung für Mrs. Crackpickle. Darf ich nun eintreten?«

Wütend und wortlos schob der Angestellte die Tür einen Spaltbreit auf und ließ das Mädchen hineinschlüpfen. Dabei entging ihr der verstohlene Blick des Jünglings hinüber zu einem aufmerksamen Mann in Uniform, der mit verschränkten Armen und misstrauischem Blick hinter einem Pult hockte und jeden Ankömmling feindselig musterte.

Anna fand sich in einer riesigen Halle wieder, die ihr vorkommen wollte wie das Vorzimmer einer Gottheit oder zumindest der Königin. Marmor glänzte hell unter den Füßen, mächtige Säulen wuchsen in den Himmel, der aus einer Kuppe bestand, durch die ein goldenes Licht ins Innere flutete. Hinter schweren Holztischen saßen sehr ernsthafte Bankangestellte mit gravitätischen Mienen, die bedeutende Papiere lasen oder stapelten oder von links nach rechts und wieder zurück schoben. Es herrschte vornehm gedämpftes Gemurmel und Geflüster, niemand sprach laut. Nur das Rascheln all der immens wichtigen Papiere, das dezente Kratzen von spitzen Schreibwerkzeugen, die Zahlenkolonnen addierten und Gewinne verbuchten, sowie der leise Atem von Reichtum und Macht waren zu hören. Zu Annas Entzücken hatte man in der Mitte des Raumes einen haushohen Tannenbaum aufgestellt, der üppig geschmückt war mit Kugeln, Sternen und goldenen Bändern. Einen so schönen und prächtigen Baum hatte sie außerhalb ihrer Träume noch nie gesehen. Sprachlos stand sie vor diesem weihnachtlichen Wunderwerk und blinzelte in die Höhe, überwältigt von seiner majestätischen Schönheit.

»Wenn du ein Mädchen bist, dann solltest du dich entsprechend anziehen«, brummte es hinter ihr.

Als Anna herumfuhr, fand sie sich dem uniformierten Wachbeamten gegenüber, der ihr ebenso riesig vorkam wie der Weihnachtsbaum und der misstrauisch auf sie herabsah.

»Ich habe aber nun mal kein Kleid«, gab sie zurück. Allmählich war sie es leid, dass jeder an ihrem Äußeren herumkritteln musste. Als ob sie es sich ausgesucht hätte, in Hosen herumzulaufen.

»Und du wirst hier auch kein Kleid finden. Das ist die Bank von England, mein Kind. Und deshalb bringe ich dich jetzt schnell wieder nach draußen. Mach bitte kein Aufsehen. Du bist hier falsch.«

Sie hielt ihm den Umschlag mit dem Scheck entgegen.

»Ich soll das Geld von der Versicherung abholen. Mrs. Crackpickle ist nämlich zu traurig und zu müde. Aber sie will bald zu ihrer Schwester Rhonda ans Meer ziehen, und dazu braucht sie das Geld.«

»Soso«, sagte der Mann und setzte umständlich eine Sehhilfe auf die Nase. Dann stellte er fest, dass er tatsächlich einen Scheck der Lloyds Versicherung in den Händen hielt.

»Zehn Pfund Sterling!«, staunte er. »Donnerwetter. Das ist ja ein Vermögen.«

»Wo kann ich das Geld abholen?«

»Nicht so eilig, mein Kind. Zunächst einmal wollen wir klären, ob hier wirklich alles mit rechten Dingen zugeht.«

Den Scheck in beiden Händen vor sich tragend wie ein wertvolles Schmuckstück, drehte er Anna den Rücken zu und marschierte zu einem der hausgroßen Holztische, hinter dem ein flinker Herr mit schmalen Lippen und strengem Scheitel damit beschäftigt war, Geld zu zählen und in kleinen Stapeln anzulegen.

Anna folgte dem Wachmann und hörte ihn mit dem Scheitelträger tuscheln. Zwischendurch erhob sich dieser, beugte sich vor und blickte über den Rand seines monströsen Tisches hinweg auf Anna hinunter, um sich dann kopfschüttelnd wieder zu setzen.

»Wir müssen zuallererst die Echtheit des Schecks überprüfen«, erklärte nun der Wachmann, nachdem ihn der andere mit einer Handbewegung weitergeschickt hatte.

Anna ging ihm quer durch den Raum hinterher und bemerkte nicht, dass jemand, der soeben die große Freitreppe aus einem der oberen Stockwerke hinuntergekommen war, sie sehr interessiert und mit einigem Befremden beobachtete. Dieser Jemand hatte einen dichten Vollbart, trug eine blaue Mütze und eine Ledertasche mit den schmuckvollen Initialen *RM* für *Royal Mail* vor dem Bauch.

Sechstes Kapitel

ALS HÄTTE SIE PLÖTZLICH ALLES GLÜCK VERLASSEN, GERATEN BENJAMIN UND ANNA UNVERSCHULDET IN ALLERGRÖSSTE BEDRÄNGNIS.

Alle Kunden auf dem Zettel des Apothekers wohnten im wohlhabenden Westen der Stadt. Benjamin war fast zwei Stunden unterwegs, bevor er die noble Gegend am Eaton Square erreichte. Zwischen den schmuckvollen Fassaden der Stadtvillen lag kein Unrat auf den Straßen, keine herrenlosen Hunde beschnüffelten ihn, und es stank nicht nach Kloake, sondern duftete entfernt nach Zimt und anderen weihnachtlichen Wohlgerüchen. Und wenn es irgendeinem undurchsichtigen Strolch einfallen sollte, an der Ecke herumzulungern, so wurde er bald von aufmerksamen Polizeibeamten, die immer alles im Blick hatten, zum Weitergehen aufgefordert.

Die Auslieferung der kleinen Portionspäckchen verlief erstaunlich reibungslos. Tatsächlich schienen die meisten Kunden schon händeringend auf die Lieferung zu warten. Benjamin hatte keine Probleme, ihnen die Ware persönlich auszuhändigen, so wie Fox das verlangt hatte. Mittlerweile hatte er bereits sieben der zehn Päckchen an den Mann – in einem Falle an die Frau – gebracht. Zwei hatten ihm sogar je einen Penny Trinkgeld gegeben, und einer, dem Aussehen nach ein pensionierter Offizier der Kolonialtruppen, war so erfreut über sein Erscheinen, dass er ihm ein herzhaftes Stück Leberpastete spendierte, das er wohl gerade selbst verzehren wollte. Stattdessen machte der Offizier sich noch in Benjamins Anwesenheit gierig und mit zitternden Händen über die geheimnisvolle Lieferung her.

Ein sensibel wirkender Bildhauer mit beschmutztem Kittel und einer stattlichen Lockenmähne ließ Benjamin in seinem Atelier im Dachgeschoss in der Chapel Street allein, während er sich mit seiner Lieferung in einen Nebenraum verzog. Als er nach einiger Zeit wieder auftauchte, standen seine Haare noch wirrer vom Kopf ab, und seine Augen hatten einen leicht irren Ausdruck. Zudem schielte er.

»Wer ist das?«, fragte Benjamin und zeigte auf die Büste einer dicken und sehr streng dreinblickenden Frau, die auf ihrem Sockel mitten im Atelier anscheinend kurz vor der Fertigstellung stand.

»Das ist Queen Victoria, unsere Königin«, näselte der Künstler und bekam einen Schluckauf. »Der – *hick!* – Premierminister will Ihrer Majestät das Kunstwerk zu Weihnachten schenken.«

»Wessen Majestät?«, fragte der Junge, der sich mit den Ausdrücken der Hofsprache nicht auskannte.

»Na, Ihrer Majestät!«, antwortete der Künstler verdattert und zeigte auf sein Werk. »Ihrer – *hick!* – Majestät Königin Victoria.«

»Ach so …«

»Hör mal, Junge … Hat dir schon – *hick!* –, schon mal jemand gesagt, dass du ein geradezu klassisches Profil hast?« Der Mann nahm Benjamins Kinn mit Daumen und Zeigefinger recht unsanft in die Zange und drehte seinen Kopf ins Licht, was dem Jungen gar nicht gefiel. »Ich würde – *hick!* – gerne aus dir einen Hirtenknaben mit einer Flöte machen. Oder vielleicht einen Faun.«

»Ich spiele nicht Flöte, und ich muss jetzt gehen«, sagte Benjamin aufs Höchste alarmiert.

»Du könntest mein David werden. Oder mein Hector … oder vielleicht sogar einen – *hick!* – mein Amor …«

Benjamin hatte zwar keine Ahnung, was genau der aufgedrehte Kittelträger von ihm wollte. Aber dass es nichts Gutes sein konnte, war ihm klar.

»Ich würde jetzt lieber gehen, denn ich habe noch einige Päckchen auszuliefern.«

»Bleib bei mir!«, insistierte der Bildhauer und wurde immer zudringlicher. »Ich – *hick*! –, ich mache dich unsterblich. Wir können gleich anfangen. Komm schon, Junge.«

Benjamin bekam es nun endgültig mit der Angst zu tun und ging langsam rückwärts zum Ausgang, die Ledertasche krampfhaft mit beiden Händen umschlossen. Als er die Tür erreicht hatte, drehte er sich um und rannte. Im Treppenhaus hielt er kurz inne und hörte den rasenden Künstler wie wild brüllen, dann vernahm er ein donnerndes Krachen. Vermutlich war die fast fertige Büste dieser strengen Majestät von ihrem Sockel gekippt.

Was um Himmels willen verteile ich hier eigentlich?, fragte sich der Junge mit Bangen. Wenn es einen sensiblen Künstler plötzlich in einen aggressiven Rabauken verwandelte, dann war es vielleicht doch keine Medizin im herkömmlichen Sinne.

Das schlimmste Erlebnis aber stand noch bevor. Als Benjamin nach langer Suche die nächste Adresse gefunden hatte, öffnete ihm eine junge Frau mit verweintem Gesicht.

»Bin ich hier richtig bei Mrs. Bloombottom?«, fragte er und sagte, nachdem sie seine Frage mit einem Nicken beantwortet hatte, sein Sprüchlein auf: »Ich komme vom freundlichen Mister Unbekannt und habe eine Lieferung für Sie.«

»Dann komm doch bitte herein«, entgegnete die Frau.

Er betrat den mit vornehmen Möbeln ausgestatteten Empfangsraum eines wunderschönen Patrizierhauses. Der Raum, mit einem weichen Teppich ausgelegt und für sich schon größer als die Wohnung einer kompletten Großfamilie im Londoner Osten, war lichtdurchflutet und freundlich. Ein riesiges Blumengebinde stand in einer klassischen Vase auf einem Sockel aus weißem Marmor. Aus dem Ledertäschchen fischte Benjamin das letzte der roten Päckchen hervor und händigte es der traurigen Frau aus.

»Danke sehr«, schluchzte sie, als sie es entgegennahm.

Aus dem Inneren des Hauses vernahm Benjamin das durchdringende Kreischen eines Säuglings, der in höchster Not und offenbar unter großen Schmerzen schrie. So hilflos und verloren, dass man für einen Moment vergessen konnte, wie gut es dem Kleinen in solch vornehmer Umgebung gehen musste. Die kranken Kinder in Old Nichol klangen auch nicht verzweifelter. Dieser Säugling musste entsetzliches Leid zu ertragen haben.

Benjamin wollte schnell wieder verschwinden und raus aus diesem Haus, denn das Wehklagen des Kleinkindes erschütterte ihn. Daheim in Irland, in den Jahren des Hungers, hatte er zwei seiner kleinen Geschwister sterben sehen, und die Schreie brachten seine schlimmsten Erinnerungen zurück.

»Was ist mit dir?«, fragte die Frau plötzlich und unerwartet scharf. »Weinst du etwa?«

»Es tut mir leid. Auf Wiedersehen.« Mit diesen Worten wollte Benjamin gehen, aber die Frau machte einen schnellen Schritt und versperrte ihm den Weg.

»Nein, mein Junge. So einfach kommst du mir nicht davon. Ja, sperr ruhig die Ohren auf und hör zu, wie mein kleiner Lucas schreit. Seit ich ihm das Mittel dieses Mister Unbekannt gegeben habe, erleidet er die schlimmsten Schmerzen. Nur noch Koliken und Durchfall. Der Doktor meint, er muss vielleicht sterben.« Die letzten Worte gingen in einem tiefen Schluchzer unter.

»Es tut mir leid«, sagte Benjamin, der sich wünschte, er könnte irgendetwas tun, um den kranken Lucas zu retten. »Ich will wirklich nicht, dass ihm etwas passiert. Ich mag Kinder. Aber ich weiß doch von nichts. Ich weiß doch gar nicht, was in den Päckchen ist.«

»In den Päckchen ist eine Mischung aus Wasser, Sirup und Opium.« Die tiefe Stimme gehörte einem strengen Herrn in einem vornehm karierten Wollanzug, der nun hinter einem Mauervorsprung hervortrat. Er hatte einen stechenden Blick und trug einen ansehnlichen Bauch vor sich her. Außerdem hatte er einen schlanken Stock, der erkennbar nicht nur als Gehhilfe, sondern auch als Waffe eingesetzt werden konnte. »Man nennt es zynisch

Muttertrost. Es stellt angeblich die Kinder ruhig und hilft beim Einschlafen. Leider hat das Mittel schreckliche Nebenwirkungen. Seit es in Umlauf ist, sind hier in London schon fünf Kleinkinder daran gestorben.« Der Mann machte eine Pause, in der das Schreien des kleinen Lucas noch anschwoll. Dann baute er sich mächtig wie ein Gebirge vor dem Jungen auf. »Und ich hoffe, dass dieses Kind nicht das nächste Opfer wird. Ich bin Detective Inspector Cartwright von Scotland Yard. Und ich suche den gewissenlosen Verbrecher, der dieses Teufelszeug unter die Menschheit bringt.«

»Aber ich wusste das doch alles nicht.« Benjamin begann zu weinen. »Ich dachte, es sei eine Medizin.«

Der Beamte nickte streng und setzte sich auf einen eleganten, weichen Stuhl, um mit dem Jungen auf Augenhöhe zu sein.

»Wir wissen, dass es bisher ein Mann ausgeliefert hat. Zeugen haben beschrieben, dass er eine hohe Stimme hatte und sehr eigenartig roch. Er nennt sich Mister Unbekannt. Wer ist dieser Mann? Ich glaube, dass du ihn kennst und dass du weißt, wo wir ihn finden können.«

Benjamin fühlte sich schwindlig, als ihm klar wurde, dass dies genau der Moment war, vor dem Fox ihn gewarnt hatte.

»Du bist Ire, nicht wahr?« Detective Inspektor Cartwright war bei Freund und Feind für seine messerscharfe Beobachtungsgabe bekannt. »Das sehe ich an deinem Karottenkopf, und das höre ich an deinem Akzent. Du bist sicher noch nicht lange in der Stadt und hast vermutlich keine Freunde. Keiner freundet sich gerne mit Iren an. Aber ich kann dein Freund sein, wenn du ehrlich bist.

Also, raus mit der Sprache! Von wem hast du diese Päckchen? Wer hat dich geschickt?«

Benjamin senkte verzweifelt den Blick. Es wäre so leicht, dem Polizisten den Namen des Apothekers zu nennen. Aber was würde Fox dann seiner Schwester antun? Benjamin fühlte sein Herz bis zum Hals schlagen, und obwohl er den Namen am liebsten herausgeschrien hätte, biss er sich lieber auf die Lippen. Als habe er nur auf diesen Moment der Schwäche gewartet, rührte sich tief in seiner Lunge wieder der widerwärtige, gemeine Husten. Benjamins Gesicht lief purpurrot an.

Mag ich auch sterben, dachte er. Mag ich ersticken. Sagen werde ich kein Wort.

»Mach dich bloß nicht noch unglücklicher, als du ohnehin schon bist, mein Junge«, warnte ihn *DI* Cartwright. »Das betroffene Kind, Lucas, ist nicht irgendein Säugling, sondern der erste Sohn des Vizeministers Ernest Bloombottom. Sollte sich sein Zustand nicht bald verbessern, möchte ich für nichts garantieren.«

Mrs. Bloombottom schluchzte laut auf bei dem Gedanken, dass sich der Zustand des kleinen Lucas noch verschlimmern könnte.

Doch so leid es ihm tat – Benjamin konnte nichts sagen, sondern senkte nur den Kopf noch tiefer und hoffte, es möge sich ein Loch im Boden auftun, durch das er aus diesem Haus und am besten gleich aus dieser Welt verschwinden könnte.

Der Polizeidetektiv schüttelte erbost den Kopf.

»Junge, du scheinst dir gar nicht darüber im Klaren zu sein, in welcher unangenehmen Lage du dich hier befindest.«

Dass seine eigene Lage jedoch ebenfalls nicht gerade komfortabel war, das war dem Ermittler von Scotland Yard aber auch schmerzlich bewusst. Denn er hatte sich am Anfang seiner Ermittlungen selbst durch eine enorme Ungeschicklichkeit gegenüber den Zeitungen unter Druck gesetzt. Und wenn es ihm nicht gelingen sollte, diesen Fall bis Weihnachten aufzuklären, musste er um seine Karriere fürchten. Das Schicksal hatte den aufgeflogenen Giftkurier und den Polizeiinspektor untrennbar aneinandergekettet.

»Sag es doch, du dummer, dummer Bengel!«, appellierte die junge Mutter, und dann hielt sie es nicht mehr aus und stürmte mit einem verzweifelten Schluchzen die Treppe hinauf, um sich um ihr todkrankes Kind zu kümmern. Das jammervolle Schreien des kleinen Lucas erfüllte das ganze Haus bis unter das Dach. Es brach Benjamin das Herz. Und doch blieb er standhaft. Sie konnten alles von ihm verlangen, nur nicht, dass er Anna in Gefahr brachte.

Es dauerte eine halbe Ewigkeit. Menschen kamen und gingen wieder, brachten ihr sauer oder leicht verdientes, ihr erschwindeltes oder gewonnenes Geld zur Verwahrung oder ließen sich welches auszahlen. Sie verhandelten leidenschaftlich oder kühl über Kredite und Investitionen, lüfteten ihre Zylinder und schüttelten einander die Hände – beobachtet von Anna, die etwas abseits in der Halle auf einem lederbezogenen Stuhl hockte, der so hoch war, dass ihre Beine nicht den Boden erreichten.

Endlich segelte der Sachverständige der Prüfungsabteilung zurück aus der Nebenkammer, in die er sich zur kritischen Untersuchung zurückgezogen hatte, und breitete Annas Scheck auf der hellen Marmorfläche des Tisches aus.

»Tatsächlich echt«, erklärte er in einem Ton, als hätte er das nun wirklich nicht erwartet. »Wo hast du diesen Scheck her?«

Anna fragte sich, ob ihr eigentlich nie jemand richtig zuhörte. Oder ob sie vielleicht in ihrer Aufregung wieder begonnen hatte, irische Worte zu benutzen, und sie deswegen niemand verstand. Ein Seufzer der Selbstbeherrschung, dann erklärte sie ein weiteres Mal: »Mrs. Crackpickle hat vor, ans Meer zu ihrer Schwester Rhonda zu ziehen. Dazu braucht sie das Geld, das ihr die Versicherung für den tragischen Tod ihrer beiden Söhne zugesprochen hat. Denn ihre Schwester ist selbst sehr bedürftig. Aber die gute Misses ist zu erschöpft und viel zu traurig, um persönlich hierherzukommen, und deshalb hat sie mich geschickt. Ich bin ihre Angestellte.«

Die vier dunkel gekleideten Herren, die sie inzwischen umstanden, steckten ihre Köpfe zusammen und tuschelten, blickten dann streng zu ihr herunter.

»Hast du den Scheck etwa gestohlen oder auf sonst eine verbotene Weise an dich gebracht?«, fragte der Herr von der Prüfungsabteilung.

»Natürlich nicht!«, empörte sich Anna. »Ich würde doch niemals …«

»Es gibt leider einige ernst zu nehmende Hinweise darauf, dass du in Wirklichkeit eine Scheckdiebin bist«, unterbrach sie der Mann in Uniform, der während der langen Wartezeit einmal kurz hinausgerufen worden war und sie seitdem ganz besonders streng musterte.

Anna blieb vor Schreck die Luft weg, und eine ohnmächtige Wut stieg in ihr auf wie Lava in einem erwachenden Vulkan. Sie war ein liebenswertes und überaus ruhiges Mädchen. Aber sie konnte es auf den Tod nicht ausstehen, wenn ihr oder einer anderen Person Unrecht widerfuhr. Und was sich hier gerade zusammenbraute, das war ein regelrechtes Unwetter aus Unrecht.

Sie stemmte die Arme in die Hüften und rief: »Ich würde niemals etwas verkùsselhn! Ich bin eine wóorælmelse Stiaìngelpatœtze, und ich will gl¨ckfæntel ~holten standvoor h'ùnnerf'all Kücken vor der Willwœll.«

»Was schreit sie? Was ist denn das nur für eine Sprache?«

»Sicherlich das Kauderwelsch der Gauner und Scheckbetrüger.«

»Nein, das muss wohl Walisisch oder Schottisch sein, wenn ich mich nicht irre.«

»Nein, es ist Irisch. Ich habe das schon mal erlebt. Das geht schnell vorüber, dann redet sie wieder verständlich«, sagte eine neue Stimme, die Anna irgendwie bekannt vorkam.

Tatsächlich schob sich das bärtige Gesicht des Briefträgers Mr. Watson in ihr Blickfeld. Der Mann in der Uniform der *Royal Mail*, der ihr den schrecklichen Scheck für die Witwe Crackpickle ausgeliefert hatte. Den bösen Scheck, der so viel Unglück über die Spielwarenhändlerin gebracht hatte und nun auch über sie. Vorhin hatte er das Mädchen in der Schalterhalle erkannt und sich beim Sicherheitsdienst gemeldet. Die Sache war ihm gleich sehr verdächtig vorgekommen.

»Du dummes Mädchen! Habe ich dich nicht ausdrücklich davor gewarnt, irgendwelchen Unsinn mit dem Scheck anzustellen? Und was ist nun? Du wolltest dir das Geld selbst unter den Nagel reißen, nicht wahr?«

Die feinen, dunklen Herren der Bank quittierten die Anschuldigung mit einem feindseligen Raunen.

»Wir werden die Polizei rufen müssen«, befand einer.

»Nicht nötig, bin schon da«, erklang eine wuchtige Stimme, und in die Mitte ihres Kreises trat ausgerechnet der Polizist, mit dem die Kinder am Vortag aneinandergeraten waren. Diese Filiale der Bank of England lag nämlich ganz in der Nähe der Liverpool Station, wo der aufmerksame Konstabler Gordon seine Runden ging. »Was geht denn eigentlich hier vor? Ah, sieh mal an. Wir kennen uns doch, junge Dame, nicht wahr?«

Der Konstabler ergriff sie hart am Arm und zerrte sie mit sich wie eine Urgewalt.

»Danke, meine Herren. Sie haben der Gerechtigkeit einen großen Dienst erwiesen. Diese irische Elster wird bereits wegen Bandenkriminalität und wegen eines Angriffs auf Polizeibeamte gesucht.«

»Und nun also noch Scheckbetrug! Grauenhaft.«

»So jung und schon so verdorben!«

»Diese Iren sind wirklich eine Landplage. Warum können sie nicht auf ihrer gottverfluchten Insel bleiben?«

»Ganz ruhig«, brummte der grimmige Gordon. »Ich werde die rothaarige Hosenhexe umgehend dem Herrn Polizeirichter vorführen. Der kennt sich mit Früchtchen dieser Art allerbestens aus und wird dafür sorgen, dass sie für einige Zeit aus dem Verkehr gezogen wird. Vielleicht auch für immer …«

»Es soll in ähnlichen Fällen auch schon die Todesstrafe verhängt worden sein.«

»Ach, wirklich? Auch gegen Kinder?«

»Gerade gegen Kinder. Man kann gar nicht früh genug anfangen, Ordnung zu schaffen.«

»Lœssen Sie mir lláus!«, schrie Anna, doch die Herren lachten nur höhnisch über ihre sonderbare, fremdartige Sprache. »Mœrses Crackpickle wúntet auf ihr Flöinz!«

Noch größere Heiterkeit folgte. Irgendwo in der großen Halle klatschte jemand begeistert Beifall.

»Los jetzt, Abmarsch ins nächste Gefängnis!«, rief der große Konstabler, als er die wild zappelnde Anna abführte.

Anna strampelte immer noch, als der Beamte sie vorbei an den Portallöwen die zehn Außenstufen hinunter auf die Straße schleppte. Dort teilte er mit nichts als seinen Blicken die ansehnliche Menschenmenge, die sich mittlerweile in Erwartung einer weiteren vorweihnachtlichen Attraktion versammelt hatte. Anna zappelte auch weiter, als sich, der zurückflutenden Meeresbrandung gleich, die Menge hinter ihnen wieder schloss, denn keiner wollte auch nur einen Augenblick dieses Spektakels versäumen.

Verborgen hinter einem Mauervorsprung und etwas abseits der Menge und im Schutz einer Mauer jedoch stand ein sehr kleinwüchsiger und sehr unauffälliger Zeuge des Vorfalls und blickte den beiden mit einem alarmierten und recht hilflosen Gesichtsausdruck hinterher.

Du nicht ungütige Güte!, dachte mit einigem Unbehagen Wasmut, der Leprechaun. Die Nämliche hätte wirklichst erwähnsen können, dass ihrige Nichtenkinder das Unglück nur so anziehen …

Siebtes Kapitel

CHIP ERHÄLT UNERWARTETEN BESUCH, UND MR. FOX ENTZIFFERT EIN WICHTIGES DOKUMENT.

Die mächtige Ost-Londoner Schuhschwärzergilde sorgte nicht nur durch Einschüchterung und rohe Gewalt dafür, dass ihre Mitglieder die Einzigen im ganzen Bezirk waren, denen die Ausübung dieses begehrten Berufs gestattet war. Sie besorgte ihnen auch ein Grundmaß an Nahrung und eine für ihre Verhältnisse akzeptable Unterkunft. Dafür mussten die Jungen, Arbeitsbienen gleich, bis zum Umfallen schuften und alle Einnahmen abgeben. Sie durften davon nur ein winziges Sümmchen für sich behalten. Aber in den kalten Straßen von Old Nichol, wo nur überleben konnte, wer einer Gemeinschaft angehörte – und sei sie auch noch so fragwürdig –, musste sich derjenige glücklich schätzen, der in der Gilde Aufnahme fand.

Sie waren übrigens tatsächlich Schuhschwärzer, nicht etwa Schuhputzer. Die Schuhe zu putzen, also zu säubern, war in dieser Stadt so gut wie sinnlos. Nach nur wenigen Schritten durch den Matsch, den Staub und die Pfützen auf den Ost-Londoner Straßen sahen sie genauso schäbig aus wie zuvor. Aber mit der besonderen Paste aus rabenschwarzem Ruß und wasserabweisendem Rindertalg konnte man immerhin für einige Zeit die Illusion einer anständigen Fußbekleidung herstellen. Das kostete nicht mehr als einen Penny, und gerade zur heiligen Adventszeit waren die Dienste der Gilde gefragter denn je. Jeder Hafenarbeiter und jeder Krämer wollte vornehm und irgendwie herausgeputzt daherkommen. Und weil die winterlichen Temperaturen und die herannahende Zeit der Barmherzigkeit die Herzen schneller schlagen und weicher werden ließ, zahlten viele sogar freiwillig etwas mehr oder ließen sich ein kleines Trinkgeld entlocken. Die meisten der knapp fünfzig Schuhschwärzer waren Waisen, die aus der strengen Obhut ihrer Erzieher direkt in die Gilde wechselten. Sie schliefen alle unter einem Dach in einer flachen Baracke aus kaltem Ziegelstein unweit von *Spitalfield.*

Chip Thumbs war erst vor kurzem in die Gilde aufgenommen worden. Ihm als dem Neuling war eines der weniger attraktiven Lager zugewiesen worden: Er schlief ganz hinten im finstersten Winkel des fast fensterlosen Baus – auf der untersten Pritsche eines dreistöckigen Etagenbettes am weitesten entfernt nicht nur vom Ausgang, sondern auch von dem kleinen, bauchigen Ofen. Chip, der auch bei Nacht seine braune Wollmütze nicht ablegte, war zurzeit der Jüngste und hatte noch keine Freunde in der Gruppe der Schuhputzer gefunden. Das war auch nicht leicht, denn jeder der Jungen sah im anderen zuerst den Konkurrenten um die Schuhe der Kundschaft und nicht einen Schicksalsgenossen. Deswegen hatte sich Chip so sehr über die Begegnung mit Anna und ihrem

Bruder gefreut. Diese beiden waren die ersten freundlichen Menschen, die er seit vielen Jahren getroffen hatte.

Als Chip an diesem Morgen erwachte, hungrig und frierend wie immer, galt sein erster Gedanke dem irischen Mädchen. Auch sein letzter Gedanke vor dem Einschlafen gestern Nacht hatte sich um Anna gedreht. Sie hatte ihn sehr beeindruckt mit ihren Hosen und den roten Haaren, mit ihrem frechen Mundwerk, ihrem Mut und der Treue zu ihrem Bruder. Auch diesen hatte Chip irgendwie lieb gewonnen. Benjamin war ein ehrlicher und vertrauenswürdiger Knabe. Keiner von den trickreichen Londoner Slumfüchsen, die einen heute ihren Freund nannten und morgen bei der Polizei oder dem Gildenführer, dem einäugigen Gary Simmons, anschwärzten. Und wenn Benjamin seiner Schwester lieber nicht die Wahrheit erzählen wollte über sein klägliches Versagen in der Welt der Schuhschwärzer, dann hatte er vermutlich gute Gründe dafür. Chip ahnte natürlich nicht, dass seine neuen Freunde heute ihren schlimmsten Tag erleben würden, aber seiner begann auch nicht gerade vielversprechend.

»Los, aufstehen, ihr faule Bande!« Mit dem üblichen Morgengruß, begleitet von einem ohrenbetäubenden Glockenlärm, beendete Gary Simmons ihre viel zu kurze Nacht. Überall im Dunkel der Schlafbaracke rührten und regten sich sofort seine Untertanen, die kleine Armee der Ost-Londoner Schuhschwärzer.

»Auf jetzt und nicht herumtrödeln. Hey, Edmonds, beweg dich, sonst mache ich dir Beine! Und du da – hey! – heb gefälligst den Dreck auf!«

Innerhalb weniger Minuten waren alle Jungen abmarschbereit und stellten sich vor dem Quartier in der morgendlichen Dunkelheit in einer Reihe zum Morgenappell auf. Manche schwankten noch schlaftrunken hin und her, andere gähnten und rieben sich die Augen. Das Geräusch von Zähneklappern und das Knurren hungriger Mägen waren deutlich zu vernehmen.

»Du da, Neuling … los – vortreten!«

Chip machte einen Schritt nach vorne. Simmons, der eine wild flackernde Öllampe vor sich hertrug, kniff sein gutes Auge forschend zusammen und blickte auf den eingeschüchterten Jungen herab wie ein Raubvogel auf seine Beute.

»Mir ist ein Vorfall zu Ohren gekommen, über den wir reden müssen.«

Chip ahnte, was bevorstand, und versuchte, sich so klein wie nur möglich zu machen. Und das erwies sich, obwohl er von geringem Wuchs war, als immer noch viel zu groß. Simmons drückte dem wilden Ollie, der immer beflissen und hilfsbereit war, die Lampe in die Hand. Dann schritt er, die Hände auf dem Rücken, die Reihe der Jungs ab, als wären sie seine Soldaten und er der General. Er kostete seinen Auftritt bis zur Neige aus. Ging langsam und verzog das Gesicht, als hätte er etwas Ekelhaftes geschluckt. Als er dann wieder vor Chip stand, legte er dem zitternden Jungen seine linke Hand auf die Schulter. Ein schwere, raue Pranke, die den Neunjährigen fast niederdrückte.

»Es gab einen Eindringling in unserem Revier. Und du hast nichts gegen ihn unternommen! Du hast sogar mit ihm geplaudert!«

Chip zuckte zusammen, und dann, plötzlich und unerwartet, traf ihn Simmons' rechte Hand, die einen leuchtend roten Abdruck auf seiner Wange hinterließ. Für einen Moment glaubte Chip, er würde das Bewusstsein verlieren. Den stechenden Schmerz spürte er bis in die Zehenspitzen. Noch ärger schmerzte ihn allerdings das herzhafte Lachen der anderen Jungen. Simmons gebot der allgemeinen Erheiterung mit einem bösen Blick Einhalt.

»Und später hast du dich mit diesem Eindringling im Viertel herumgetrieben, als wäret ihr die besten Kumpel, statt Schuhe zu schwärzen und Geld zu verdienen, wie es deine Pflicht ist. Dafür musst du büßen, mein Jungelchen!«

Noch einmal traf Chip die harte Hand des Gildenführers. Der Kopf des Jungen flog zur Seite, und seine Wange tat weh, als brenne sie lichterloh.

»Was sagst du dazu?«, brüllte Simmons.

Chip wusste zunächst vor Schreck nicht, was er entgegnen sollte. Dann fiel es ihm ein. Wenn andere bestraft wurden, hatten sie immer folgende Worte gesprochen:

»Es tut mir sehr leid, Sir. Es soll nicht wieder vorkommen.«

»Aha!«, höhnte der Einäugige und hob Chip an seinem Kragen in die Höhe, so dass seine Füße den Bodenkontakt verloren. Seine schräge Visage kam ganz dicht an Chip heran. Sein Atem roch nach Tabak, Schnaps und Muschelsuppe. »Das will ich für dich hoffen. Denn beim nächsten Mal kommst du mir nämlich nicht so billig davon. Hast du das verstanden?«

»Ja, Sir.«

»Ja, Sir, was?«

»Ja, Sir, ich habe es verstanden.«

Unvermittelt ließ ihn der Gildenführer wieder los, so dass er beinahe das Gleichgewicht verlor und vornüberfiel. Von den anderen Jungs war wie immer keine Hilfe zu erwarten. Sie standen schreckensstarr da, blickten stur geradeaus und hofften, dass ihnen heute der Zorn des Gary Simmons erspart bleiben möge.

»Ich gebe dir noch eine Chance, Früchtchen. Mehr nicht. Eine einzige Chance. Und vergiss bloß nicht, dass du mir gehörst. Mir allein. Ich habe zwei Pfund für dich bezahlt. Und dass ich alles, aber auch alles sehe, was in diesem Viertel geschieht.«

»Ich werde es sicherlich nicht vergessen, Sir.«

»Und was noch?«, brüllte Simmons wie von Sinnen. Zum Glück erinnerte sich der Junge daran, was von ihm erwartet wurde. »Danke, Sir!«

»Also, genug geschwätzt. Los jetzt, ihr Taugenichtse und Faulenzer. Frühstück und an die Arbeit!«

Auf dieses Kommando rannten alle Jungen zurück zu ihren Betten, unter denen sie in der Nacht ihren kostbaren Besitz – ihre Kästen – aufbewahrten. Das Frühstück bestand aus nichts als einem Teller, der auf einem Hocker am Eingang stand. Darauf ein dünner, trockener Zuckerkuchen, aufgeteilt in nicht eben großzügige Stücke, von denen sich jeder im Hinausgehen eines – und nur ein einziges! – nehmen durfte.

Ihre Mahlzeit schlangen die jungen Schuhschwärzer im Laufen in sich hinein, während sie, die Kästen unter den Arm geklemmt, zu ihren angestammten Plätzen eilten. An der Seifenfabrik, im Hafen, an den Haltestellen der Kutschen und vor den Restaurants und Pubs.

Am östlichen Himmel zeigte sich das erste blasse Licht

des neuen Tages. Wieder würde es kalt werden, vielleicht schneien. Wieder würden sie eifrig arbeiten und heftig frieren.

Chip blieb traurig vor der Baracke stehen, denn Simmons hatte ihm wieder seine Hand auf die Schulter gelegt und knurrte ihn an: »Du bleibst hier, kleiner Chipper. Du wirst heute und morgen eine Pause einlegen und über deine Verfehlungen nachdenken. Und dabei wirst du den Schlafsaal von oben bis unten putzen. Jeden Bettkasten, jede Ecke, jeden einzelnen Holzspan. Das wird dich lehren, was passiert, wenn du deine Pflichten vernachlässigst.«

Nachdem alle Jungs verschwunden waren, stieß der Gildenführer Chip zurück in die dunkle, kalte Schlafbaracke und verriegelte die Tür hinter ihm.

»Mein Name ist Nicholas Sheehan. Nennen Sie mich einfach Nick … Stets zu Ihren Diensten, Sir«, sagte der Zahnlose, der kurz nach Mittag auf der Schwelle der Apotheke erschien. Er riss sich in einer Geste übertriebener Demut die Mütze vom Kopf.

Der Geruch von Hafenwasser und Algenfäule zog dem Apotheker in die Nase, als der Mann sich verbeugte, wobei er Fox seinen blanken, von leuchtenden Flechten befallenen Schädel darbot.

Pfui Teufel, wie ekelhaft, dachte mit einem Schaudern der Kräuterkundler, der diese menschliche Vogelscheuche unter normalen Umständen niemals in sein Haus gelassen hätte. Aber nun brauchte er die Hilfe ausgerechnet dieses nach Fischabfällen und Uferschlamm riechenden Mannes.

»Wie mir zugetragen wurde, sind Sie ein Ire«, hob Fox an. »Und ich hätte da ein schwieriges, irisches Rätsel, das ich vor Weihnachten unbedingt gerne noch gelöst hätte. Es handelt sich um die Aufzeichnungen einer kürzlich verstorbenen Tante.«

»Sie hatten eine irische Tante?«, freute sich der Mann und zeigte ein grauenhaftes, zahnloses Lächeln.

»Nun ja, sie war *eine* Tante. Nicht unbedingt *meine* Tante«, erklärte Fox und ging voraus in seine Studierkammer, wo die Notizen seiner Mitarbeiterin auf dem Schreibtisch ausgebreitet waren.

Stunde um Stunde hatte Fox darüber gebrütet, aber nichts finden können, das irgendeinen Sinn ergab. Diagramme und Rechnungen, Rezepte und offenbar Listen von Zutaten, verfasst in unverständlichen Runen und Lettern. Das Einzige, was ihm in all der Verwirrung ein wenig Labsal verschaffte, war dieses kleine, grüne Stoffsäckchen, das er aus der Kellerwohnung hatte mitgehen lassen und das er seitdem immer bei sich trug. Es steckte in seiner Rocktasche, und immer wieder ertappte sich der Apotheker dabei, dass er es mit seiner Rechten umfasst hielt wie einen Talisman und es zusammendrückte, damit die darin enthaltenen Duftkräuter ihr belebendes Aroma entfalten konnten. Manchmal, wenn er sich unbeobachtet fühlte, dann nahm er es auch heraus und schnüffelte daran.

»Nett haben Sie es hier«, sagte der schmuddelige Ire, nach dem Fox hatte schicken lassen. Ausgerechnet von ihm, Nick Sheehan, dem allseits bekannten irischen Muschel- und Schneckenhändler, musste Fox sich wichtige Hinweise über den Inhalt von Siobhan O'Reillys rätselhaftem Nachlass erhoffen.

»Hier duftet es aber sehr gut«, befand Sheehan und zog die Luft in seinen kahlen Riechzinken. »Ist das etwa Krötenfurz?«

»Kann schon sein.« Fox war nicht in Stimmung für Plaudereien.

»Köstlich. Wussten Sie, dass wir Iren das manchmal ins Dunkelbier träufeln? Deswegen schmeckt es so gut.«

»Sie sind also des Lesens kundig?«, fragte Fox ernst, während sich der Kräutergeruch seines Hauses mit den unappetitlichen Meeres- und Hafenaromen vermischte, die Sheehan so großzügig verströmte.

»Das will ich meinen«, tönte der Zahnlose und machte sich gleich ungefragt über die Sammlung auf dem Schreibtisch her. »Und ich muss schon sagen, da haben Sie einen ganz schönen Dusel gehabt, dass Sie mich gefunden haben. Ich bin nämlich weit und breit der Einzige, der damit was anfangen kann …« Er hielt ein Papier hoch und grinste schräg und sachverständig. »*Ogham*«, posaunte er.

»Ich weiß«, sagte Fox wenig beeindruckt.

»Und hier – altirische Runen. Die kann weit und breit keiner mehr entziffern. Aber der alte Nick schon, der kann das, ja, ja … Ich war nämlich auf der Schule und da –«

»Dann soll mir der alte Nick doch mal entziffern, was hier steht«, forderte Fox seinen Besucher schroff heraus und überreichte ihm ein willkürlich aus dem Stapel gezogenes Blatt. »Also?«

»Gewiss doch kann ich das lesen – da steht:

Beinwurz, Schelmenkraut und Möhren
auf die wehe Haut gehören.«

»Tatsächlich?«

»Ja. Das scheint ein Rezept zur Behandlung von Brandverletzungen zu sein.«

»Verstehe. Und hier?« Der Apotheker hielt dem Mann ein anderes Blatt unter die Nase.

»Finkelstein und Schlamm aus Cork
Machen müde Glieder stork.«

»Stork?«

»Na ja. Stark eben. Auf Irisch funktioniert der Reim.«

Fox war enttäuscht. Wenn es sich hier nur um eine Sammlung dämlicher irischer Verse zur Behandlung von irgendwelchen Zipperlein handelte, dann war es wohl kaum der Mühe wert, sich ausgiebig damit zu befassen. Er suchte etwas anderes. Etwas Großes. Einen Schatz. Er zog willkürlich ein drittes Papier aus dem Stapel.

»Hier! Was ist damit?«

»Salbei, Spinnenspucke, Zinn
Kriegen jeden Fußpilz hin.«

»Fußpilz, soso«, knurrte Fox.

»Leiden Sie vielleicht unter Fußpilz?« Der Ire blinzelte voller Anteilnahme. »Ich hatte mal einen. Scheußliche Sache, das …«

»Seien Sie still!«, herrschte ihn der Apotheker an. Um sich zu beruhigen, nahm er das gestohlene Säckchen aus seiner Tasche und hielt es sich unter die Nase. Der süße Duft beruhigte ihn sogleich, und er beschloss, noch einen letzten Versuch zu unternehmen. Er bohrte seine Hand in den Stapel aus Merksprüchen und Rezepten und hielt plötzlich einen Umschlag in der Hand.

»Und?«

»Nach meinem Tode unbedingt zu vernichten.«

»Was?«

»Das steht da. ›Nach meinem Tode unbedingt‹ …«

»Schon gut. Geben Sie her!« Fox entriss ihm den Umschlag und öffnete ihn ungeduldig. Ein weiteres Papier kam zum Vorschein.

»Vorlesen, Sie Idiot!«, herrschte der Apotheker den Iren an. »Was steht da? Was sollte sofort vernichtet werden? Was zum Teufel steht da?«

Nick Sheehan hob verwundert die Augenbrauen, denn er war nicht hier, um sich beleidigen oder drängeln zu lassen. Er wollte hilfreich sein und sich ein paar Schilling verdienen. Nach Beschimpfungen jedoch stand ihm nicht der Sinn. Trotzig las er vor:

»*Uhnia'ch bluthfarth sióin onghlei'gh fruyh n-neì-rè leath gwyndevein amaárch cabhair n-theìn* …«

Fox, statt empört aufzubrausen, wie es seiner Natur entsprach, erkannte seinen Fehler und riss sich nunmehr am Riemen. Es war sinnlos, mit diesem Kauz wie mit einem vernünftigen Menschen zu reden. Er versuchte vielmehr ein gewinnendes Lächeln aufzusetzen, aber seine wulstigen Lippen brachten nur eine grässliche Grimasse zustande.

»Würden Sie es mir bitte übersetzen, bester Nick? Für zwei Schilling?«

»Für fünf Schilling«, entgegnete der übel riechende Ire kühl.

»Drei?«

»Fünf oder ich gehe.«

»Gut, dann also in Gottes Namen fünf.« Fox lenkte seufzend ein. Denn er spürte, dass ihn sein Instinkt nicht fehlgeleitet hatte und dass er hier einer ganz großen Sache auf der Spur war. »Also, was steht denn nun da, das nach dem Tod der lieben Tante unbedingt zu vernichten wäre?«

Nicholas Sheehan senkte die Stimme. »Es ist wieder eine Art Rezept, aber diesmal nicht *gegen* Rheuma oder Schnupfen oder irgendwas, sondern ein Rezept *für* etwas.«

»Und das wäre?«

»Wenn ich das richtig verstehe, ist es ein Rezept für … na ja … für Glück.«

»Glück?«, staunte Fox. »Ein Rezept für Glück? Was muss denn da rein?«

Sheehan las vor: »Zwei Teile Schlehenbratze, gekerbelt und gesiebt. Drei Teile wilder Wolfskresse mit ein paar Fichtennadeln und einem Schuss Knöterichsamen. Dann noch ein Bund Sichelkraut und Schnittlauch und zum Schluss zehn vierblättrige und zwei dreiblättrige Kleeblätter.«

Fox verschlug es fast den Atem. Das also hatte die irische Kräuterhexe in ihren einsamen Stunden unten im Keller ausgeheckt. Die Glücksformel! Den Schlüssel zu allem. Wer ihn besaß, hatte für immer und alle Zeit ausgesorgt. Und dazu brauchte es nicht mehr als ein paar Kräuter und ein wenig Klee.

»Das alles wird zusammen eingekocht, getrocknet und pulverisiert und bei Bedarf mit Likör vermischt und dann mit einem Zerstäuber verteilt. Es kann in dringenden Fällen aber auch direkt eingeatmet werden.«

»In welcher Dosierung?«

»Steht hier nicht.«

»Unglaublich!« Fox war sprachlos. Sein runder,

schweinsfarbener Kopf begann sich rot zu verfärben. Seine Augen bekamen ein wässriges Leuchten.

»Hier sind Ihre fünf Schilling! Danke für Ihre Hilfe. Sie können jetzt gehen. Auf Wiedersehen!« Er nahm das unschätzbare Papier aus dem Nachlass an sich, drückte dem Iren stattdessen die Geldstücke in die Hand und schob ihn zur Tür, während er im Geiste immer wieder die Zutaten des Glücks wiederholte, um sie nicht wieder zu vergessen. Gekerbelte, gesiebte Schlehenbratze. Wolfskresse, Fichtennadeln, Knöterichsamen. Sichelkraut und Schnittlauch. Zehn vier- und zwei dreiblättrige Kleeblätter.

Nicholas Sheehan seinerseits mochte zwar nicht besonders gut riechen, aber dumm war er nicht. Auch er prägte sich auf dem Weg nach draußen den Inhalt des Rezeptes fest ein. Unverzüglich würde er sich daranmachen, diese Ingredienzien zu besorgen, um dann seinen eigenen Glückssud zu kochen. Wenn es einem Iren – oder einer irischen Tante – tatsächlich gelungen sein sollte, einen solchen Trunk zu komponieren, dann hatte er als aufrechter, irischer Patriot vor allen anderen das Recht, diesen zu brauen und zu genießen. Vor allem gebührte dieses Recht nicht diesem fetten Apotheker mit seinen schlechten Manieren.

»Hat mich sehr gefreut!« Mit diesen Worten schob Fox seinen Gast hinaus in den kalten Dezembertag. Sheehan bedankte sich noch einmal überschwänglich für die großzügige Entlohnung für einen so einfachen Dienst, aber da hatte Mr. Fox schon die Tür hinter sich geschlossen.

So ein unfreundlicher Patron, dachte der Ire. Beschwingt und beseelt eilte er die Straße hinunter Richtung Hafen und blickte sich nicht mehr um. Wenn er dies getan hätte, so wäre ihm vielleicht aufgefallen, dass der Apotheker Fox im Fenster seines Studierzimmers stand und ihm nachschaute.

Warte nur ab, Herr Apotheker, dachte Nick Sheehan. Warte nur ab, dass ich dir auf der Jagd nach dem Glück nicht zuvorkomme …

Das Glück hatte es bisher nicht besonders gut mit ihm gemeint. Daheim in Irland war er in jungen Jahren ein sehr gefragter Hauslehrer gewesen, bis mit der großen Hungersnot alles kaputtgegangen war. Er floh nach England. Dort wurde er, vom Pech verfolgt, wegen einer Namensverwechslung unschuldig vor Gericht gestellt und zu zehn Jahren Zwangsarbeit verurteilt. Endlich wieder in Freiheit ließ er sich in London nieder. Arbeit fand er jedoch nicht. Schließlich hielt er sich am Leben, indem er Algen, Muscheln und Seeschnecken aus dem Hafen fischte und zum Verkauf anbot. Er wohnte unter einem Segeltuch im Skelett eines morschen Ruderbootes unweit der Docks von Whitechapel. Aber nun, mit dem geheimen Glücksrezept im Sinn, würde er noch einmal ganz von vorne anfangen. Nun sollte ihm alles gelingen, und jeder Wunsch würde in Erfüllung gehen.

Hinter seinem Fenster aber nahm der Apotheker das Duftsäckchen aus der Tasche, hielt es unter seine Nase und sog das beruhigende Aroma tief ein.

Bald ist Weihnachten, und ich werde der glücklichste Mensch der Welt sein, dachte Sheehan voller Inbrunst, während er die Straße überquerte, und dies war sein letzter Gedanke auf dieser Welt. Dann hörte er die entsetzten Schreie der Passanten und sah im Augenwinkel aus dem Nichts die vierspännige Kutsche, deren Pferde wild geworden und durchgegangen waren, in voller Fahrt auf sich zurasen.

Als er dies sah, dämmerte Fox, dass er den Schlüssel zum großen Glück bereits in den Händen hielt. Deshalb hatte er den weit und breit einzigen Übersetzer ausfindig machen können. Deshalb hatte er aus dem Stapel von Papieren den richtigen Umschlag gezogen. Deshalb war der einzige Zeuge und Mitwisser der ungeheuerlichen Glücksformel gerade ausgelöscht worden. Das alles war geschehen, nachdem er eine Nase voll Aroma aus dem Duftsack gesogen hatte.

Er schnupperte noch einmal prüfend, und nun wusste er, was er die ganze Zeit mit solchem Genuss inhaliert hatte: Das war eindeutig die süßliche Schlehenbratze, die Wolfskresse und unverkennbar auch ein Hauch von Fichte, was er da roch. Trockener Klee hatte zwar keinen besonderen Geruch, aber Fox war sich auch so ganz sicher. Siobhan O'Reilly hatte eine gute Portion von ihrer Glücksmischung in dieses Säckchen gepackt. Vermutlich als Starthilfe für die verwaisten Kinder, damit sie es ohne ihre Tante nicht allzu schwer im Leben hatten. Aber nun hatte er den Sack und das ganze Glück – und die Kinder hatten nichts als Pech.

Endlich wurde dem Apotheker klar, was hier soeben geschah und welche ungeheure Macht er in seinen Händen hielt. Und als er es endlich erfasst hatte, da spürte er sein Herz vor Aufregung im Halse und in den Ohren hämmern, und er dachte: Ich, Elias Fox, der Apotheker und Kräutermischer von Old Nichol – ich werde die ganze Welt beherrschen …

Putzen war für Chip nun wirklich keine neue Übung. Im Gegenteil, die ersten Jahre seines Lebens waren ein einziges Putzen, Schrubben, Wischen und Scheuern gewesen. Auf den Knien, mit beiden Händen kalte, nasse Lappen umklammernd, hatten er und die anderen Kinder jeden Winkel und alle Ecken ihres Waisenhauses säubern müssen, und zwar jeden Morgen, bevor es etwas zu essen gab. Für die vorbildliche Hygiene in seiner Einrichtung bekam der heimtückische Heimleiter Tibbits regelmäßig Belobigungen von der Aufsichtsbehörde. Putzen also konnte Chip, keine Frage. Was Gary Simmons jedoch nicht erklärt hatte, war, wie Chip den Schlafraum der Gilde – jeden Bettkasten, jede Ecke, jeden einzelnen Holzspan – putzen sollte, und zwar ohne Lappen, Tuch, Bürste, ohne Wassereimer und fast ohne Licht. Denn im matten Schein des Tages, der durch das einsame, kleine Fenster kroch, waren kaum Umrisse zu erkennen. Von Staubnestern, Spinnweben und Wollmäusen gar nicht zu reden. Vielleicht, dachte Chip, vielleicht war das genau so geplant. Und wenn Simmons später mit einer Laterne nachschaute, dann fände er noch viel Schmutz und Unrat und hatte einen weiteren Grund, Chip vor den anderen zu demütigen und zu bestrafen.

Trotz dieser wenig angenehmen Aussicht zog sich der brave Junge den Ärmel seiner Jacke über die Hand und begann, damit den Fußboden zu scheuern.

Zuerst dachte er, es sei eine der Ratten, die sich unter den Bodenbrettern der Baracke häuslich eingerichtet hatten und die des Nachts unter den Schlafenden hin und her huschten. Das Geräusch klang jedenfalls wie das Kratzen von Krallen auf dem Holzboden. Als er jedoch mit der Arbeit innehielt und die Ohren spitzte, stellte Chip fest, dass dieses Kratzen einen Rhythmus hatte. Als klopfe jemand mit den Fingernägeln auf ein Brett zu einer lautlosen Melodie.

»Hallo?«, flüsterte er bange und lauschte ins Halbdunkel. »Hallo, ist da jemand?«

Tok, Tok, toktoktok. Tok, Tok, toktoktok … klopfte es weiter.

»Mr. Simmons? Sind Sie da, Sir?«

»Dreh dich bloß nichtig um!«, gebot eine leise Stimme hinter ihm, und ein eiskalter Schauer rieselte langsam über seinen Rücken.

»Wer ist denn da?«, wimmerte Chip. Dann hörte er ein verhaltenes Räuspern.

»*Ahem*, kann Welchiger sich unbedingtig darauf verlassen, dass diese Zusammenkunft mit äußäußerster Diskretion behandeltelt wird?«

Chip hörte die Worte, aber er verstand in seiner Aufregung ihren Sinn nicht sofort. Und manche der Worte hatte er auch noch niemals gehört.

»Mit äußäußerster … was?«

»Mit *Diskretion*.« Kurze, unbequeme Pause; langer, ungeduldiger Seufzer. »Vertraulichkeit. Verschwiegenheit. Dass niemand nichtig jemalsig von dieser Zusammenkunft erfährt …«

»Von welcher Zusammenkunft?«

»Von unserer. Baff.«

»Was ist eine Zusammenkunft?«

Abermals ein Seufzer. »Eine Unterhaltung. Ein Treffen. Also, noch mal: Kann sich Welchiger darauf verlassen, dass diese Unterhaltung unter den Nämlichen bleibt?«

»Wer sind die Nämlichen? Und wer sind Sie denn eigentlich? Kennen wir uns? Sind wir uns schon mal irgendwo begegnet?«, wollte Chip wissen. Die Anordnung, sich bloß nicht umzudrehen, war für ihn nur überaus schwer zu befolgen.

»Beantwortorte zunächst die nämliche Frage.«

»Ja, klar. Ich sage keinem etwas. Versprochen, großes Ehrenwort. Mir glaubt sowieso niemand was. Darf ich mich jetzt umdrehen?«

»Na gut. Aber nichtig lachen und noch was: Welchigen nichtig etwa anfassen und ihn nichtig nach Geld oder Gold fragen. Welchiger verleiht grundsätzlich Nichtsiges, und Schenken kommt schon mal gar nichtig in Frage.«

»Wer ist Welchigen?«

»Nämlicher.«

»Und wer ist das?«

»Welchiger. Sagte Nämlicher doch bereits mehrmalsig. Du musst lernen, besser zuzuhören.«

Es war kein Mensch, der mit ihm redete, dachte Chip. Oder doch? Jedenfalls ein sehr kleines Exemplar. Sein Gesicht, angetan mit einem sauber getrimmten, rötlichen Vollbart, nahm nicht mehr Raum ein als ein Daumennagel. Sein Besucher war, ganz nüchtern betrachtet, ein Zwerg mit Gehstock und Zylinderhut, der in einem modisch geschnittenen, grün karierten Anzug steckte. Er lehnte mit demonstrativer Gelassenheit an einem der Bettpfosten, aber er war offenbar nicht weniger aufgeregt als Chip. Seine Nervosität überspielte er, indem er mit dem Stock rhythmisch auf das Holz klopfte. Kein Wunder, dass er nervös war. In seinem ganzen langen Leben hatte er sich nur zwei Mal einer menschlichen Person gezeigt. Einmal, vor nunmehr siebenundachtzig Jahren, einem Kutscher in Wales. Diese unerwartete Begegnung war jedoch nur durch einen dämlichen Zufall zustande gekommen. Zum Glück blieb sie folgenlos, weil der Mann zu diesem Zeitpunkt sturzbetrunken gewesen war und eher an eine Sinnestäuschung denn an grüne Kobolde geglaubt hatte. Und dann war Wasmut mit der irischen Kräuterfrau Siobhan O'Reilly in Kontakt getreten, die ihm in einer Sache, über die er nicht gerne sprach, erheblich aus der Patsche geholfen hatte. Dafür war er der guten Frau für immer und weit über ihren plötzlichen Tod hinaus dankbar. Aber weil grundsätzlich und in der langen und manchmal leidvollen Historie die Begegnungen zwischen Mensch und Leprechaun niemals gut ausgegangen waren, vermieden Letztere den Kontakt.

»Wer bist du?«, entfuhr es dem Jungen, als er das winzige Männlein erblickte.

»Welchiger würde es begrüßen, wenn du beim ›*Sie*‹ bliebestest, mein Junge«, gab der Winzling pikiert zurück. »Welchiger ist nämlich ein paar Jährchen älter als du. Und nur weil Welchiger nichtig ganz deinige Größe hat, heißt das noch lange nichtig, dass er sich von jedem dahergelaufenen Straßenjungen verniedlichen lassen muss.«

»Ja, Sir. Selbstverständlich. Verzeihung. Ich wollte nicht unhöflich sein.«

»Gewiss. Welchiger ist, um deinige Frage zu beantworten, ein Leprechaun.«

»Ein Lattenzaun?«

»L-e-p-r-e-c-h-a-u-n!«

»Lepperkorn? Was ist das?«

»Leprechaun«, seufzte der Nämliche, der ahnte, dass es nicht besser wurde, noch werden konnte. »Leprechaun ist eine nichtig unakut vom Aussterben bedrohtete Art. Es gibt höchstens noch ein Dutzend von Nämlichen an verschiedenen nichtig unschwer zugänglichen Orten daheimsig in Irland. In London ist Welchiger mittlerweile der Letetzte.«

»Ich verstehe ....«, sagte Chip zögerlich, obwohl er in Wirklichkeit nichts verstand. Von Leprechauns hatte er tatsächlich noch nie gehört und war sich immer noch nicht sicher, ob er nicht doch beim Putzen eingeschlafen war und das Ganze nur träumte. Und das mit dem »Welchigen« und »Nämlichen« verwirrte ihn sehr.

»Beinahe wäre es auch um den Welchigen geschehen gewesen. Aber dank einer sehr nichtig unklugen und sehr nichtig unhilfsbereiten Dame konnte er sich retteten.« Der Kobold hörte endlich mit dem nervtötenden Klopfen auf und ließ sich auf die Bettkante sinken. Mit einem Mal sah er sehr ermattet aus. »Leider ist die nichtig ungute Dame unlängstig verstorben. Aber nichtig ohne dem Welchigen das Versprechen abzunehmen, auf ihrige nichtig unnutzlosen Nichte und Neffen aufzupassen und dafür zu sorgorgen, dass Jenigen Nichtiges zustößt.«

Nun ging dem kleinen Chip ein Lichtlein auf.

»Und diese Nichte, das ist Anna? Und der Neffe heißt Benjamin? Die beiden habe ich gestern kennengelernt.«

»Du bist ein nichtig unaufgeweckter Junge«, lobte der grün karierte Kobold. »Dann weißt du ja vielleicht auch, dass die Jenigen leider bis zum Hals in der Tinte stecken. Nichtig unschlimme Sache, das. Baff. Und was noch nichtig unschlimmer ist: Welchiger fürchtetet, dass er ihnen ohne ein wenig menschliche Hilfe nichtig da heraushelfen kann.«

»Und die menschliche Hilfe – das soll wohl ich sein? Ja?«

»Du hast es erfasst«, seufzte Wasmut, der mit vollem Namen Waòismuotth, Earl and Pearl of Loungflègéllan and Leaingscúll-Murphy-Gwòynnsdrough, letzter legaler Großneffe des letzten rechtmäßigen Großcallaghan von Cork und Lowbutton hieß. So klein und zierlich seine Gestalt war, so umfänglich und langwierig war der offizielle Titel, den er führte. Und dies war nur die Überschrift. Der Rest seines Namens, den er selbst sich kaum merken konnte, umfasste siebzehn eng beschriebene Seiten und gab Auskunft über seine lange und – wie er selbst es zweifellos ausdrücken würde – nichtig untragische Familiengeschichte, die weit zurück in die Zeit der Vulkane und Flugsaurier reichte.

»Und was soll ich nun tun?«, fragte Chip nach einer Weile. Anna und Benjamin waren die nettesten Menschen, die er jemals kennengelernt hatte. Die Aussicht, diese beiden als Freunde zu haben, war wie das Versprechen auf ein besseres Leben.

»Die Sache ist nichtig unverzwickt. Baff. Welchiger fürchtet, mit deinigem Bildungsstand würdestest du sie nichtig verstehen. Aber im Kern geht es um Folgendes: Es gibt eine bestimmtige Mischung aus diversersen natürlichen Stoffen, Elementen und Beigaben, die das menschliche Glück befördördert.«

Chip nickte, aber verstand tatsächlich wieder kein Wort. »Glück befördördert«, wiederholte er. »Wohin befördördert es denn das menschliche Glück?«

»Zum Menschigen«, erklärte Wasmut nicht ungeduldig. »Das Glück kommt zum Menschigen. Welchiger diese besondere Mischung – es handelt sich bei Selbiger um ein nichtig unfeines Pulver, sieht fast aus wie ein nichtig ganz unnormaler Staub, allerdings mit einem leicht nichtig ungrünlichigen Schimmer – also, Welchiger daran schnuppertert oder es gar zu sich nimmt, der erlebt binnen kürzester Frist einen nichtig unimmensen Schub von, nun ja, Glück. Baff.«

»Aha. Toll. So einen Glücksschub möchte ich auch mal erleben.«

»Eben. Das möchtete natürlich Jeglicher. Und darin liegt schon das Problem. Jeglicher muss nichtig unvorsichtig damit sein. Die Dosis macht das Gift.«

»Gift? Welches Gift denn? Glück ist doch kein Gift.«

Der Leprechaun lächelte nachsichtig. »Ach, Junge. Du musst wahrhaftig noch nichtig unviel lernen. Des Welchigen Glück ist nichtig unselten des Jenigen Pech. Oder sogar des Anderen Unglück. Gestern zum Beispiel – da hat der Welchige mit seinen letztigen, nichtig uneisernen Reserven dieser Mischung dafür gesorgt, dass Anna und Benjamin dem nichtig unbösen Polizisten entkommen konnteten.«

Chip staunte. »Das waren Sie, Mister Lepperkorn? Ich hatte gehört, ein grüner Vogel oder sogar ein grünlicher Blitz seien im Spiel gewesen.«

Der kleine Mann fühlte sich geschmeichelt. »Hm. Baff. Welchiger ist zwar nichtig mehr der Jüngste, aber er kann sich tatsächlich immer noch einigermaßen nichtig unelegant bewegegen.« Er lächelte kurz in seinen rötlichen Vollbart hinein. »Wie dem auch sei. Die Jenigen konntenten, wie du ja weißt, nichtig unglücklich entkommen. Aber natürlich bekamen alle anderen Menschigen auch was von dem Glück ab. Dieser nichtig undicke Polizist zum Beispiel, der bekam Anna dann soeben in der Bank zu fassen und nahm sie nichtig unfest. Das war wiederum ein Glück für Jenigen. So nichtig unüberraschend kann das Glück sich wenden, wenn plötzlich es aus der Verankerung gerätät.«

»Anna wurde in einer Bank festgenommen? Warum denn? Hat sie was ausgefressen?«

Wasmut winkte müde ab. »Es würde Stunden dauern, dir das zu erklären. Aber lass Welchigen mal sovielig sagen: Es sieht nichtig besonders unrosig für sie aus. Für ihren lungenkranken Bruder übrigens auch nichtig. Die Jenigen haben nur noch eine winzinzige Reserve Restglück zur Verfügung, das reicht gerade noch für höchstens einen nichtig unglücklichen Zufall. Danach, fürchtet Welchiger, werden sie im Unglück untergehen wie in einem großen Bottich aus klebrigem Brei. Baff.«

»Das ist ja schrecklich. Aber sagten Sie denn nicht eben, Sie hätten Glücksstaub über ihnen ausgeschüttet? Müsste sie demnach nicht bald wieder freikommen?«

Wasmut mochte aufgeweckte Kinder. Aber nur so lange, wie sie ihm nicht widersprachen. Er klopfte voller Verdruss mit seinem kleinen Stock wieder den Takt auf die Bettkante.

Tok, Tok, toktoktok.

»Ja, ja. Stimmt schon. Aber dummerweise ist Jemandiger in dieser Stadt auf den Plan getreteten, dessen Glück darauf aufbaut, dass Jenige in ihr Unglück stürzen. Und leider hat sich Selbiger in den Besitz eines Glückspulvers gebracht. Welchiger nimmt an, das heißt nichtig Gutiges für Jenige.«

»Und was kann man da tun?«

»Tja. Wenn's halt mit dem Glück nichtig so passt, dann hilft meistens ein nichtig ungutiger Plan oder eine List, mit der Jeglicher dem Glück etwas auf die Sprüngünge helfen kann. Baff. Baff.«

»Prima.« Chip war erleichtert. Noch war nicht alles verloren. »Und was ist also der Plan?«

»Tja«, bekannte der Kobold einigermaßen zerknirscht. »Welchiger hatte gehofft, dir würde vielleicht etwas einfallen.«

Achtes Kapitel

ANNA WIRD DER PROZESS GEMACHT, UND BENJAMIN DROHT EIN LANGER GEFÄNGNISAUFENTHALT ODER SOGAR SCHLIMMERES.

Bloß jetzt nichts Falsches und vor allem nichts Irisches sagen, dachte Anna, die ansonsten kaum einen klaren Gedanken fassen konnte. In ihrem Kopf herrschte ein Durcheinander, wie sie es noch nie erlebt hatte. Sie war gleichzeitig empört, wütend und verängstigt, als sie der ungehobelte Polizist auf die Polizeiwache am Finsbury Circus brachte. Dort übergab er sie dem Gerichtsdiener. Das war ein gebeugt gehender Mann mit einem leuchtend weißen Haarkranz um seinen eierförmigen Schädel, der das Mädchen, ohne viele Worte zu machen, in eine düstere, eiskalte Zelle einsperrte.

»Hier wartest du kleine Giftschlange, bis der ehrenwerte Herr Magistrat sich um dich kümmert«, verkündete er.

Stunden vergingen. Zwischendurch musste sie ihre Zelle mit einigen anderen Pechvögeln und Vertretern des kriminellen Ostlondoner Bodensatzes teilen. Einen Taschendieb brachten sie herein, der unablässig fluchte und auf den Boden spuckte. Ein Bettler mit schwerem

Stottern, eine keifende Marktfrau, der vorgeworfen wurde, beim Kartoffelwiegen betrogen zu haben. Schließlich noch zwei Raufbolde, die nach Schnaps stanken und sich gegenseitig mit angriffslustigen Blicken musterten. Anna saß mit angezogenen Beinen in der Ecke und rührte sich nicht, bis all diese Leute nach ihrem Termin mit dem Magistratsrichter wieder aus dem Gewahrsam der Polizei entlassen worden waren. Der Taschendieb ging gleich weiter ins Gefängnis, den Bettler und die Marktfrau ließen sie nach strengen Ermahnungen laufen. Die beiden Streithähne hatten eine Zahlung an die Gemeindekasse zu entrichten und mussten das zerstörte Mobiliar des Pubs ersetzen.

Anna wartete und wartete, und als sie schon fürchtete, man habe sie vergessen, rief der Gerichtsdiener ihren Namen, und sie kam aus ihrer Ecke hervor.

»Sprich gefälligst klar und deutlich, wenn der ehrenwerte Herr Magistrat dich etwas fragt«, raunte ihr der weißhaarige Mann zu. »Er wird leicht wütend und mag keine Kinder und erst recht keine Katholiken.«

»Was sind Katholiken?«, raunte sie zurück.

»Sei still und stell keine dummen Fragen. Schlimm genug, wie du herumläufst. Ein Mädchen in Hosen – wer hat denn so was schon gesehen?«

Er führte Anna in einen großen Raum, an dessen Stirnseite erhöht ein dunkel verzimmertes Holzpult stand. Darauf lag ein Hammer und, wie Anna meinte zu erkennen, ein schlafendes, weißes Kätzchen. Der Gerichtsdiener führte sie in ein enges Gatter zu Füßen des Pultes und rief: »Die Zeugen im Fall des widerwärtigen Scheckbetruges mögen jetzt eintreten!«

»Aber ich habe doch niemanden betrogen!«, protestierte Anna. »Ich habe Durst und Hunger!«

»Sshhh!«, zischte der Gerichtsdiener sie an. »Hier ist etwas Wasser und ein Keks. Benimm dich jetzt. Sonst machst du alles noch schlimmer.«

Unruhe entstand an der Tür, und in den Raum traten der Postbote Watson, der Konstabler Gordon und als Vertreter der Bank der Wachmann, der sie von Anfang an in Verdacht gehabt hatte. Sein Name war Peter Birch, und er stellte ein besonders bitteres Gesicht zur Schau, damit auch jeder das ganze Ausmaß seiner Erschütterung über diesen besonders abscheulichen Fall von hinterhältiger Kriminalität bezeugen konnte.

Vorne flog eine Tür auf, und der Magistratsrichter rauschte herein. Schwarze Robe, Hakennase, energisches Auftreten. Mit einem Schritt hatte er die drei Stufen zu seinem Richterpult genommen. Hinter ihm betrat der Ankläger der Krone den Raum. Während der Gerichtsdiener die Zeugen vereidigte, setzte der Magistrat auf seinen Kopf, was Anna für ein weißes Kätzchen gehalten hatte: Nun sah sie, dass es sich um seine amtliche Perücke handelte, die ihm ein leicht gespensterhaftes Aussehen verlieh.

»Wir verhandeln den Fall: die Krone gegen Anna O'Reilly. Hier anwesend: die Beschuldigte und drei Zeugen. Die Einzelheiten des Falles sind mir bereits bekannt. Gemeiner Scheckbetrug zu Lasten einer trauernden Witwe beziehungsweise der ehrwürdigen Bank von England. Eine ganz schlimme Sache! Zeuge Gordon – ist die geschädigte Witwe inzwischen vernommen worden?«

Der Polizeikonstabler trat vor.

»Ich konnte sie nicht erreichen. Vermutlich ist sie vor lauter Kummer bereits abgereist. Wie die Angeklagte sagte, wollte sie ja zu ihrer Schwester namens Rhonda ans Meer.«

»Verstehe«, sagte der Magistratsrichter ernst.

»Sie ist bestimmt noch da, aber sie öffnet die Tür nicht, weil sie so traurig ist«, erklärte Anna und zuckte sogleich vor Schrecken zusammen, denn der Richter ließ seinen Hammer mit einem furchtbaren Knall auf das Pult sausen, der ihr in die Glieder fuhr wie ein Donnerschlag.

»Ruhe!«, herrschte er aus der Höhe das Mädchen an. »Du sprichst hier gefälligst nur dann, wenn du gefragt wirst!«

»Aber dann fragen Sie mich doch bitte!«

»Ruhe, sage ich! Peter Birch von der Bank of England. Können Sie den Betrugsversuch bestätigen?«

Der Angesprochene trat vor und nickte. Er sah aus, als würde er jeden Moment in Tränen ausbrechen.

»Selten ist mir ein so dreister Fall von Treulosigkeit untergekommen. Ich bin immer noch entsetzt und beinahe sprachlos.«

»Postbote Watson, was können Sie als Sachverständiger zur Klärung des Falles beitragen?«

»Ich habe das Mädchen gewarnt, Euer Ehren. Ich habe sie noch ausdrücklich gewarnt, sie sollte mit dem Scheck keinen Unfug machen. Aber sie wollte ja nicht auf mich hören.«

Der Staatsanwalt, der sich die Aussagen mit abwesender Miene angehört hatte, meldete sich zu Wort: »Es ist eine Schande, und ich bin tief erschüttert über ein solches Ausmaß an Rohheit und Hinterlist.«

Der Richter starrte mit einigem Wohlgefallen auf seine Fingernägel. Darunter klebten noch die Reste seines Mittagessens. Er hatte ein knuspriges Grillhühnchen verspeist.

»Ich verlange eine exemplarische und harte Strafe«, schloss der Vertreter der Krone sein Plädoyer.

»Anna O'Reilly, du bist noch viel zu jung, um vor Gericht aussagen zu können, und es gibt keine Eltern und keinen Vormund, den wir hören könnten. Außerdem bist du fremd hier und ohne Papiere. Ich bin trotzdem und wegen der gnädig stimmenden Weihnachtszeit bereit, mildernde Umstände walten zu lassen, und verurteile dich hiermit zu einem zweijährigen Aufenthalt in der Besserungsanstalt St.Pancras. Das wird dir eine Lehre sein und ist zu deinem Besten. Irgendwelche Einwände irgendwer?«, fragte der Richter mit fester Stimme.

Alle Anwesenden schüttelten feierlich die Köpfe.

»Das ist ungerecht!«, kreischte Anna. »Ich habe nur einer traurigen, alten Frau helfen wollen!«

»Du hältst deinen vorlauten Mund!«, schrie der Richter zurück.

»Aber Sie haben …« Anna wollte wenigstens noch geltend machen, dass er schließlich ausdrücklich gefragt hatte, ob es Einwände gäbe. Und dass ihr Einwand mehr als berechtigt war. Aber jetzt schnürte ihr diese himmelschreiende Ungerechtigkeit schlicht den Atem ab.

»Das Urteil ist unter den gegebenen Umständen extrem milde«, zischte ihr der Gerichtsdiener zu. »Er hätte dich auch in das richtige Gefängnis stecken können. Das wäre viel schlimmer gewesen. Also halt jetzt den Mund!«

»Die Sitzung ist hiermit geschlossen. Der Magistrat

verabschiedet sich in die Weihnachtspause.« Wieder flog der Hammer auf das Pult, der Richter nahm sich die Perücke vom Kopf und eilte ohne ein weiteres Wort hinaus.

»Aber … aber!« Anna war sprachlos.

Der Gerichtsdiener packte sie bei den Schultern und schob sie hinaus in den Hof, wo seit dem Morgen die Gefangenenkutsche wartete, um die verurteilten Übeltäter des Tages ihrer gerechten Strafe zuzuführen. Auf der ausklappbaren Bank in dem kastenförmigen Wagen hockte im Halbdunkel der Taschendieb, den sie schon aus ihrer Zelle kannte.

»Na endlich«, knurrte der Dieb sie an, als sei es ihre Schuld, dass er so lange auf die Weiterreise hatte warten müssen. Neben ihm saß eingesunken und zitternd vor Kälte ein junger Mann, der schon am Mittag wegen Einbruchs zu fünf Jahren Zwangsarbeit verurteilt worden war. Gegenüber ein bärtiger Bär von einem Mann, der beschuldigt worden war, einen Bäcker erschreckt und ein Brot sowie einen Hefekranz entwendet zu haben. Zwei Jahre Haft unter erschwerten Bedingungen hatte der ehrenwerte Magistrat ihm für diese Tat aufgebrummt.

Hinter Anna wurde geräuschvoll die Tür verriegelt. Der ganze Kasten schwankte, als jemand von nicht geringem Gewicht auf dem Kutschbock Platz nahm, und mit einem Ruck zog das brave Pferd an. Statt sich hinzusetzen, ergriff Anna die eiskalten Gitterstäbe des kleinen Fensters und spähte, noch wütender und noch ängstlicher als zuvor, hinaus in den Hof.

Als sich der Gefängniswagen jedoch rumpelnd und schwankend in den Verkehr einfädelte, gewahrte sie die Männer aus dem Gerichtssaal, die drei sogenannten Zeugen, den Gerichtsdiener, den Staatsanwalt und den Richter. Sie hatten ihre Mäntel übergeworfen und setzten ihre Hüte auf, schüttelten einander die Hände und klopften sich auf die Schultern. Und bevor ihr Wagen im Getümmel der Kutschen und Gespanne auf dem Finsbury Circus verschwand, beobachtete Anna, wie Peter Birch, der Wachmann der Bank, jedem der anderen Gentlemen eine Ein-Pfund-Note aushändigte, welche diese schnell und geschickt in ihren Taschen verschwinden ließen. Ein schöner Weihnachtsbonus nach einem langen, harten Tag im Dienste der Gerechtigkeit …

Zur selben Stunde unterbrach Detective Inspector Cartwright das Verhör mit ihrem Bruder Benjamin und verließ sein Büro im zweiten Stock des Gebäudes von Scotland Yard, um eine Weile mit umwölkter Miene auf dem Korridor auf und ab zu gehen. Dieser Fall stellte sein fachliches Können und seine Geduld auf eine sehr harte Probe. Außerdem rannte ihm die Zeit mit großen Schritten davon. Die Zeitungen machten den Ermittlungsbehörden Tag für Tag ernste Vorhaltungen, weil es ihnen offenbar nicht gelang, die mysteriöse Serie von Säuglingstoden endlich zu stoppen und aufzuklären. Bis Weihnachten, das hatte DI Cartwright leichtfertigerweise öffentlich versprochen, würde er den Schuldigen unschädlich machen. Aber danach sah es nicht mehr aus. Und je näher nun der Heiligabend rückte, umso unheiliger wurden die Blicke, mit denen ihn sein oberster Chef, Commissioner Jones, auf dem Korridor bedachte.

Lange waren die Ärzte von einer neuen, tödlichen Krankheit ausgegangen, bis Cartwright selbst den Zusammenhang mit dem Opium und dem gefährlichen Mittel mit dem harmlosen Namen ›Muttertrost‹ hergestellt hatte. Aber es war ihm leider trotz aller Anstrengungen nicht gelungen, die Quelle des Teufelszeugs und die Identität des geheimnisvollen Mister Unbekannt zu ermitteln. Irgendein skrupelloser Chemiker, ein Arzt oder ein Barbier, vielleicht auch ein Apotheker, möglicherweise wohnhaft im Londoner Osten, war es wohl, der das todbringende Mittel zusammenbraute und den ahnungslosen jungen Müttern verkaufte. Den Durchbruch hatte sich der Inspektor mit der Falle versprochen, die er dem Kurier im Hause des Vizeministers Bloombottom gestellt hatte. Aber der unselige irische Bengel schwieg hartnäckig und wollte seinen Auftraggeber nicht nennen. Ob aus Angst vor Strafe oder aus falsch verstandener Loyalität, das wusste DI Cartwright nicht, und es war ihm auch gleichgültig.

Immer energischer und schneller wurden seine Schritte auf dem Korridor, bis er schließlich zurück in das Büro platzte und Benjamin zum wiederholten Male anschrie: »Das ist deine letzte Chance, Bürschchen. Wenn du jetzt nicht redest, dann werde ich dich ins Gefängnis nach Pentonville überstellen lassen. Und da kannst du auf deinen Prozess warten. Vor dem Schwurgericht! Und die kennen keine Gnade.«

Benjamin, der unter der Schimpfkanonade zusammenzuckte, hatte keine Ahnung, was das zu bedeuten hatte.

Cartwright, etwas ruhiger, nachdem er Dampf abgelassen hatte, setzte sich wieder seinem Hauptverdächtigen gegenüber. »Vor diesem Gericht geht es um nichts anderes als um Leben und Tod, mein Junge. Man wird dich wegen Beihilfe in fünf Mordfällen anklagen. Oder sogar sechs, falls der kleine Lucas – was Gott verhüten möge! – diese Nacht nicht überlebt. Dann kommst du an den Galgen. Willst du das wirklich?«

Benjamin schüttelte verzweifelt den Kopf. Nein, das wollte er natürlich nicht. Aber er konnte doch auch seine Schwester nicht der Rache des dicken Apothekers ausliefern.

»Dann frage ich dich zum letzten Mal: Wer hat dir das Zeug gegeben? Wer hat dich geschickt? Ist es ein anderer Ire? Ist es ein Freund oder Verwandter von dir? Wo wohnt er? Komm schon, sag es mir, dann kommst du vielleicht mit einer milden Strafe davon.«

Benjamin spürte, wie brennende Tränen über seine Wangen liefen.

»Ich kann es nicht sagen, Sir. Bitte, verstehen Sie mich doch. Ich kann es nicht!«

Cartwright starrte wie benommen auf einen dunklen Wasserfleck an der Wand und versuchte, ganz ruhig zu atmen. Sein ganzer Körper bebte dabei vor unterdrücktem Zorn. Das war der Moment, in dem der Junge begann zu husten. Erst ganz zaghaft und leise. Dann immer stärker und lauter. Cartwright erhob sich widerwillig und holte seinem Gefangenen ein Glas Wasser. Aber Benjamin konnte es nicht trinken. Er konnte nicht einmal mehr reden, so sehr schüttelte und rüttelte ihn sein Hustenanfall durch.

Könnte ich doch nur diesen Trunk haben, den Fox mir gebraut hat, dachte Benjamin. Jetzt würde er das eklige Zeug gerne schlucken, denn es hatte ihm wirklich gut geholfen. Aber Fox war nun weit weg und der heilende

Hustensaft auch, und Benjamin konnte nicht einmal den Namen des Apothekers nennen, ohne dass seine Schwester in Gefahr geriet. Er spürte, wie das Licht aus seinem Blickfeld wich, wie mit jedem Atemzug der Schmerz zunahm und sich wie eine Spange aus Eisen um seinen Brustkorb legte. Er hörte sich selbst keuchen und erhob sich, taumelte zum Fenster, weil er dringend frische Luft brauchte.

Da erblickte er zu seiner Verwunderung und zu seiner Freude unten auf dem Bürgersteig gegenüber abermals diesen abgerissenen, irischen Schrat mit seiner Fidel, flankiert von den beiden engelhaften Mädchen, die im einsetzenden Schneegestöber für die eilig vorbeistrebenden Passanten ihr wunderschönes, weihnachtliches Lied sangen. Bis zu ihm hier oben drangen ihre klaren Stimmen und verschafften ihm für einen Moment ein seltsames Gefühl des Friedens und des Glücks. Er dachte an daheim.

Zündet an die hellen Kerzen,
Fa-la-la-la-la, la-la-la-la
Jauchzet nun aus vollem Herzen
Fa-la-la-la-la, la-la-la-la

Als hätte ein guter Zauberer plötzlich dem Lärm der Welt und der Rebellion seines eigenen Körpers Einhalt geboten, fühlte Benjamin, wie es um ihn herum und in seinem Inneren endlich ruhig wurde. Wie der hämmernde Husten ihn aus seinem brutalen Griff entließ und wie sogar die Angst vor dem Polizeidetektiv und seinen schrecklichen Drohungen in den Hintergrund trat. Gefängnis und Galgen, das schien plötzlich so weit weg zu sein und so unwirklich wie aus einer anderen, dunklen Welt. Er aber weilte, solange diese herrliche Musik erklang, in der guten, hellen Welt, die keine Gefahren kannte und keine Gemeinheiten. Er dachte an zu Hause. An die grünen Hügel Irlands und die Tänze, die Musik und das Lachen seiner Schwester. Er dachte an das einzig glückliche Weihnachtsfest, das sie als Familie zusammen verbracht hatten. Im Winter bevor der große Hunger kam. *Nollaig Shona Duit* – Frohe Weihnachten, hatten sie einander gewünscht. Und die Eltern hatten heimliche Blicke getauscht, die nichts Gutes verhießen.

Benjamin wurde unendlich müde und schwach. Wirklichkeit und Traum waren plötzlich nicht mehr auseinanderzuhalten. Stand da tatsächlich sein verstorbener Vater hinter ihm und stimmte in das Weihnachtslied ein? Konnte er sich in dessen Arme fallen lassen, und alles Leid wäre für immer zu Ende?

Folge uns in frohen Schritten
Fa-la-la-la-la, la-la-la-la
Höre unsre frommen Bitten
Fa-la-la-la-la, la-la-la-la

Eine fremde Stimme drang wie durch eine Wand aus Watte zu ihm durch.

»Ein schlimmer Fall von Keuchhusten«, sagte ein Mann so laut und durchdringend, als stünde er mitten in Benjamins Kopf.

Der Junge entrang sich der wohligen Ohnmacht und fühlte sich wie ein Fremder in seinem eigenen Körper. Er hielt die Augen geschlossen, während er versuchte, seine Lage zu verstehen. Offenbar lag er auf dem Rücken auf einer Trage oder einer Pritsche.

»Es ist zum Verzweifeln! Dieser kranke Bursche ist meine einzige Spur in dem *Muttertrost*-Fall«, erklang der brummige Bass des Detektive Inspector Cartwright. »Ich wollte ihn eigentlich heute noch in eine Zelle nach Pentonville bringen lassen. Vielleicht können die ihm dort Angst machen. Irgendjemand muss ihn doch weichkochen und zum Reden bringen. Was meinen Sie, Doktor?«

»Sie sind der Ermittler«, bekundete mit gespielter Gleichgültigkeit der andere, offensichtlich ein Vertreter des medizinischen Fachs. »Es steht Ihnen selbstverständlich frei, die Überstellung zu veranlassen. Aber wenn Sie mich nach meiner Meinung fragen, dann würde ich sagen: In den feuchten, kalten Zellen dort würde der Junge keinen Tag mehr überleben.«

»So schlimm?«

Da er keine Antwort vernahm, konnte Benjamin sich ausrechnen, dass der Arzt wohl mit einem Nicken geantwortet hatte.

»Ich muss ihn dazu bringen, dass er mir den Namen seines Auftraggebers nennt«, knurrte Cartwright. »Ich habe der Öffentlichkeit versprochen, dass ich die Sache bis Weihnachten aufgeklärt habe.«

»Das war, wenn ich mir diese Offenheit erlauben darf, eine sehr voreilige Aussage.«

»Danke, Doktor, das weiß ich mittlerweile selbst. Ich machte diese Aussage Mitte November. Da schien Weihnachten noch verdammt weit weg, und es gab erste Spuren, die dann aber zu nichts führten. Ich komme langsam in echte Schwierigkeiten. Commissioner Jones wird mir die Hölle heißmachen, wenn ich nicht bald liefern kann.«

»Tja. Das tut mir leid. Ach, schon nach acht Uhr … Ich muss jetzt weiter.«

Die klappernden Geräusche, die an Benjamins Ohr drangen, verrieten, dass der Arzt seine Sachen zusammenpackte. Plötzlich hielt er dabei inne. »Es gäbe vielleicht noch eine andere Möglichkeit. Ich meine: wenn es mit Angstmachen nicht funktioniert …«, sagte der Doktor.

»Wirklich? Mir fällt keine andere Möglichkeit ein«, knurrte der Ermittler.

»Sie könnten versuchen, sein Vertrauen zu gewinnen. Vielleicht bringen Sie ihn damit zum Reden. Nun ja, ich muss jetzt wirklich los. Falls wir uns nicht mehr sehen – frohe Weihnachten, Inspector. Und viel Glück mit diesem schrecklichen Fall.«

»Frohe Weihnachten, Doktor.« Ja, dachte der Detective Inspector. Eine gute Portion Glück – die könnte ich jetzt wirklich gebrauchen …

Neuntes Kapitel

ANNA LERNT EINE BÖSE DAME KENNEN. APOTHEKER FOX ERFÜLLT SICH EINEN LANGE GEHEGTEN TRAUM, UND CHIP MACHT EINE SENSATIONELLE ENTDECKUNG.

Die Dämmerung war bereits der Nacht gewichen, als der Gefangenentransport vor dem Eingang der berüchtigten Besserungsanstalt von St. Pancras zum Stehen kam. Das war ein finsteres Gemäuer mit vergitterten Fenstern, umgeben von einer hohen Mauer. Heftiger Schneefall hatte eingesetzt, die Flocken fielen langsam wie Federn vom Himmel und tanzten im gelblichen Licht der Gaslaternen. Der begleitende Justizbeamte, der schlecht gelaunt und schlotternd neben dem Kutscher hockte, war tief eingeschneit. Sein Helm und die Schultern seines Mantels waren bereits mit einer weißen Schicht bedeckt, selbst in den Verästelungen seines Bartes hatten sich einzelne Schneekristalle verfangen.

Er sprang vom Bock und riss ungeduldig an der Kette, die vom eisernen Tor quer über den Hof zum Eingang führte, wo eine Glocke anschlug.

»Aufmachen!«, brüllte er die Mauern der Anstalt an und schnaufte dann: »Mistwetter, verdammtes.«

Den Taschendieb und den bärtigen Brotdieb hatte er bereits im Stadtgefängnis abgesetzt, wo sie von routinierten Wärtern in Gewahrsam genommen worden waren. Anna saß seither allein in dem Wagen, fast ohnmächtig vor Hunger und zitternd vor Kälte, durchgerüttelt von den Unebenheiten der Straße, die immer schlechter wurde, je weiter sie sich aus der Innenstadt entfernten.

»Ist denn da niemand? Mr. Wallace?«, rief der Beamte.

Am Eingang des Gebäudes wurde ein Licht entzündet, und eine männliche Stimme, die wohl dem besagten Wallace gehörte, rief: »Nur keine Aufregung. Ich komme ja schon!«

»Hier ist wieder mal Kundschaft für Madame Rose«, brüllte der Justizbeamte und riss die Wagentür auf. »Eine verirrte junge Seele, die sich nach Zucht und einer strengen Hand sehnt.«

»Junge oder Mädchen?«

»Mädchen. Bitte hier quittieren.«

Nachdem er Anna recht unsanft am Arm gepackt und ins Freie gezogen hatte, hielt der Beamte diesem Wallace eine hölzerne Schreibunterlage mit einem Gerichtsdokument hin, auf das dieser, ohne hinzusehen, irgendetwas kritzelte. Mit der anderen Hand hatte er schnell Annas anderen Arm ergriffen, damit sie nicht etwa auf die Idee kam, Reißaus zu nehmen. Man hatte hier an der Besserungsanstalt mit den Ankömmlingen alle möglichen unliebsamen Überraschungen erlebt und war auf so ziemlich alles eingestellt.

»Na dann. Wiedersehen, Mr. Wallace. Und frohe Weihnachten«, verabschiedete sich der Beamte, der es sehr eilig hatte, und schwang sich wieder auf den Kutschbock. Sofort setzte sich der Wagen in Bewegung und wurde von der Dunkelheit verschluckt.

Wortlos zog Wallace, der nicht sehr groß war, dafür aber sehr grob, Anna durch den Spalt des Eisentores, das er sofort hinter ihr wieder schloss und verriegelte. Er stapfte, Anna am Wickel, eilig durch den Schnee.

»Nanu? Hat der nicht eben gesagt, du wärst ein Mädchen?« Er klang wie eine Schlange. Er zischte die Worte heraus und lispelte heftig.

»Bin ich doch!«, gab Anna zurück.

»Warum trägst du dann Hosen?«

»Weil es mir gefällt«, sagte sie patzig. Obwohl sie von dem dunklen, ummauerten Gebäude und dem unheimlichen Mann zutiefst eingeschüchtert war, fühlte sie eine bis dahin unbekannte Wut in sich kochen. Was sie heute an Gemeinheit erlebt hatte, war genug, um ihren Glauben an das Gute im Menschen schwer zu erschüttern. Sie war unendlich enttäuscht und verunsichert. Sie machte sich schreckliche Sorgen um ihren Bruder, der nicht wissen konnte, was ihr geschehen war, und der sich gewiss seinerseits schreckliche Sorgen um sie machte. Aber gleichzeitig war Anna auch empört und voller Grimm gegen dieses niederträchtige Gesindel, dem sie ausgeliefert war. Ein Polizist, ein Bankangestellter, ein Richter sogar – und sie hatten nichts Besseres zu tun, als ein unschuldiges Mädchen hinter Gitter zu bringen und einer armen, alten Frau das letzte Geld zu rauben. Sie war so wütend, dass sie beinahe platzte.

»Du bist frech. Warte nur, die strenge Madame Rose wird dir das schon austreiben«, zischte Wallace, wobei sein Lispeln der Drohung ein wenig an Schärfe nahm.

»Ich will nach Hause.«

»Das hier ist jetzt dein Zuhause. Wenn ich die Einweisungspapiere richtig gelesen habe, bist du unser Gast für die nächsten zwei Jahre. Gewöhn dich lieber schnell an diesen Gedanken.«

Sie hatten die Eingangstür erreicht, Mister Wallace schob Anna vor sich her und in einen großen, von Wandstrahlern erleuchteten Raum und stampfte heftig mit den Füßen auf, um den Schnee loszuwerden.

Anna tat es ihm nach. Rechts standen Schränke mit Hunderten Paaren von Schuhen. Alle gleich, alle in Kindergrößen. Daneben war ein Raum mit Kleidern. Graue Wollhemden und Hosen, aber auch Röcke und Kleider hingen an Stangen oder waren auf Tischen gestapelt.

»Los! Hose aus und einen Rock angezogen!«, befahl Wallace.

»Nein«, antwortete Anna trotzig. Sollte dieser schmierige Lispler sie anrühren, würde sie ihn beißen und kratzen. Sie war entschlossen, sich nichts mehr gefallen zu lassen.

»Ich sage es nicht zweimal«, herrschte sie der Mann an.

Hier, im Licht bemerkte sie, dass er nicht nur nicht sehr groß, sondern auch sehr dünn war und nur noch zwei Zähne im Mund hatte, was sein sonderbares Zischen und Lispeln erklärte. Nur noch wenige Haarsträhnen wuchsen auf seinem ansonsten kahlen Schädel.

Da konnte Anna sich nicht mehr länger zurückhalten und wetterte los: »*Belàussen kllaáng futtmichéll plankvettel'll werz' in senné pullhaínkel schenkéé bleieá bhierluge'll kléck*!«, rief sie und stemmte die Arme in die Hüften. »*Kallsímmellh stankwáit bléunsen damish'll ten'séockel.*«

Die irische Schimpfkanonade verfehlte nicht ihre Wirkung. Wallace trat einen Schritt zurück, sein Unterkiefer klappte herunter.

Doch bevor er reagieren konnte, erfüllte eine befehlsgewohnte, tiefe Frauenstimme den ganzen Raum: »*Kallsímmellh flankùhn cha'll flant'n ké taosì klòng pentblett's'll kuòll ten 'sèockel.*«

Erschrocken fuhr Anna herum und erstarrte sogleich. Eine riesige Person hatte den Ankleideraum betreten. Es schien, als wollte sich in ihrer Anwesenheit die Welt verdunkeln. Sie war beinahe zwei Köpfe größer als der Mann, der sich nun auch noch tief verbeugte und mit schlurfenden Schritten rückwärts in die Dunkelheit zurückzog. Die große, nicht mehr junge Frau trug ein strenges, schwarzes Kleid. Ihr weißgraues Haar war so fest hinter dem Kopf zusammengebunden, dass alle Falten aus ihrem Gesicht weggezogen waren. Sie blickte auf Anna herab wie eine böse Eule und machte eine Miene, als wolle sie jeden Moment ausspucken. Vor ihr stand Madame Theodora Rose, die allseits gefürchtete Leiterin der Besserungsanstalt von St. Pancras, die hier seit mehr als fünfundzwanzig Jahren ihr überaus strenges und manchmal auch rücksichtsloses Regiment führte.

»Tja, da staunst du, was?«, sagte Madame Rose lächelnd, jedoch ohne die Spur von Freundlichkeit oder gar Humor. »Es gibt noch andere Iren in dieser Stadt, und nicht alle sind Taugenichtse so wie du.«

»Ich bin doch kein Taugenichts!«, protestierte Anna. »Ich hatte eine Anstellung im Spielwarenladen und sollte nur für Mrs. Crackpickle einen Scheck –«

»Ich dulde in meinem Haus keinen Widerspruch!«,

herrschte Madame Rose sie an und entblößte kurz den Rohrstock, den sie immer verborgen in den Falten ihres Kleides bei sich führte. Dies war ihr gefürchtetes Herrschaftsinstrument, das sie mit erschreckender Behändigkeit und schmerzlicher Präzision zu führen wusste. Anna dachte voller Schrecken an einen Ausspruch ihrer Tante Siobhan. »Hüte dich vor den Iren, die es in England zu etwas bringen. Die sind noch schlimmer gegen uns als die richtigen Engländer.« Ausgerechnet so jemandem war sie nun in die Hände gefallen.

»Und jetzt ziehst du diese alberne Hose aus und legst diesen Rock an.« Mit einem Gesicht, so versteinert und ohne jedes menschliche Gefühl, dass Anna keine Auflehnung mehr wagte, reichte Madame Rose ihr einen an vielen Stellen geflickten Wickelrock aus schwerem Stoff, der dem kleinen Mädchen von der Hüfte bis hinunter zu den Füßen reichte. Doch anders als erwartet, schloss Anna sofort Freundschaft mit dem ungewohnten Kleidungsstück. Es fühlte sich gut und bequem an. Es würde sie viel besser wärmen als die dünne Wollhose aus Irland, die in letzter Zeit auch immer enger und immer kürzer geworden war. Endlich müsste sie sich nicht mehr die ewigen Sprüche und Ermahnungen der Erwachsenen zu ihrer Kleidung anhören.

»Der Rock ist wunderschön«, sagte sie und strich über den Stoff. Der erste eigene Rock. Vielleicht, dachte Anna, vielleicht ist es hier am Ende doch gar nicht so schlimm … Dann jedoch sah sie zu dieser Madame Rose auf, die groß und massiv über ihr stand wie ein Turm, und schluckte schwer.

»Abmarsch jetzt in die Schlafkammer.«

»Verzeihung, aber könnte ich vielleicht noch ein Stückchen Brot bekommen? Ich habe Hunger«, wagte Anna zu bemerken.

Die Madame musste nichts weiter tun, als eine Augenbraue in die Höhe zu ziehen, und da wusste Anna schon, dass es gewiss besser für sie wäre, wieder einmal mit knurrendem Magen ins Bett zu gehen.

Die Schlafkammer war gar keine Kammer, sondern ein Saal, gewiss dreißig Fuß in der Länge, mit hohen Fenstern, durch die ein fahler Lichtschimmer fiel. Denn der Schnee, der immer noch in dichten Wirbeln niederging, sog das Licht der Straßenlaternen von St. Pancras in sich auf, so dass er schließlich selbst zu leuchten schien. Links und rechts des Mittelganges standen die Etagenbetten. Nichts anderes als grob gezimmerte Kisten; wer nicht aufpasste, konnte sich leicht einen schmerzlichen Holzsplitter einfangen. Darin lagen, schlafend und frierend zusammengekrümmt unter viel zu dünnen Decken, all die kleinen menschlichen Bündel: Theodora Roses Gefangene, deren Schicksal es war, in diesem kalten Gemäuer von einer harten Frau, die Lachen nicht guthieß und an Milde nicht glaubte, gebessert zu werden.

Wortlos führte die Heimleiterin ihren Neuankömmling zu einem Kasten fast am Ende des Ganges und sah ungerührt zu, wie Anna sich voll bekleidet ausstreckte, die Decke bis zum Kinn heranzog, ihre Hände auf dem Bauch faltete und die Augen schloss. Dann schwebte die Madame aufrecht und lautlos wie ein Gespenst in ihrem schwarzen Kleid davon.

Anna dachte an Benjamin und stellte sich vor, wie er nach Hause gekommen war und sie nicht vorgefunden hatte. Ihr Bruder würde sicherlich das Schlimmste befürchten und womöglich vor Aufregung wieder einen seiner entsetzlichen Hustenanfälle bekommen. Aber zum Glück nahm er ja jetzt die Medizin von Mr. Fox, und vielleicht würde er doch wieder ganz gesund werden.

»Bitte, lieber Gott, pass gut auf meinen großen Bruder auf«, betete sie im Stillen. »Und auch für Mrs. Crackpickle will ich ein gutes Wort einlegen. Hab doch auch ein Auge auf sie, bitte schön …«

Die arme Mrs. Crackpickle, der das Schicksal beide Söhne geraubt hatte und die nun vergebens auf das verfluchte Geld warten musste, um dann ihren Lebensabend in Armut bei ihrer Schwester Rhonda am Meer zu verbringen. Und beim Gedanken an das Meer dachte Anna wieder an ihren Bruder, mit dem sie die gefährliche Überfahrt aus Irland bestanden hatte und mit dem sie die noch viel gefährlichere und längere Überfahrt nach Australien wagen wollte. Dann aber, immer noch voller Sehnsucht und voller Sorgen, schlief sie ein, erschöpft von den Aufregungen des Tages.

Für den Apotheker Elias Fox war an Schlaf überhaupt nicht zu denken in dieser Nacht, die alle Voraussetzungen hatte, zur besten Nacht seines bisherigen Lebens zu werden. Er entstieg in diesem Augenblick, sein enormes Hinterteil voran, der Privatkutsche, die ihn im tiefsten Schneetreiben zum St. James's Square gebracht hatte, und schritt weihevoll auf das Eingangsportal zu.

Wie lange hatte er sich nach diesem Moment gesehnt? Einmal die Hallen des *East India Club* zu betreten, von dem er bisher nur mit Staunen und Neid gehört hatte.

Hier verkehrten einige jener Gentlemen aus Armee und Kolonialbehörde, die ihm die inzwischen verbotene Ware aus Indien und China vermittelt hatten. Hinter diesen Mauern saßen Parlamentsabgeordnete und Minister mit Fabrikanten und Bankiers zu Tisch. Es spielten Botschafter und Earls mit Baronen und Prinzen aus dem ganzen Königreich und dem befreundeten Ausland Bridge, Billard oder Schach. Weltenlenker, bedeutende Wissenschaftler und Wirtschaftsmagnaten, Admirale und wortgewaltige Poeten prosteten einander mit Whisky und Cognac zu. Sie saßen in Ledersesseln am knisternden Kaminfeuer und rauchten erlesene Zigarren. Und nun stand er, der kleine, dicke Apotheker aus dem *Eastend*, vor dem Eingangstor dieses Clubs und klopfte mit dem Knauf seines neuen Gehstocks gegen das dunkle Holz. Es war wie ein Traum, der niemals enden sollte.

Seit er das aromatische Säckchen nicht mehr aus der Hand legte und im Abstand von wenigen Minuten daran schnüffelte, lag dem Apotheker die ganze Welt mit all ihren wunderbaren Möglichkeiten zu Füßen. Wie in einem zauberhaften Strudel, der ihn nicht nach unten, sondern nach oben riss, gelang ihm plötzlich alles. Das Glück, das ihm neuerdings lachte, war mit dem menschlichen Verstand nicht mehr zu begreifen.

Dies war heute geschehen: Kaum hatte der irische Algenhändler unter der Kutsche sein Leben gelassen, klingelte es an der Tür des Apothekers, und ein Bote des berühmten Herrenschneiders *Tobias Mason und Söhne* lieferte ihm aus heiterem Himmel drei nagelneue Maßanzüge. Nadelstreifen, feinstes Bordeauxrot und Oxfordgrau. Dazu einen edlen Mantel aus geschmeidiger, schwarzer Wolle und eine ausnehmend attraktive Melone.

Verwirrt ließ Fox den Schneider eintreten und stellte mit einem Blick auf den Lieferschein erstaunt fest, dass der Mann schlicht die falsche Adresse angesteuert hatte: Statt bei Mr. Elias Fix, *Nummer 7 Fat Lane*, einer vornehmen Gasse in Westminster, war er bei Elias Fox in der *Rat Lane* Nummer 7 gelandet. Der erste einer nicht mehr enden wollenden Reihe von glücklichen Zufällen, die in seinem neuen Leben zur Regel wurden. Es erübrigte sich zu erwähnen, dass die Anzüge dem Apotheker wie angegossen passten. Er behielt den bordeauxfarbenen, der ihm besonders gut gefiel, gleich an und unternahm einen Spaziergang.

Nach wenigen Schritten fand er im Straßendreck einen Penny, nach dem er sich bückte, als just in diesem Moment ein Witwenräuber, der vor der Polizei flüchtete, angerast kam, über ihn stolperte und der Länge nach hinfiel. Nachdem sie den Straftäter abgeführt hatten, bedankten sich die Beamten überschwänglich bei Fox und machten ihn mit der beraubten Witwe, Mrs. Gertrud Hailington, bekannt, die ihn »meinen Helden« nannte und ihn umgehend zum Tee mit einigen einflussreichen Bekannten einlud. Es stellte sich beim Plausch heraus, dass ihr verstorbener Gatte, Sir Everett Hailington, mit Elias Fox im selben Regiment gedient hatte – freilich eine dreiste Lüge des Apothekers –, was einige der anwesenden, hochgestellten Persönlichkeiten derart entzückte, dass sie Fox umgehend als Mitglied im *East India Club* vorschlugen und sich dort für den Abend mit ihm verabredeten. Auch war eine ganz entzückende junge

Dame namens Abigail anwesend, die Fox immer wieder geheimnisvoll von der Seite anblinzelte. Zu guter Letzt erschien noch ein Zeitungsreporter auf der Bildfläche, der ein ausführliches Interview mit ihm führte und seinem Zeichner den Auftrag gab, ein Porträt des strahlenden Helden anzufertigen, das schon am nächsten Morgen die Weihnachtsausgabe der *Times* schmücken sollte.

Auf dem Rückweg zu seiner Apotheke drückte ihm ein wildfremder Mann mit verheultem Gesicht und den Worten: »Nehmen Sie es, braver Mann. Mir nutzt es nichts mehr!« einen nummerierten Schlüssel in die Hand, bevor er, offenbar aus Liebeskummer, von der Albert Bridge in die Themse sprang und jämmerlich ertrank. Der Schlüssel öffnete ein Schließfach in der *Bank of England*. Darin fand Fox wenig später fünfzehnhundert Pfund in bar. Er nahm das fremde Geld ohne weitere Umstände in seinen Besitz. Er fühlte sich dabei nicht etwa schäbig, sondern edel und gut, denn schließlich erfüllte er damit den letzten, verzweifelten Wunsch eines sterbenden Mannes.

Zu Hause angekommen, fand er eine auf Duftpapier – eine intensive Lavendelnote – geschriebene Nachricht der Witwe Hailington vor, die mitteilte, dass ihre Nichte Abigail ihn gerne näher kennenlernen würde. Später am Abend würde er der reizenden Dame in ihrem Stadthaus einen Besuch abstatten. Doch zunächst freute er sich auf seinen ersten Aufenthalt im *East India Club*. Ein Diener öffnete die Tür auf sein Klopfen hin und führte ihn unter Verbeugungen in den Vorraum.

»Mein Name ist Elias Fox, ich bin angemeldet«, sagte er mit einem leicht gelangweilten Schnaufen und hochgezogenen Augenbrauen.

»Selbstverständlich, Sir«, näselte der Empfangschef hinter seinem Empfangstisch nach einem kurzen Blick in seine Unterlagen. »Wenn der ehrenwerte Gentleman mir vielleicht folgen möchte?«

Fox blickte sich verwirrt um. »Häh? Welcher Gentleman denn?«

Der Empfangschef hüstelte vornehm. »Nun, äh, Sie, Sir. Wenn Sie mir also folgen möchten?«

»Gewiss.«

Der Butler ging voraus und geleitete den dicken Neuling durch einen verschwiegenen, mit Samt und Brokat ausgeschlagenen Flur in die Clubräume. Fox nutzte den Moment und genehmigte sich einen weiteren tiefen Atemzug aus seinem wundervollen Schnüffelsäckchen. Der große Clubsaal war passend dekoriert mit Skulpturen aus den Schatzkammern der Moguln, daneben Vasen aus dem chinesischen Kaiserpalast. Die Schritte dämpfte ein üppig gemusterter Teppich, der so groß war wie ein Tennisplatz, ein Meisterstück aus den Knüpfereien von Isfahan. In einer Ecke stand ein überreichlich geschmückter Tannenbaum, neben dem ein Violinist soeben eine salontaugliche Version von »Rule, Britannia« spielte. Überall saßen die ehrbaren Herrschaften in gemütlichen Sesseln beisammen oder bildeten Grüppchen und plauderten. Die Wände waren verziert mit den Porträts der Altvorderen, der prominentesten und inzwischen verstorbenen Mitglieder, die dem Treiben im Saal mit väterlichem Wohlwollen und einer Prise Wehmut zu folgen schienen. Die honorigen Gentlemen erörterten die wichtigen politischen Themen und gesellschaftlichen Skandale dieser Tage. Sie tauschten auch gerne Erinnerungen an ihre gemeinsame Schulzeit oder ihre prägenden Jahre beim Militär aus. Oder sie berichteten einander von ihren heroischen Taten in der Golfanlage, auf dem Cricketplatz oder den diversen Schlachtfeldern des Empires.

»Ah, der Held des Tages«, rief, als er des Apothekers ansichtig wurde, Sir Edmund Scarborough, einer der Teegäste bei Lady Hailington, und führte Fox in die illustre Runde aus Direktoren und Politikern ein, indem er dem Ankömmling anerkennend auf seine bordeauxroten Schultern klopfte.

»Mr. Fox, den wir als neues Mitglied im *East India Club* vorschlagen möchten, hat heute durch seinen beherzten Einsatz einen gefährlichen Gangster dingfest gemacht.«

Fox lächelte dazu ölig und bemerkte:

»Es wäre übertrieben zu sagen, dass ich dabei mein Leben riskierte.« Was zwar auch niemand behauptet hatte, jedoch machte er damit nicht nur einen bescheidenen Eindruck, sondern war sich auch der Aufmerksamkeit der hohen Herren gewiss. Sie, die kaum je ihre Amtszimmer oder Kontore verließen, lauschten mit Schrecken und Bewunderung der Erzählung des Apothekers. Wie er gleichsam im Alleingang den flüchtenden Witwenräuber überwältigt, in Fesseln gelegt und der wie immer heillos überforderten Polizei übergeben hatte.

»Ich sage es doch immer«, sagte ein Herr mit Monokel, der eine beleidigte Miene machte, »unsere Polizei ist nichts weiter als ein Haufen von Dilettanten.«

»Man muss da dringend etwas unternehmen, Herr Minister«, bestätigte Sir Edmund, der Gastgeber.

Und ein überaus sauertöpfisch dreinblickender Träger des blauen Hosenbandordens, der sich interessehalber ihrem Gespräch angeschlossen hatte, verkündete knurrig: »Ich werde Ihre Majestät bei unserem nächsten Treffen auf genau diesen Sachverhalt hinweisen.«

»Welche Majestät?«, wollte Fox wissen, der immer wieder über die formelle Sprache der feinen Herrschaften stolperte.

»Nun, *Ihre* Majestät selbstverständlich«, gab leicht irritiert der Herr mit dem Orden zurück. »Königin Victoria. Wen denn sonst?«

»Aha«, sagte Fox, der diese Dame nur von Denkmälern kannte und aus der Zeitung, in die Marktfrauen seinen Fisch einwickelten.

»Wir brauchen in diesem Lande mehr Leute vom Schlage des Mister Fox«, stellte der beleidigte Minister mit dem Monokel fest. »Welcher politischen Richtung neigen Sie zu?«

»Keiner bestimmten«, gestand Fox. »Ich halte mich immer an die, die an der Macht sind. Die haben meist auch recht.«

»Ein wirklich kluger Mann«, lobte der Minister, wobei sich auch jetzt nichts an seinem pikierten Gesichtsausdruck änderte. »Wir sollten uns einmal privat unterhalten. Ich glaube, ein Mann mit Ihren Anlagen und Talenten sollte darüber nachdenken, in die Politik zu gehen.«

»Das könnte in der Tat eine Idee sein«, gab Fox zurück.

Ein neuer Gast, ein Frackträger mit streng gezogenem Scheitel, drängte sich zu ihrer Gruppe. »Gentlemen! Haben Sie die Nachricht vom tragischen Tod des jungen Mortimer vernommen? Schrecklich, schrecklich!«

»Nein? Was ist denn geschehen?«

»Nun, er stürzte sich heute von der Albert Bridge und ertrank!«

»Wie entsetzlich! Warum denn nur?«

»Liebeskummer. Wie es scheint, hat ihm Lady Abigail den Laufpass gegeben.«

Sir Edmund war besonders erschüttert, da er die nämliche Dame noch an diesem Tag beim Tee gesehen hatte.

»Diese reizende, aber gefährliche Schönheit … Auch mich hat sie schnöde abgewiesen«, seufzte ein gelockter Jüngling, der trotz seines dämlichen Schafgesichts die Figur eines vollendeten Lackaffen abgab. Dies war, wie Sir Edmund Fox ins Ohr flüsterte, der Marquis of Highgrove and Closdale, der Nachfahre einer alten Dynastie aus dem Norden und Erbe eines unschätzbaren Vermögens.

»Wir alle werden Mortimer schmerzlich vermissen«, seufzte der Scheitelträger. »Besonders seine ungeheure Freude am Wetten.«

»Das stimmt!«, pflichtete der steinreiche Jüngling bei.

»Ach, Sie wetten gerne, durchlauchter Marquis?«, hakte etwas unbeholfen Fox nach, denn auch er hatte eine Schwäche dafür.

»Leidenschaftlich. Wer nicht wettet, kann sich gleich in einen Sarg legen und begraben lassen. Wetten ist die Würze des Lebens.«

Die Umstehenden lachten bemüht.

»Vielleicht kann ich Sie über den tragischen Verlust des jungen Mortimer hinwegtrösten, indem ich Ihnen in seinem Andenken eine ehrliche Wette vorschlage«, sagte Fox und fügte im Geiste an: … und dabei sein Geld einsetze.

»Mit dem allergrößten Vergnügen«, entgegnete der adelige Lackaffe.

»Worauf wetten wir?«

Alle blickten sich im Raume um, und der Monokelminister schlug kurzerhand vor: »Ich habe etwas! Bringt der nächste Kellner, der den Raum betritt, das Roastbeef oder das Hühnchen?«

»Roastbeef!«, legte sich der Marquis fest.

»Ich sage Hühnchen«, hielt Fox selbstgewiss dagegen. »Fünfzehnhundert Pfund?«

»Hört, hört!«, rief einer. »Wenn das nicht eine gewagte Wette ist!«

»Wer wagt, gewinnt!«, entgegnete Fox fröhlich.

»Wieso denn gewagt? Man muss nur Glück haben. Und mir hat das Glück noch immer gelacht«, protzte der gelockte und gelackte Schnösel.

»Dann gilt die Wette«, verkündete Sir Edmund.

Blitzschnell hatte sich die Kunde von der spektakulären Wette unter den Gästen im Saal herumgesprochen, und nach und nach erstarben alle Gespräche, und alle Augen hefteten sich auf die Flügeltür, die in den Küchentrakt führte. Als endlich der Kellner mit dem Tablett und der silbernen Wärmeglocke über dem Teller in den Raum segelte, blieb er erschrocken und wie eingefroren stehen. Er blickte in drei Dutzend fragende Gesichter.

»Stimmt etwas nicht?« Er sah verunsichert hinter sich.

»Roastbeef oder Hühnchen?«, fragte einer.

»Verzeihung … Ich fürchte, ich verstehe nicht …«

»Sagen Sie schon! Haben Sie unter dieser Glocke das Roastbeef, oder haben Sie das Hühnchen? Das kann doch nicht so schwer sein.«

Der arme Tropf hätte sich in dieser angespannten Atmosphäre noch nicht einmal an seinen eigenen Namen erinnert, geschweige denn an das Tellergericht. Endlich erhob sich ein schneidiger Offizier, der die Uniform der Hochlandfüsiliere trug, und lüftete das Geheimnis:

»Hühnchen«, rief er in den Saal, und sofort brandete Applaus auf, denn niemand mochte den großspurigen Marquis of Highgrove and Closdale leiden. Jeder im Raum gönnte ihm seine kostspielige Niederlage.

Sein Butler, der den Adeligen nicht zuletzt seiner spontanen Wettleidenschaft wegen stets mit erheblichen Barmitteln ausgestattet begleitete, überreichte dem Apotheker diskret ein Bündel mit großen Scheinen, das dieser lächelnd in der Innentasche seines bordeauxroten Anzugs verschwinden ließ.

»Wirklich, Sir«, raunte der missgestimmte Minister mit dem Monokel ihm zu. »Wir müssen unbedingt über Ihre politische Zukunft reden. Ich glaube, Sie könnten auf diesem Felde wirklich Großes vollbringen. Kommen Sie nach Weihnachten in mein Büro in Westminster. Ich werde Sie mit ein paar wichtigen Herrschaften bekannt machen.«

»Sehr gerne«, sagte Fox, dem nun einfach alles gelang. Er wusste es ganz genau: Sollte er es darauf anlegen, dann wäre er noch vor Neujahr der neue Premierminister. »Aber nun muss ich weiter. Ich habe noch einen wichtigen Termin.«

Auf ihn wartete im Kerzenschimmer ihres Stadtpalais mit pochendem Herzen die liebliche Lady Abigail.

»Baff. Was hat Nämlicher denn da?« Der kleine Mann im grünen Tweed blickte betroffen auf Chips Arm. Auf die Stelle, die einst vom Feuer verwundet worden und mangels ärztlicher Fürsorge nur dürftig verheilt war. »Tut das weh?«

»Nur manchmal«, sagte Chip, der seine Wunde und die traurige Geschichte dahinter niemals vergessen konnte. Aber im Moment gab es Wichtigeres zu tun, als über alten Verletzungen zu brüten. Eigentlich war die ganze Sache nämlich ganz einfach, fand Chip. Wenn die letzten Reserven des magischen Glückspulvers aufgebraucht waren, dann bestand die einzig logische Maßnahme darin, neue Vorräte herzustellen. Und zwar möglichst schnell. Das war doch nun wirklich nicht so schwer.

Noch immer saß er flüsternd mit seinem ungewöhnlichen Besucher auf dem Boden des Schlafsaales und war mit dem Putzen desselben kein bisschen vorangekommen.

»Da stimmt Welchiger zwar zu«, sagte der Leprechaun. »Aber das ist nichtig unleichter gesagt als getatan. Welchiger hat sich ab und zu mal einen nicht unlustigen Spaß mit der Verteilung des Selben gemacht. Aber er hat keine Ahnung, wie es hergestelltelt wird. Nämlicher hat nämlich zu Schulzeiten in der Kräuterkunde nichtig unregelmäßig gefehlt. Manchmal war er nichtig unkrank, manchmal hatte er anderes zu tun …« Aber immerhin habe er gelernt, dass für ein solches Vorhaben ein Labor, alle möglichen Kolben, Gläser und Schalen sowie eine Hitzequelle benötigt wurden. Nichtiges von Welchigem sie hatten. Und vor allem brauche man das Rezept. »Ohne Jeniges man sich alles mögliche zusammenbraut, aber kein Glückspulver. Welchiger weiß nur, dass zum Beispiel Kleeblätter reinkommen. In Irland nennt man sie *shamrock.*«

»Drei- oder Vierblättrige?«

Der grüne Kobold zuckte die Achseln. »Beide Arten. Aber in welchigem Verhältnis, weiß er nichtig.«

»Kennt denn niemand das genaue Rezept?«

»Natürlich kennt es *jemand*«, räumte der Kobold etwas ungeduldig ein. »Aber Welchiger weiß nichtig, wer und wo der Jenige wohnt und wie man Nämlichen unter all den andere Menschigen findindet. Es leben hier nichtig unschrecklich viele davon. Und Jederige hat eine anderigen Namen und eine anderige Adresse. Da bräuchte man schon ein nichtig ungigantisches Glück, und das haben Fragliche nun mal nichtig. Siobhan O'Reilly aber kannte die Glücksformel. Denn bei ihr hat sich Welchiger ja ab und zu ein bisschen was von dem Pulver abgeholt.«

»Wozu?«

»Sagte er doch schon. Zum Spaß. Heiligabend zum Beispiel vor dem Fenster am Spielwarengeschäft. Wenn alle da so standen und den nichtig unkleinen Figuren zusahen, dann hat Welchiger es nichtig unlustig von oben einfach ein bisschen auf sie hinunter riesieseln lassen, und alle waren nichtig unglücklich. Baff.«

»Das waren Sie?«, wunderte sich Chip, der selbst schon manches Mal vor Mrs. Crackpickles zauberhaftem Schaufenster gestanden und das wundersame Aufwallen von Weihnachtsglück gespürt hatte.

»Manchmal hat Welchiger auch ein bisschen mitgespielt in dem Fenster«, gab Wasmut zu. »Mit der Eisenbahn ist er nichtig ungerne gefahren. Und getanzt hat er auch nichtig ganz ungeschicktig.«

»Natürlich! Da habe ich Sie schon mal gesehen!«

»Das waren nichtig unglückliche Zeiten. Wie Welchiger hörtörte, soll es in diesem Jahr gar kein Fenster geben. Das ist richtig nichtig untrautrig. Alles geht den Bach runtunter.«

»Ja, denn überall herrscht nur noch Unglück! Wir brauchen unbedingt das Rezept. Sicherlich hat es die alte Frau irgendwo aufgeschrieben. Alte Frauen sind oft sehr vergesslich und schreiben sich wichtige Dinge gerne auf.«

Das war der Punkt, an dem sie beschlossen, in die unterirdische Wohnung von Anna und Benjamin einzusteigen, um nach dem Rezept zu suchen. Aber zunächst musste sich Chip unbemerkt aus dem fast fensterlosen Hauptquartier der Schuhschwärzergilde entfernen, was nicht ganz einfach war. Denn vor der einzigen Tür hockte bösartig und breitbeinig Gary Simmons, säuberte sich die Fingernägel und spuckte unablässig braune Flüssigkeit aus, denn er war dem Kautabak verfallen.

»Wenn Sie ihn ablenken, dann könnte ich entwischen«, flüsterte Chip.

Der Leprechaun schüttelte energisch seinen walnussgroßen Kopf. »Kommt gar nichtig in Frage. In den nächsten neunundneunzig Jahren wird Welchiger sich bestimmt keinigem menschlichigem Wesen mehr offenbaren. Das bringt nur nichtig undumme Fragen und eine Menge Verdruss. Welchiger hat eine nichtig unbessere Idee.« Aus seiner Umhängetasche aus gegerbtem Mäuseleder wuchtete er unter großen Anstrengungen ein Goldstück hervor. »Das funktioniert bei den Menschigen immer«, sagte er mit einer Spur von Verachtung. »Da vergessen sie alles und denkenken an Nichtiges anderes mehr. Baff.«

Für Gary Simmons, einen ausgesprochen habgierigen Menschen von geringer Intelligenz und noch geringerer Phantasie, galt das noch mehr als für viele andere. Als er im Augenwinkel das Goldstück an sich vorbei auf die Straße kullern sah, dachte er nicht lange nach, sondern sprang sofort auf und rannte dem Schatz hinterher. Pferdefuhrwerke und Fußgänger, Händler, Hehler und Hausfrauen ignorierend, den Blick starr auf die rollende Münze gerichtet. Ein Wunder, dass er diesen Ausflug überlebte.

»Baff!«, rief der rotbärtige Wasmut und versetzte Chips Wade, bis zu deren Hälfte er reichte, einen herzhaften Hieb.

Sofort stieß der Junge die Tür auf und huschte ins Freie. In seinem Schatten und unsichtbar für jeden, der nicht ganz genau hinsah, eilte der kleine, grün karierte Geselle. Chip wollte nun so schnell wie möglich zu der Apotheke des Elias Fox und in die Wohnung seiner Freunde. Aber Wasmut war dafür nicht zu gewinnen.

»Welchiger geht ganz bestimmt nichtig irgendwohin ohne sein Goldstück«, sagte er.

»Wie kann man nur so geizig sein?«, ärgerte sich Chip.

Die Kritik perlte an ihrem Adressaten ab. »Manchige sagen nichtig ungeizig, andandere sagen nichtig unsparsam. Welchiger hat jedenfalls Nichtiges zu verschenkenken. Baff. Und schon gar kein Gold.«

Er hatte die Münze gekonnt so geworfen, dass sie quer über die belebte Straße rollte und auf der anderen Seite am Bordstein entlang. Sie sprang über Hindernisse hinweg, umrundete elegant Pferdehufe, Wagenräder und

Stiefelabsätze und hüpfte, wie von Zauberhand gelenkt, fröhlich die vier Stufen einer kleinen Treppe hinunter. Der gierige Gary Simmons allerdings schaffte es bei seiner Verfolgungsjagd nur bis zur gegenüberliegenden Straßenseite, wo er mit einem gewaltbereiten Besenverkäufer zusammenstieß. Der Grobian trieb den feigen Kinderschinder mit wilden Verwünschungen und einigen gezielten Besenschlägen in die Flucht.

Es dauerte eine ganze Weile, bis Chip und Wasmut endlich das Goldstück wiederfanden. Es lag unbemerkt unter Strohhalmen verborgen im übel riechenden Dreck am Hof eines Fellgerbers, wo Chip es unauffällig aufhob, säuberte und in seine Jackentasche steckte, in der es sich auch Wasmut bequem gemacht hatte.

»Danke sehr!«, grunzte es zufrieden aus der Tasche.

Als sie endlich die Apotheke erreichten, war schon die Dämmerung hereingebrochen, und ein starker Schneefall hatte eingesetzt. Die verschlossene Tür der Apotheke war nichts, das einen Leprechaun aufhalten konnte. Wasmut arbeitete sich aus Chips Jackentasche und zwängte sich blitzschnell durch einen Mauerspalt. Kurze Zeit später hatte er die Tür von innen geöffnet, und Chip schlüpfte hinein.

»Wie riecht es denn hier?«, wunderte der Junge sich.

Wasmut schloss die Augen und schnupperte.

»Krötenfurz«, stellte er sachverständig fest. »Und Buckelschilfblüten. Könnte aber auch Albigenserkresse sein. Oder beides.«

»Sie kennen sich aber gut aus. Ich dachte, Sie hätten so oft gefehlt.«

»Welchiger weiß natürlich, dass es diese Pflanzen gibt und wie sie riechiechen«, erklärte Wasmut mit einer Spur von Wehmut. »Aber er weiß nichtig, wie Jeglicher sie mischt und was dann passiert.«

Sie stellten fest, dass der Apotheker Fox nicht anwesend war, und schlichen gleich weiter, hinunter in den Keller. In die Wohnung und Kräuterstube der verstorbenen Siobhan O'Reilly.

»Diebe! Diebe!«, schrie Wasmut einen Moment später in heller Aufregung. »Alles ist weg! Wir sind verlororen. Baff.« Er rannte zu dem Ort, wo bei seinem letzten Besuch das schriftliche Vermächtnis und das unschätzbare Archiv der alten Frau aufgestapelt gewesen war. All die Hefte, Rollen und Papiere, die Zeichnungen, Skizzen und Aufstellungen waren nun verschwunden.

Chip wollte sich nicht so schnell geschlagen geben.

»Wo könnte die gute Frau denn so etwas Wichtiges wie die geheime Formel aufgeschrieben haben? Doch sicher nicht auf irgendwelchen Papieren, die jeder einfach einpacken und stehlen kann.«

Wasmut blickte den Jungen verständnislos an. »Hier hat Nämliche alles gesammelt. All ihre Forschungen und Geheimnisse. Und Jenige waren verdammt viele, mein nichtig unjunger, aber nichtig undämlicher Freund. Niemand kanntante sich besser in all diesen Dingen aus als Nämliche.«

»Aber da ist es doch ganz unwahrscheinlich, dass sie so ein wichtiges Dokument einfach hier so offen herumliegen ließ«, grübelte der Junge. »Wenn Gary Simmons ein Papier geheim halten will, dann faltet er es ganz klein zusammen und klemmt es unter die Tischkante.«

Während er sprach, tastete Chip hochkonzentriert die Unter- und Innenseite des maroden Bettes ab und untersuchte danach die feuchtkalten Wände. »Und Mr. Tibbits im Waisenhaus versteckte sein geheimes Extrageld, das er beim Wetten gewonnen hatte, vor seiner Frau hinter einem losen Stein in der Küchenwand.«

»Als ob man das vergleichen könnte«, schnaubte der Leprechaun.

»Aha. Und was ist das?« Chip, der sich inzwischen die Feuerstelle vorgenommen hatte, zog triumphierend ein zerknülltes und an mehreren Stellen angekokeltes Papier aus der erkalteten Asche, das er vorsichtig entfaltete.

»Ein Feueranzünder natürlich«, gab Wasmut säuerlich zurück. »Viele Menschige benutzen nämlich Papier, um Feuer zu entzünden. Das scheint Manchiger aber nichtig zu wissen. Baff.«

»Und was steht da geschrieben?« Chip hatte sich beim Lesen und Schreiben nie sonderlich hervorgetan und konnte daher nicht wissen, dass die Symbole und Zeichen, die eine zittrige Handschrift auf dem Papier hinterlassen hatte, keine gebräuchlichen Buchstaben waren. Selbst der unglückliche Nicholas Sheehan hätte diese Schrift nicht entziffern können. Tatsächlich gab es in London und ganz England nur eine einzige lebende Seele, die das vermochte. Und die stand sprachlos mit offenem Mund da.

Als er endlich seine Stimme wiederfand, flüsterte der Kobold, während seine kleinen, wachen Augen mit einem Mal in Tränen schwammen: »Die Nämliche wollte es verbrennen, damit es nicht in die falschen Hände gerät.«

»Das ist nicht gelungen. Zum Glück.«

»Glück …«, wiederholte benommen Waòismuotth, Earl and Pearl of Loungflègéllan and Leaingscúll-Murphy-Gwòynnsdrough, letzter legaler Großneffe des letzten rechtmäßigen Großcallaghan von Cork und Lowbutton, und starrte in die Asche.

»Was steht denn da?«, erkundigte sich Chip. »Könnten Sie es mir vorlesen?«

Die Frage brachte den kleinen Kerl ruckartig zurück in die Gegenwart. »Oh, nein. Nein. Oh, nein. Das darfarfst du nichtig wissen, was da geschriebieben steht. Niemandiger darf das jemalsig erfahren oder gar wissen. Das würde alles durcheinanderbringen. Alles.« Er sah plötzlich sehr alarmiert aus. »Das wäre das Endende der Welt.«

»Glück wäre das Ende der Welt? Wieso das denn?«

»Baff.« Wasmut schüttelte den Kopf so heftig, dass er fast seinen kleinen Zylinderhut verlor. Dann zerriss er das Papier zu Chips Schrecken in winzige Fetzen, die zu Boden rieselten. »Nichtig, nichtig. Darüber darf Keiniger jemalsig nachdenken. Eine Prise Rieselstaub zur Weihnacht und jetzt ein bisschen, um die Kinder zu rettetten. Aber mehr verträgt diese Welt nichtig. Schluss jetzt. Schluss und für immer aus. Baff. Wir brauchen Klee.«

»Vierblättrigen Klee? Wie viel denn davon?«

»Stelle keine überflüssigen Fragen, sondern gib Welchigem eine nichtig unsinnvolle Antwort. Wo finden Welchige in dieser Stadt um diese Jahreszeit Klee?«

»Klee mitten im Winter?« Chip, der noch immer nicht verstehen konnte, warum der kleine Mann das Papier mit der Glücksformel so einfach vernichtet hatte, kratzte sich unter seiner braunen Wollmütze am Kopf. »Vielleicht im

Hyde Park. Da sieht man im Sommer oft die Schafe grasen. Da gibt es sicherlich auch Klee.«

»Dann los! Die Zeit wird knapp.«

Als sie wieder ins Freie kamen, tobte der Schneesturm mit aller Macht. Wie lebende Wolken wirbelten die himmlischen Kristalle durch die Dunkelheit und erstickten jedes Geräusch. Sie änderten plötzlich ihre Richtung, verschleierten den Blick, so dass schon die Fassaden auf der anderen Straßenseite nicht mehr auszumachen waren. Einzig das gelbliche Licht einer Laterne behauptete sich verzweifelt gegen die wabernden Strudel aus fliegenden Flocken.

Oje, dachte Chip in einem Anflug von Verzweiflung. Gute Nacht. Das ist wirklich kein ideales Wetter, um Klee zu pflücken.

Zehntes Kapitel

ANNA FINDET EINE NEUE FREUNDIN
UND WAGT ETWAS UNGEHEURES,
UND CHIP UND WASMUT BEOBACHTEN FOX
IM PARK UND FOLGEN IHM.

Kein fröhlicher Christbaum, kein festlicher Kranz schmückte den Speisesaal der Besserungsanstalt von St. Pancras. Nur ein inzwischen recht trockener Tannenzweig lag auf einem Fensterbrett, darauf eine rote Kerze, die erst morgen, zum festlichen Weihnachtsschmaus entzündet werden sollte. Dieser sogenannte Schmaus freilich, das wussten alle, die sich schon länger in der Obhut der Madame Rose befanden, bestand aus einer bröseligen Pastete, gefüllt mit Pferdehack und Steckrübenmus. Nur wem das holde Weihnachtsglück lachte, der konnte nach der Hauptmahlzeit tatsächlich noch eine kleine Portion Plumpudding mit Vanillesoße erhaschen. Denn es gab davon nie genug für alle.

Der Heiligabend war jedoch im Heim ein normaler Arbeitstag, und wie an jedem Morgen hockten die Kinder Reihe an Reihe schweigend auf Holzbänken und löffelten Hirsebrei mit einer Kelle brauner Bohnen. Die Jungen saßen auf der rechten, die Mädchen auf der linken Seite des riesigen Raumes. Eng aneinandergedrängt mochten da alles in allem drei- oder vierhundert Kinder sitzen. Die strengen und immer schlecht gelaunten Aufseher und Mitarbeiter der Anstaltsverwaltung, die in uniformähnlichen Kleidern und Anzügen steckten, schritten die Reihen ab und gaben die Nahrung aus. Auf der Mädchenseite, auf dem Platz ganz am Ende der Verteilungskette, der den Neuankömmlingen vorbehalten war, die noch keinerlei Rechte und schon gar keine Ansprüche hatten, dort also, wo nur noch die angebratenen Reste aus dem Hirsetopf und der Bohnenpfanne gekratzt wurden, da saß Anna O'Reilly.

»Bist du neu?«, fragte ihre Nachbarin. Das Mädchen war etwa in ihrem Alter. Sie schielte sehr stark und schien nicht besonders schnell im Kopf zu sein. Ansonsten hatte sie ein ehrliches Gesicht, wie Anna fand.

»Ja – und du?«

»Ich bin nun schon zwei Monate in der Besserungsanstalt.« Darauf schien sie ein bisschen stolz zu sein.

»Und? Bist du schon gebessert?«

Sie schüttelte den Kopf. »Nein, ich glaube nicht. Das dauert manchmal Jahre.«

»So lange kann ich nicht bleiben«, sagte Anna bestimmt. »Mein Bruder ist schwer krank und braucht meine Hilfe. Er tut immer so erwachsen, aber im Grunde ist er ohne mich aufgeschmissen. Ich muss hier so schnell wie möglich raus.«

Das Mädchen flüsterte plötzlich und rollte furchterregend mit den Augen. »Von hier gibt es kein Entrinnen.«

»Wie heißt du denn?«

»Molly.«

»Und weiter?«

»Das weiß ich leider nicht genau. Es gibt verschiedene Auffassungen dazu. Entweder Garbage oder Gutter.«

»Verstehe«, seufzte Anna.

»Oder auch Pillow.«

»Ist schon gut.«

Das Mädchen ohne Nachnamen senkte ihren asymmetrischen Blick, was Anna ein wenig erleichterte. Denn weil Molly immer auf einen Punkt irgendwo neben ihrem Kopf schaute, wusste Anna nicht, ob das Mädchen sie fixierte oder irgendjemanden, der plötzlich hinter ihr aufgetaucht war. Es war sehr verwirrend.

»Hör mir mal zu, Molly.« Anna senkte ihre Stimme und ließ die älteren Mädchen, die ihnen gegenübersaßen, nicht aus den Augen. Die löffelten ihre Hirse mit Bohnen und schienen in Gedanken ganz weit weg und nicht interessiert an der Unterhaltung zwischen der Neuen und der Schielenden. »Ich muss hier raus. So schnell es geht.«

»Wenn sie dich erwischen, dann steckt Madame Rose dich für zwei Wochen in den Keller zu den Ratten. Oder sogar in die Tretmühle. Und dann gute Nacht. Frag mal Jenny oder Olivia.«

»Ich habe aber nicht vor, mich erwischen zu lassen«, gab Anna so energisch zurück, dass sie einen Moment vor sich selbst erschrak.

Molly wirkte bestürzt und bekam vor Schreck keinen Bissen mehr herunter. »Warum willst du das nur tun? Du bist doch erst eine Nacht da. Vielleicht gefällt es dir ja hier.«

»Hast du einen Bruder, Molly?«

»Nein. Aber ich hatte mal eine Katze.«

»Das ist … na ja, fast dasselbe«, meinte Anna. »Aber nur fast.«

»Ich verstehe dich«, sagte Molly nach einigem Nachdenken. »Und wenn ich kann, dann helfe ich dir. Aber unter einer Bedingung!«

Annas Augen leuchteten auf. »Alles, was du willst.«

»Du musst mich mitnehmen.«

Nach dem Essen waren alle Insassen von St. Pancras dazu verpflichtet, der morgendlichen Ansprache von Mr. James Dolittle zu lauschen. Er war die rechte Hand der Madame Rose, die selbst nicht oft in Erscheinung trat. Sie stand, unsichtbar für die Kinder und Jugendlichen, hinter einem Vorhang im Obergeschoss und blickte mit versteinerter Miene herunter auf die vier menschlichen Reihen frierenden Elends, die sich im Innenhof der Anlage aufgestellt hatten. In der vergangenen Nacht war der Schnee einen Fuß hoch gefallen, vielen Kindern reichte er bis zu den Knien. Einige der älteren Jungen hatten sofort damit begonnen, Schneebälle zu formen, und warteten auf den geeigneten Moment, um einen ahnungslosen Mitinsassen unsanft zu überraschen. Aber als sie die Blicke ihrer Aufseher gewahrten, die demonstrativ mit den Züchtigungswerkzeugen hantierten, ließen die Jungs ihre Wurfgeschosse schnell wieder zu Boden fallen.

»Die weihnachtliche Gnade soll allen Menschen zuteilwerden«, verkündete fromm Mr. Dolittle, der seinen Appellen immer gerne eine aktuelle Note gab. »Arm oder Reich, Alt oder Jung, Groß oder Klein. Aber für euch gilt das natürlich nicht. Ihr seid der Abschaum der Menschheit, der Dreck unter den Fingernägeln der Zivilisation.

Ihr seid böse bis ins Mark und verdorben, und erst unsere wohlwollende Strenge kann euch zu Menschen machen, die es verdienen, die Frohe Botschaft zu vernehmen. Trotzdem werden wir in der Werkstatt und im Lager morgen zur Ehre des Herrn einen Tag Pause einlegen. Ich verlange aber heute wie immer vollen Einsatz von jedem Einzelnen. Und merkt euch: Wer beim Herumalbern oder beim Faulenzen erwischt wird, der verbringt seinen Feiertag in der Tretmühle. Verstanden?«

»Ja, Sir«, schallte es ihm aus dreihundert Kehlen entgegen.

Nur Anna stand in der hintersten Reihe neben ihrer neuen Freundin und fragte: »Was ist denn das überhaupt – eine Tretmühle?«

»Schrecklich!«, wisperte Molly zurück. »Sie stecken dich in ein großes Rad, und du musst laufen und laufen, bis du nicht mehr kannst oder vielleicht sogar ohnmächtig wirst. Und dann gibt es Schläge, und du musst noch weiterlaufen.«

»Und wozu das Ganze?«

»Zu Besserung, Dummchen«, zischte die Nachbarin zur anderen Seite. »Und haltet endlich Ruhe, sonst gibt es noch Ärger.«

Das Sprechen war den Insassen nicht nur während des Morgenappells, sondern während des ganzen Tages verboten.

»Abmarsch, an die Arbeit!«, röhrte im schärfsten Kasernenhofton Mr. Dolittle, ein ehemaliger Sergeant, der seine Entlassung aus der Armee nie ganz verwunden hatte.

Die Häftlingskolonne setzte sich in Bewegung, formierte sich in tausendmal geübtem Fluss zu einer Zweierreihe um und steuerte auf ein Gebäude zu, das noch unfreundlicher aussah als der Schlaf- und Essenstrakt. Die gezackten Dächer ragten in den dunstigen Himmel wie Drachenzähne, und je näher Anna kam, desto deutlicher hörte sie das Zischen und Stampfen, das Klappern und Rütteln eines wütenden Ungeheuers. Vom Eingang war das Ende der Halle nicht auszumachen. Sie sah nur Trommelgerippe und Walzen, die von der Decke hingen, und dünne Fäden, die zu den Tischen hinunterliefen, an denen sich die Kinder nun aufstellten. Vor ihnen drehten sich Spindeln, auf denen die Fäden aufgewickelt wurden. Aufgabe der Kinder war es, die Spindeln keinen Moment aus den Augen zu lassen. Sie mussten verhindern, dass sich das Garn verwickelte, und blitzschnell eine volle Spule gegen eine leere austauschen. In dem Lärm, den die gewaltige Maschine dabei verursachte, war es kaum möglich, sein eigenes Wort zu verstehen. Molly lotste Anna an den schier endlosen Reihen von Spindeln vorbei und brachte sie in eine dunkle Lagerhalle. Bis unter das Dach waren riesige, quadratische Baumwollballen gestapelt. Immerhin herrschte hier nicht ein solch ohrenbetäubender Krach. Allerdings roch es so muffig, dass einem der Atem stockte.

»Daran gewöhnst du dich«, erklärte Molly. »Diese Ballen müssen wir auftrennen, auflockern und dann die Baumwolle hinüber in die Wäscherei bringen.«

Mit ihnen waren noch gut dreißig weitere Kinder in diesem Teil der Spinnerei beschäftigt. Dies war der schmutzigste und dunkelste Abschnitt der Garngewinnung, und nicht zufällig kamen alle Neulinge zunächst einmal hier unter. Denn sie sollten doch gleich begreifen, wohin ihre Bosheit sie gebracht hatte und dass ihnen trotzdem die Chance gegeben wurde, sich durch harte Arbeit zu bessern und wieder einen Platz in der Gesellschaft der ehrbaren Bürger zurückzugewinnen. Eine Aufseherin schlenderte, die Arme auf dem Rücken und eine Birkengerte in der Hand, zwischen den kleinen Arbeitern hin und her, um dieser Philosophie im Bedarfsfalle schlagkräftig Geltung zu verschaffen.

Anna aber hatte nur einen Gedanken: Wie kommen wir hier raus?

Molly nahm ihren Arm und führte sie zum anderen Ende der Lagerhalle. Dort schloss sich der Kreislauf der Fabrikation. Aus der Spindelhalle wurden die fertigen Garnspulen hierhergeschafft, in Holzkisten verpackt und wiederum gestapelt.

»Dort werden sie abgeholt«, wisperte Molly. »Ein Fuhrwerk kommt zweimal am Tag und bringt die Kisten zu einer Großnäherei.«

Anna verstand sofort: Sie mussten es irgendwie bewerkstelligen, sich unbemerkt in den Kisten zu verstecken.

»Hat das schon mal jemand versucht?«, fragte sie.

Molly nickte. »Vor vielen Jahren und ausgerechnet auch an Weihnachten ist ein Junge namens Henry Cricket auf diesem Wege in die Freiheit gelangt.«

»Wirklich?«

»Das erzählen zumindest die Älteren. Aber dann war da noch die Sache mit Toby …« Sie ließ den Kopf hängen.

»Warum bist du plötzlich so traurig?«

»Toby hat wohl irgendwas falsch gemacht. Der Ärmste! Madame Rose persönlich hat ihn erwischt.«

»Wie das denn? Ich dachte, sie lässt sich kaum hier draußen blicken.«

»Für so was schon. Es heißt, sie habe einen sechsten Sinn und findet jeden, der abhauen will. Sie hat den armen Kerl für eine ganze Woche in die Tretmühle gesteckt. Seitdem kann er nicht mehr richtig laufen.«

»Und du willst es nun trotzdem versuchen?«

»Allein würde ich mich so was nie trauen«, gestand das schielende Mädchen. »Aber zusammen könnten wir es schaffen.«

Zum Schein schlossen sie sich den anderen Kindern an und hantierten mit Ballen, zogen und zupften die schmutzigen, klumpigen Fasern zu kleinen Wattebäuschen auseinander und schafften sie hinüber in die Wäscherei, wo es scheußlich dampfte und aus irgendeinem Grunde nach feuchtem Hundefell stank. Immer wieder suchten die beiden Mädchen Blickkontakt, was bei Mollys eigenartiger Augenstellung nicht ganz einfach war.

Der Moment war gekommen, als die Aufsicht ihnen für kurze Zeit den Rücken zukehrte. Molly rannte los, und Anna sprintete hinter ihr her. Quer durch die Halle. Sie waren wie flüchtende Rehe auf einer Lichtung. Jeder musste sie sehen. Bestimmt würde gleich jemand rufen, und sie würden gefasst werden.

Aber nichts geschah. Keines der Kinder machte einen Mucks, und als die Aufseherin sich wieder umdrehte, waren die beiden Mädchen schon sicher in der Verpackungsabteilung angekommen und hatten zwei leere Kisten gefunden. Diese schoben sie unbemerkt zu dem

Stapel jener Fracht, die bald abgeholt werden sollte, und stiegen hinein.

Keuchend und fast ohnmächtig vor Angst lag Anna flach auf dem Rücken wie in einem Sarg, als ihr langsam dämmerte, dass diese Flucht nicht gelingen konnte. Die anderen Kisten mit den Spindeln waren doch viel schwerer als ihre. Wer immer sie anhob und in den Wagen schaffte, der würde es bemerken und Verdacht schöpfen. Mit einem Mal war ihr klar, was der unglückliche Toby bei seiner Flucht falsch gemacht hatte.

»Molly«, rief sie leise. »Hörst du mich?«

Keine Antwort. Anna hob vorsichtig den Deckel ihres Verstecks und blinzelte hinaus. Nicht weit entfernt stand mit dem Rücken zu ihr ein Aufseher, der zwei der fast erwachsenen Jungs bei den transportfertigen Kisten einwies. Er hatte eine Schreibunterlage im Arm und klopfte beim Abzählen mit seinem Bleistift auf die Kisten. Anscheinend war das Fuhrwerk aus der Großnäherei bereits auf dem Weg.

»Molly?«

Wieder nur Schweigen. Offenbar hatte das andere Mädchen so viel Angst, dass sie nicht antworten konnte. Es blieb Anna nichts anderes übrig, als ihr Versteck zu verlassen, wenn sie nicht denselben fatalen Fehler begehen wollte wie Toby.

Die drei Männer nicht aus den Augen lassend, schob sie den Deckel zur Seite und schlüpfte hinaus, kroch auf allen vieren hinüber zu Mollys Kiste und spähte hinein. Da lag ihre neue Freundin, zusammengekrümmt und vor Angst zitternd, die Augen fest geschlossen, und hielt sich die Ohren zu.

»Bitte, nicht in die Tretmühle, nicht in die Tretmühle …«, wimmerte sie.

Anna glitt lautlos zu ihr in die enge Kiste, worauf Molly vor Schrecken quiekte.

»Still!«, mahnte Anna. Sie legte ihre Hand auf Mollys Mund und blickte ihr aus nur zwei Inches Entfernung fest in die Augen. »Wir müssen leise sein!«

Doch es war schon zu spät. Einer der Jugendlichen war plötzlich aufmerksam geworden und kam zu ihnen herüber. Durch den Schlitz zwischen zwei Brettern konnte Anna ihn sehen. Ganz nah vor ihrem Versteck kam er zum Stehen.

»Was gibt es?«, rief von hinten der Aufseher.

»Ich dachte, ich hätte was gehört«, antwortete der Junge.

»Sicher eine Katze. Oder eine Ratte.«

»Hier steht eine leere, offene Kiste. Wie kann das denn passieren?«

Jetzt hätte Anna am liebsten die Augen zusammengekniffen und sich die Ohren zugehalten. Wie konnte sie nur so unvorsichtig sein? Der Aufseher hielt mit dem Zählen inne und kam herüber.

»Keine Ahnung, was das soll«, sagte er nach einer Weile des Grübelns. Dann hob er die Kiste an, die gleich danebenstand. »Die ist jedenfalls voll.«

Zum nackten Entsetzen der Ausbrecherinnen griff er nun nach ihrer Kiste und hob auch diese prüfend an. »Und die hier ist auch voll. Muss also ein Versehen sein. Los, weg damit!«

Die beiden Jungs nahmen die leere Kiste, in der eben noch Anna gelegen hatte, und schafften sie beiseite. Dann packten sie zu zweit die Kiste mit den beiden Mädchen und wuchteten sie auf den Stapel, der bald abgeholt würde. Aus dem Hof erklang das Klappern von Pferdehufen, Männerstimmen tauschten Grüße aus. Jetzt konnte es nur noch Augenblicke dauern, und sie hätten es geschafft. Nach nur einer Nacht in diesem scheußlichen Gefängnis könnte sie bald schon wieder bei ihrem Bruder sein.

»Aber Anna – weinst du etwa?«, wisperte Molly verwundert. »Was hast du denn? Stimmt was nicht?«

»Ach, es ist nur … Ich hatte die ganze Zeit so viel Pech, und jetzt scheint endlich mein Glück zurückgekommen zu sein«, flüsterte Anna.

Dann hörte sie zu ihrem großen Entsetzen einen der Männer draußen sagen: »Oh, das ist aber eine seltene Überraschung. Guten Morgen, Madame Rose. Was führt Sie denn zu uns?«

»Ich habe dir schon so oft gesagt, dass du deine Arbeit gefälligst im Büro erledigen sollst. Hier ist unser Zuhause, und Arbeit hat hier nichts zu suchen«, erklärte eine rebellische Frauenstimme, die er nicht erkannte.

»Es ist doch nur wegen Weihnachten, Emily«, antwortete ein ruhiger Bass, den er eindeutig dem Mann zuordnen konnte, der ihn gefangen genommen hatte, Detektive Inspector Cartwright.

Benjamin schlug die Augen auf. Er saß in einem schnittigen Brougham, der sie aus der Scotland-Yard-Zentrale zum Privathaus des Ermittlers in der Old Pye Street gebracht hatte. Die Tür der Kutsche stand offen, ein kalter Wind strömte herein. Er sah die kopflosen Rümpfe zweier Personen, eines Mannes und einer Frau, vermutlich des Detektivs und seiner Gattin.

»Gerade an Weihnachten möchte ich keinen Fremden im Haus haben«, sagte die Frau namens Emily. »Noch dazu solche, die vielleicht besser im Zuchthaus aufgehoben wären.«

»Ich bitte dich! Wenn ich ihn nicht dazu bringen kann, eine Aussage zu machen, habe ich ein echtes Problem.«

»Wer ist das überhaupt?«, fragte sie scharf.

»Er ist ein armer, ziemlich kranker Junge … Ich kann ihn nicht ins Gefängnis schicken, und ich kann ihn auch nicht auf die Straße setzen.«

»Aber muss das denn ausgerechnet heute sein? Es ist Weihnachten, und du weißt doch ganz genau …«

An dieser Stelle übermannte Benjamin wieder die Erschöpfung. Und als er ein nächstes Mal erwachte, fand er sich in einem hellen Zimmer wieder und lag zum ersten Mal in seinem Leben in einem weichen und wohlriechenden Bett. Er wagte es nicht, aufzustehen oder sich auch nur aufzusetzen. Er wagte es kaum zu atmen. Das fiel ihn ohnehin sehr schwer, denn sein ganzer Brustkorb tat scheußlich weh. Ihm war, als sei alles zwischen Hals und Hüfte wund und entzündet. Schübe von Fieber suchten ihn heim. Ihm war in einem Moment heiß, dann wieder zitterte er vor Kälte.

»Du musst jetzt sehr viel Tee trinken.« Eine Stimme ließ ihn vor Schrecken zusammenzucken. Neben dem Bett saß Detective Inspector Cartwright auf einem Stuhl und las in der Zeitung. Benjamin konnte kein Wort sagen, so überwältigt war er. Auf einem Tischchen standen Toast mit Orangenmarmelade, eine Tasse Tee und auch ein Teller mit Bohnen, Ei und Würstchen. Es duftete betörend.

»Und iss auch etwas, damit du wieder zu Kräften kommst«, forderte der Polizist ihn auf.

Mit den Augen fragte der Junge, ob dieses köstliche Frühstück wirklich für ihn gedacht war. Cartwright nickte nur und widmete sich wieder der Lektüre der neuesten Nachrichten.

Vorsichtig und langsam, Bissen für Bissen, Schluck für Schluck nahm der Junge die köstlichste und beste Mahlzeit seines ganzen Lebens zu sich. Noch niemals hatte er solch köstliche Bohnen, und noch überhaupt niemals hatte er Toast mit Orangenmarmelade verzehrt. Der Tee war wie Balsam, wie ein wohliges, wärmendes Feuer, das Kratzen und Schmerzen seiner Atemwege linderte und auch seinen Magen beruhigte.

Er blickte sich in dem Zimmer um und sah einen mächtigen Kleiderschrank und ein Bücherbord mit einer kleinen Armee von Wachsoldaten. Auch ein Schreibtisch stand da, aber er war verwaist. An ihm hatte schon lange niemand mehr gesessen und geschrieben. An der Wand sah Benjamin einen Cricket-Handschuh und einen Schläger hängen. Den Wimpel einer Schule und das Bild von einem Segelschiff.

»Haben Sie einen Sohn?«, wagte er nach einer Weile zu fragen.

»Wir hatten einen Sohn, ja«, antwortete Cartwright, ohne hinter der Zeitung hervorzusehen. »Sein Name war Peter. Er ist gestorben.«

»Oh, das tut mir leid.« Der letzte Bissen Toast blieb dem Jungen im Halse stecken. Schnell spülte er ihn mit einem Schluck des himmlischen Tees hinunter. Aber er wollte unbedingt mehr wissen von dieser traurigen Geschichte. »War Peter krank?«

»Nein. Im Gegenteil. Er war kerngesund und sehr sportlich. Er ist im Krieg gefallen. In Abessinien.«

Von einem Krieg in Abessinien hatte Benjamin noch nie gehört. Auch von dem Land Abessinien nicht. Er kannte doch nur Irland, England und das wunderbare Land seiner Träume: Australien.

Als Detective Inspector Cartwright nun langsam seine Zeitung sinken ließ, sah er plötzlich alt aus und unendlich traurig. »Er war damals gerade erst neunzehn Jahre alt geworden und hat sich als Freiwilliger für die Äthiopienexpedition gemeldet. Er wollte etwas von der Welt sehen. Und dann hat ihn der Pfeil eines Aufständischen in die Brust getroffen, und er starb.«

»Das ist schrecklich!«

Cartwright schüttelte den Kopf angesichts der ganzen Sinnlosigkeit dieser Tragödie. »Es war nur ein kleiner Hinterhalt irgendwo in den Bergen. Nicht mal eine richtige Schlacht. Peter war das einzige Opfer an diesem Tag. Sie verscharrten ihn an Ort und Stelle in der Wüste. Wir wissen nicht einmal, wo genau das war. Die Nachricht kam am Weihnachtstag vor fünf Jahren.«

Benjamin, der in seinem Fieber lag wie in einer Wolke, dachte eine Weile nach. Dann hörte er seine eigene Stimme, als gehöre sie einem Fremden. »Deswegen wollte Ihre Gattin niemanden im Haus haben an Weihnachten.« Er klang traurig und kraftlos. Die Krankheit wollte ihn wieder in eine neue Ohnmacht reißen.

»Ja, das stimmt. Sie ist seit diesem schrecklichen Verlust nicht mehr wie früher. Peter war unser einziges Kind. Seinen Tod hat sie niemals verwunden.«

Es klopfte behutsam an der Tür, und ein junger Mann, den Benjamin schon zuvor auf dem Polizeirevier gesehen hatte, steckte seinen fein frisierten Kopf herein. Es war Assistant Inspector Wilbur, der Cartwright zugeteilt war, um von einem erfahrenen, alten Hasen das anspruchsvolle Handwerk des Kriminalermittlers zu erlernen.

»Sir«, sagte er in gedämpfter Lautstärke, »dürfte ich Sie einen Moment sprechen?«

»Was gibt es, Wilbur?«, fragte Cartwright, der anscheinend nicht erfreut über den Besuch war.

Wilbur kam auf leisen Sohlen herein, warf dem Patienten einen mitleidlosen Blick zu und flüsterte seinem Vorgesetzten und Lehrmeister mit großer Betroffenheit etwas ins Ohr.

Das Blut rauschte so heftig in Benjamins Kopf, dass er nur zwei Worte verstand: »… *nicht überlebt* …«

Der Detective Inspector nickte, als habe ihn ein schwerer Schlag getroffen, und schloss die Augen. Als Wilbur sich mit hängenden Schultern wieder entfernt hatte, faltete Cartwright seine Zeitung ruckartig zusammen und atmete tief ein und aus.

»Nun ist es geschehen. Noch eine bemitleidenswerte Familie hat an Weihnachten ihren Sohn verloren«, verkündete er und starrte wie versteinert vor sich hin. »Der kleine Lucas Bloombottom ist in der Nacht verstorben. Das verdammte Teufelszeug hat ihn tatsächlich umgebracht.«

Benjamin konnte nichts mehr sagen. Er fühlte, wie er tiefer und tiefer sank, weil unter ihm kein Boden mehr war. Jetzt würden sie ihn tatsächlich des Mordes anklagen. Jetzt würde er ins Gefängnis kommen und dort bald sterben, so wie der Arzt gesagt hatte. Seiner Schwester konnte er nicht mehr helfen. Nie wieder. Anna musste es ohne ihn in das zauberhafte Queensland schaffen. Dieser Morgen in dem wunderschönen, weichen Bett eines tragisch in der Fremde gestorbenen Jungen, dieser Morgen war unwiderruflich für ihn selbst der letzte Morgen auf dieser Welt. Und als wollte ihm das Schicksal zum bösen Schluss noch einen letzten Fußtritt versetzen und als sollte er das Diesseits nicht verlassen ohne einen letzten höhnischen Gruß aus den stinkenden Gassen von Old Nichol, sah er plötzlich das fette, grinsende Gesicht des Apothekers Fox vor sich. Und dieser gemeine Giftmischer und Kindermörder sollte also nun ungestraft und unerkannt davonkommen? Niemals! Jedoch jetzt, wo er endlich bereit und willens war, den wahren Namen des freundlichen Mister Unbekannt preiszugeben – ausgerechnet jetzt war seine Zunge zu schwer, und vor seinen Augen schloss sich wieder der Vorhang einer neuen Bewusstlosigkeit.

Nur sein Arm gehorchte ihm noch.

Und seinen Arm hob er …

DI Cartwright war ein Mann ohne große Eitelkeit. Er war nicht von Ehrgeiz und Geltungssucht getrieben wie viele seiner Kollegen. Er strebte keine politischen Ämter an. Er sah sich als Werkzeug im Dienste der Gerechtigkeit und konnte den Gedanken nur schwer ertragen, dass Menschen, die anderen Böses zufügten, straffrei ausgehen sollten. Deshalb hatte er diesen Beruf ergriffen, und deshalb war er einer der erfolgreichsten Ermittler, die Scotland Yard aufzubieten hatte. Aber nun stand seine Karriere trotzdem vor einem jähen Ende. Das leichtfertige Versprechen, das er geleistet hatte, kam zurück wie ein scharfes Racheschwert, das ihn bald mit großer Wucht treffen würde. Nicht nur hatte er zur Weihnacht keinen Schuldigen vorzuweisen. Es war auch noch ein neues, unschuldiges Opfer zu betrauern. Commissioner Jones würde nun gar nicht mehr umhinkommen, Cartwright zu entlassen.

Der Detektiv sah hinunter zu dem kranken Jungen, der anscheinend entschlossen war, sein Geheimnis mit ins Grab zu nehmen, und konnte ihm nicht einmal mehr böse sein. Welche Angst musste den Knaben treiben, dass er so beharrlich schwieg? Aber warum hob er nun seinen Arm? Seine Augen flatterten, seine Lippen bewegten sich, als wollte er sprechen, aber er bekam kein Wort heraus. Sein Arm jedoch hob sich immer höher, bis er seitlich ausgestreckt fast Cartwrights Knie erreichte, auf dem die Zeitung ruhte. Suchte er seine Berührung? Wollte er sich festhalten?

»Was hast du denn, Junge?«, fragte der Ermittler. Da sah er, wie Benjamins Zeigefinger, zitternd und gekrümmt, auf eine Zeichnung deutete, die den aktuellen Bericht über einen dicken, fröhlichen Mann illustrierte, welcher der Bildunterschrift zufolge mutig und selbstlos einen feigen Witwenräuber zur Strecke gebracht hatte.

Apotheker Elias Fox, ein tapferer und ehrbarer Bürger aus dem Eastend, ist der Held des Tages, verkündete die Schlagzeile, darunter stand: *Von ihm wird man sicher noch viel hören*

»Was ist mit diesem Mann?«, fragte Cartwright, und als sich Benjamin nun mit letzter Kraft aufbäumte, lief es ihm eiskalt über den Rücken. Denn Benjamin brachte mit einem Krächzen und unter größten Anstrengungen die Worte heraus: »Mister Unbekannt …«

»Es wäre nichtig unangebracht, wenn du Nämlichen jetzt aus seiner nichtig unmisslichen Lage erlösösen möchtestest.«

Vom stolzen und im Moment sehr aufgebrachten Waòismuotth, Earl and Pearl of Loungflègéllan and Leaingscúll-Murphy-Gwòynnsdrough, dem letzten legalen Großneffen des letzten rechtmäßigen Großcallaghan von Cork und Lowbutton, war nichts mehr zu sehen, seit er leichtfüßig und ein wenig leichtfertig aus Chips Jackentasche gesprungen war. Der Schnee, der die riesige Fläche des Hyde Parks bald einen Fuß tief bedeckte, hatte den kleinen Kerl schlicht verschluckt.

Die ganze Nacht waren die beiden ungleichen Freunde aus Old Nichol unterwegs gewesen, hatten nur kurz gerastet, um sich an den Feuern der Nachtwächter, der Hufschmiede und Droschkenkutscher aufzuwärmen. Jetzt lag vor ihnen die weitläufige Parkfläche, verschüttet und versunken unter einer makellosen, weißen Schicht. Selbst die Bäume waren weiß eingekleidet, und es war, als könne man die Äste unter ihrer schweren Last stöhnen hören. Wer hier Klee pflücken wollte, der musste schon ganz genau wissen, wo er zu suchen hatte. Oder er musste eine geradezu absurde Menge von Glück mitbringen.

»Hallo? Junger Mann? Baff?«, brachte sich der Leprechaun wieder in Erinnerung, und Chip beugte sich herunter, um ihn aus seinem eiskalten Gefängnis zu befreien und wieder in seine Tasche zu setzen.

»Und jetzt?«, fragte Wasmut, nachdem er seinen grün karierten Anzug von den hartnäckigen Schneeresten befreit hatte. Wie um sich selbst von der Sinnlosigkeit des Vorhabens zu überzeugen, ging Chip in die Knie und versuchte, mit bloßen Händen den Schnee wegzuheben und zu sehen, ob darunter vielleicht auf wundersame Weise Klee zum Vorschein kam. Aber er fand nur ein paar traurige Halme niedergedrückten, bräunlichen Grases.

»Solchige Probleme hatten Manchige beim Kleesuchen in Irland nie«, erklärte der Kobold. »Alles war immer nicht ungrün und nicht unsaftig.«

Chips Mut war so weit gesunken, dass er mit den Tränen kämpfen musste. Ein eisiger Wind pfiff über die winterliche Fläche. Die Kälte schlich ihm in die Knochen. Lange würde er es hier nicht aushalten, bevor er furchtbar krank wurde oder erfror. Noch einmal bohrte er seine inzwischen zu Eisklumpen erstarrten Hände in den Schnee, formte eine Kugel und rollte sie in Richtung der Bäume, als wolle er einen Schneemann bauen. Schon nach der ersten Umdrehung hatte sich eine weiße Walze gebildet, die mit jeder Runde dicker und schwerer wurde. Auf dem Boden wurde dahinter tatsächlich eine Grasfläche frei, die Wasmut abschritt, den Blick gesenkt, die Arme auf dem Rücken. Er schüttelte den Kopf.

»Gras, Gras, Moos, Löwenzahn, Gänseblümchen, Gras, Gras, Mauseloch, Gras …«, murmelte er. »Moos, Gras, Sauerampfer, Gras, Löwenzahn … aha, Hornklee … und da – Baff – Wiesenklee.«

Chip merkte auf. »Ja?«

»Tut mir leid. Hornklee ist unnutzig. Wiesenklee nur im äußersten Notfall, und das auch nur im Juli und August. Salbeiklee geht nichtig. Da könnte man genauso gut Kieselklee nehmen.« Wasmut lachte wie über einen ganz üblen Scherz, dann hielt er plötzlich inne und sah aus, als lausche er auf den Klang einer fernen Musik. Seine rechte Hand zeigte dazu den Takt an.

»Ja, jetzt kommt's wieder!« Er räusperte sich und deklamierte:

Steinklee, Feldklee, Wurzelklee,
Rotklee, Senfklee, Krähenklee,
Wasserklee und Pollenklee
Tun dem guten Trank nur weh.

»Und was soll das heißen?«

»Nämlicher hat es in der Schule gelernt. Es geht um den passenden Klee.«

»Ich dachte, Nämlicher hätte die Kräuterkunde so oft geschwänzt«, erwiderte Chip nicht ohne eine gewisse Schärfe. Er glaubte nicht mehr daran, dass sein Körper sich jemals wieder warm anfühlen würde. Nicht mehr lange, und er könnte das schaurige Zittern nicht mehr unterdrücken.

»An diesem Tag war Selbiger aber zufälligerweise da.« Wasmut war ein wenig beleidigt darüber, dass ein Straßenlümmel aus dem *Eastend*, der weder des Lesens noch gar des Schreibens kundig war, sich hier über seine Schuldisziplin mokierte. Das sollte ihm eine Lehre sein. Nie wieder würde er einem Menschigen ein nicht unpikantes Detail aus seiner Vergangenheit anvertrauen.

»An diesem Tage haben Welchige nämlich das Klee-Gedicht gelernt. Und darin wird besungen, welcher Klee für den Trank in Frage kommt. Es hat einundsiebzig Strophen. Möchtest du noch mehr hören?«

»Einundsiebzig Strophen nur vom Klee? Aber … aber warum reicht denn nicht irgendein Klee?« Chip wurde immer mulmiger zumute. Auf was hatte er sich hier nur eingelassen?

»Mein nicht unahnungsloser Junge, Nämliche unterscheiden siebenhundertneunundneunzig Sorten von Klee. Und wir suchen nur eine einzige, und zwar *shamrock*, also Weißklee.«

»Weißklee? Wie soll man in all dem Schnee auch noch Weißklee finden? Das ist unmöglich!«, rief der Junge aufgebracht, der seine Hände nicht mehr spürte und sie immer wieder aneinanderrieb und hineinpustete. Die Schneewalze reichte ihm nun schon bis zum Bauch, und er konnte die kompakte Masse nur noch vom Fleck bewegen, indem er den Rücken dagegendrückte und sich mit den Füßen vom Boden abstieß.

»Nämlicher hat nie nichtig behauptetet, dass diese Sache eine einfache wäre. Die Menschigen stellen sich diese Dinge immer so simpimpel vor. Aber das sind sie durchaus nichtig. Baff.«

Wieder pfiff ein eisiger Windstoß über die Schneefläche des Hyde Parks und trieb einzelne Schneekristalle vor sich her. Einige fanden ihren Weg in Chips Augen, wo sie wie Nadeln stachen und Tränen hervorquellen ließen.

Chip rief, sich die Augen reibend: »Schon gut, schon gut. Aber was machen wir jetzt? Ich kann nicht mehr lange. Ich muss mich irgendwo aufwärmen, bitte …«

Der Junge sah tatsächlich schon auf eine recht ungesunde Art blass und blau aus, musste sich Wasmut eingestehen. Er selbst war gegen Kälte und auch Hitze völlig unempfindlich. Das Einzige, was dem Leprechaun manchmal zu schaffen machte, war Hausstaub, auf den er allergisch reagierte.

In der freien Natur hingegen konnte ihm nichts etwas anhaben.

»Komisch …«, bemerkte der rotbärtige Kobold plötzlich und schnupperte in den Wind. »Der nämlichen Nase scheint die Kälte nichtig zu bekommen. Es ist nichtig der Ort, und es ist schon gar nichtig die Jahreszeit. Aber Welchiger riecht plötzlich Krötenfurz.«

Da war Chip schon hinter seiner Schneewalze in Deckung gegangen, denn während Wasmut noch schnupperte, hatte er bereits die vornehme Kutsche heranfahren sehen, die wenige Schritte vor ihnen zum Stehen gekommen war.

»Schnell, kommen Sie her!«

»Was ist denn? Warum die Eile?«

»Da! Den dicken Kerl, den kenne ich. Das ist der Apotheker, bei dem Anna und Benjamin wohnen …«

Aus der Kutsche wälzte sich tatsächlich der massige Leib des Mr. Fox. Dem Kutscher auf dem Bock rief er zu:

»Warten Sie eine Minute. Ich muss nur ein wenig Klee suchen.«

»Eine Minute? Baff, so ein Idiot«, flüsterte Wasmut. Doch dann sah er, wie der übergewichtige Menschige etwas aus seiner Tasche holte, zur Nase führte, den Kopf nach hinten warf und kurz einwirken ließ wie eine Priese scharfen Schnupftabak. Und schon marschierte er los, machte fünf, sechs Schritte in die Schneewüste hinaus, bückte sich und zupfte kurzerhand zehn Kleehalme aus.

»Das darf doch nicht wahr sein!«, empörte sich Chip.

Apotheker Elias Fox hatte die Nacht in den Armen der holden Lady Abigail in ihrem Stadtpalais am Chesterfield Hill nicht weit vom Hyde Park verbracht. Dass die heißblütige Dame in glühender Leidenschaft ausgerechnet zu ihm, dem dickwanstigen und nach Kräutermischungen muffelnden Apotheker, entflammt sein sollte, war ihm anfangs zwar etwas sonderbar vorgekommen, doch mittlerweile stellte er derartige Schicksalswendungen nicht mehr in Frage. Glück konnte man nicht erklären. Dass er den gestrigen Abend als Ehrenmitglied des erlauchten East India Clubs beschlossen hatte; dass er plötzlich drauf und dran war, eine vielversprechende Karriere in der Politik einzuschlagen; dass er mitten in der Nacht mit dreitausend Pfund in der Tasche – die eine Hälfte unerwartet geerbt, die andere ebenso unerwartet beim Wetten gewonnen – zu einer wunderschönen Lady kutschiert wurde; das alles verdankte er, wie er sehr wohl wusste, einem unscheinbaren Aromasäckchen, das er auf nicht ganz legalem Wege in seinen Besitz gebracht hatte. Seit er regelmäßig daran schnüffelte, lachte ihm ein geradezu närrisches Glück. Vor ein paar Tagen noch hätte er – so wie alle die armen Ahnungslosen – vom unerklärlichen und unerforschlichen Glück gesprochen. Längst aber war ihm klar, dass die irische Kräuterhexe aus seinem Keller kurz vor ihrem Tod eines der größten Mysterien der Menschheit gelöst hatte. Sie hatte das Geheimnis des Glücks gelüftet. Und er, Fox, besaß als einziger Mensch das Rezept.

Und damit würde er in den Genuss unbeschränkten und erneuerbaren Glücks kommen.

Zum Glück war er zudem auch noch verdammt klug. Denn an diesem Morgen, als er nach einem ausgiebigen Frühstück und der überaus ersprießlichen Lektüre der Zeitung, die allerhand Vorteilhaftes über ihn zu berichten wusste, das Haus der Lady verließ, war ihm klargeworden, dass er sich bald Nachschub brauen musste. Die Glücksessenz im Säckchen verlor merklich an Aroma. Nur wenn Fox die raschelnden Kräuterreste noch zusammendrückte und kräftig am Hosenbein rieb, wurden noch genug der geheimnisvollen Wirkstoffe freigesetzt, auf denen sein neues und so angenehmes Leben aufgebaut war. Und dann war plötzlich auch noch etwas geschehen, das ihm signalisierte: Es wurde nun allerhöchste Zeit, sich eine neue Reserve des guten Stoffs anzulegen. Als er nämlich das Haus der Lady Abigail verlassen hatte und die wenigen Schritte zur wartenden Kutsche zurücklegte, vernahm er ein deutliches Plopp und spürte einen leichten Schlag von oben. Sofort riss er sich den Hut vom Kopf, um empört festzustellen, dass ihm eine der frechen Themsemöwen, die von morgens bis in die Nacht lachend über der Stadt ihre Kreise zogen, einen wohl gezielten, glitschigen Gruß auf seine modische Melone gekackt hatte.

So ein Pech, hatte er gedacht und war bei diesem Gedanken erstarrt. Einen solchen Treffer hätte er gewiss nicht abbekommen, wenn die Kräfte des magischen Säckchens nicht nachließen. Er durfte nun keine Zeit mehr verlieren und musste zusehen, dass er schnell in seine Kräuterküche gelangte, um sich rechtzeitig mit dem Glücksmittel zu versorgen. Die dafür nötige Schlehenbratze, die Wolfskresse und die Fichtennadeln hatte er auf Lager. Ebenso getrockneten Knöterichsamen, Sichelkraut und Schnittlauch sowieso. Aber die Kleeblätter, die musste er noch besorgen. Und zwar schleunigst, bevor die letzte Spur der kostbaren Glückswürze aus dem Duftsack verpufft war.

Nun aber, nach einer kurzen Fahrt in den Hyde Park, hatte er sich wieder beruhigt, denn mit schlafwandlerischer Sicherheit fand er unter all dem Schnee im Park die gewünschten Blätter. Glückspilz, der er war, musste er einfach nur seine Hand ausstrecken, und schon zupfte er die Blätter gleich bündelweise aus der gefrorenen Erde. Er stopfte sie in sein Apothekerbeutelchen und kletterte unter Stöhnen und Keuchen wieder in seine Kutsche, die wie ein Schiff im Sturm hin und her schwankte, während er sich in die Polster fallen ließ. Sogleich hämmerte er mit dem Knauf seines Gehstocks an die Decke.

»He, nicht einschlafen! Jetzt in die *Rat Lane, Old Nichol, East End*. Aber ein bisschen plötzlich, wenn ich bitten darf.«

Als sich der Wagen mit einem kräftigen Ruck in Bewegung setzte, dachte er: Das ist wirklich keine gute Adresse für einen ehrbaren Mann wie mich. Sobald ich mir eine Portion neues Glück gebraut habe, werde ich umziehen. Vielleicht in die Nähe des Palastes. Damit Queen Victoria es nicht so weit hat, wenn sie mich sprechen will. Oder vielleicht auch in ein schönes Landschlösschen am Stadtrand. Ach was! Am besten kaufe ich mir beides. Ein Stadthaus und ein Landgut. Bald gehört mir ohnehin alles …

So tief in Gedanken war er, dass er nicht bemerkte, wie jemand auf die anfahrende Kutsche aufsprang und sich zitternd vor Kälte in den Geschirrkasten am Heck verkroch, wo zu seinem großen Glück einige warme Pferdedecken verstaut waren.

Elftes Kapitel

ANNA UND MOLLY IN NOT, UND APOTHEKER FOX ERWISCHT EINDRINGLINGE IN SEINER KÜCHE UND BEKOMMT UNLIEBSAMEN BESUCH.

Die fürchterliche Madame Rose war den Ausbrecherinnen nun so nah, dass ihr schwarzes Kleid an der Seite der Holzkiste raschelte und die Mädchen den Atem der Anstaltsleiterin hören konnten. Anna und Molly waren versteinert vor Angst und wagten in ihrem Versteck kaum zu blinzeln. Jeden Moment konnte sich nun der Deckel ihres Verstecks heben. Dann würden grobe Hände sie packen und auf schnellstem Wege zur Bestrafung in die gefürchtete Tretmühle schaffen. Ihr Fluchtversuch wäre gescheitert, was nun als Strafe folgte, würde grauenhaft sein.

»Was können wir für Sie tun, Madame Rose?«, fragte der Aufseher, dem selbst nicht so ganz wohl war im Angesicht dieser hohen und höchst seltenen Besucherin.

»Ich wollte mich nur ein wenig hier umsehen«, sagte Madame Rose scheinbar gleichmütig und hob am Ende des Satzes auf unheimliche Art ihre Stimme, so dass sich diese Aussage anhörte wie eine Frage. Dann stellte sie tatsächlich eine Frage: »Was geschieht hier gerade?«

»Das ist der Wagen des Spediteurs, der unser Garn in die Näherei Sullivan bringt.«

Eine zweite Männerstimme mischte sich ein. Sie klang kräftig und entschlossen. Ihr Besitzer wollte sich nicht gerne aufhalten lassen.

»Dreißig Kisten haben die Herrschaften bestellt. Aber sie erwarten die Lieferung noch vor Weihnachten. Also heute. Sie haben mir extra noch mal aufgetragen, dass ich mich auf keinen Fall verspäten darf. Sonst gibt's mächtig Ärger.«

»Ist das so?« Madame Rose, deren Hand nun zum Schrecken der beiden Mädchen auf ihrer Kiste zum Liegen kam, schritt langsam wie eine Raubkatze um ihre angststarre Beute.

»Ja, das ist so«, gab der Mann selbstbewusst zurück. »Und das möchten wir doch alle nicht. Keiner ist erpicht auf Ärger. Könnten wir deshalb nun endlich mit dem Verladen beginnen?«

»Nicht so eilig, junger Mann. Sie wissen vielleicht nicht, dass einige der mir anvertrauten, schädlichen Elemente auf diesem Wege die Flucht versucht haben?«

»Schädliche Elemente? Wen meinen Sie denn damit?«

»Sie wissen schon … Die Kinder, die ich hier auf ein Leben auf der richtigen Seite von Anstand und Gesetz vorbereiten soll.«

»Was Sie ja auch so gut machen wie sonst niemand in der ganzen Stadt«, lobte der Spediteur. Es wollte Anna jedoch erscheinen, als klänge in seiner Stimme eine Spur von Hohn mit. »Ich kann mir gar nicht vorstellen, dass es jemandem hier so schlecht gefällt, dass er fliehen will.«

Madames Fingerspitze pochte prüfend auf das Holz.

Das Geräusch, für die anderen kaum zu vernehmen, klang in Annas und Mollys Ohren bedrohlich wie ein Donnergrollen. Molly ergriff Annas Hand und drückte sie ganz fest. Anna erwiderte die verzweifelte Geste. Was immer jetzt geschah, sie würden von nun an alles zusammen durchstehen – als die besten Freundinnen. Für immer. Das war ihr stummes Versprechen. Dass sie am Anfang so schlecht über das Mädchen mit der Augenfehlstellung gedacht hatte, tat Anna nun leid. Molly war eine verlässliche Partnerin und unverzichtbare Gefährtin. Sie war treu und tapfer und auch ziemlich klug. Wenn sie nur jemals wieder in Freiheit kämen, dann würde Anna ihr anbieten, sie mit in das ferne Queensland zu nehmen. Die Chancen dafür standen allerdings im Moment sehr schlecht. Madame Rose zog aus den Falten ihres Kleides den gefürchteten Prügelstock hervor und ließ die Spitze auf ihrer Holzkiste ein wenig hin und her tanzen.

»Nun, wenn Sie sich das nicht vorstellen können, junger Mann, dann will ich Ihrer Phantasie gerne ein wenig nachhelfen.« Kaum hatte sie das gesagt, riss sie den Deckel auf, und zum Vorschein kamen: Spulen und Spulen von Garn. Madame hatte sich in letzter Sekunde für die Nachbarkiste entschlossen. Anna und Molly atmeten unendlich erleichtert auf.

»Na, wenn das mal nicht das Garn ist, das bei Sullivan so dringend erwartet wird«, sagte der Lieferant trocken. »Schädliche Elemente sehe ich da keine …«

Die strenge Frau wurde nun zur reinsten Furie. »Ich verlange, dass alle Kisten geöffnet werden, jede einzelne, und zwar sofort. Ich spüre, dass hier etwas Illegales vor sich geht! Ich spüre es in jeder Faser!«

»Wie Sie wünschen, Madame«, sagte der Spediteur. »Aber das wird viel Zeit kosten. Hinzu kommt, dass die Straßen wegen des starken Schneefalls total verstopft sind und ich gezwungen bin, einige Umwege zu nehmen. Ich fürchte, ich kann es unter diesen Umständen heute nicht mehr zu Sullivan schaffen.«

»Dann liefern Sie eben morgen!«, fauchte ihn die Rasende an. Und dann den Aufseher: »Los, stehen Sie hier nicht dumm rum und öffnen Sie die Kisten. Und beginnen Sie mit dieser hier!« Wie ein Fallbeil kam ihre Gerte auf den Deckel der Kiste nieder, in der die Mädchen stumm und bewegungsunfähig ihrem Schicksal entgegensahen.

»Gut, wie Sie wollen.« Nun wurde der Spediteur regelrecht trotzig. »Dann muss ich Sullivan sagen, dass St. Pancras nicht mehr pünktlich liefern kann. Und der wird es allen weitererzählen. Ich fürchte, Madame Rose, das wird Ihren Ruf bei der Kundschaft sehr beschädigen. Sie wissen ja, in der Textilbranche wird nun mal sehr viel Wert auf pünktliche Lieferung gelegt.«

»Halten Sie den Mund!«, herrschte Madame Rose den Mann an. Denn sie wusste, dass sie diesen Kampf verloren hatte. Wenn sie ihren wichtigsten Abnehmer enttäuschte, konnten die Folgen verheerend sein. Die Herrscherin der Anstalt zischte einen unflätigen Fluch, den zum Glück niemand verstand, drehte sich kochend vor Wut um und rauschte von dannen.

Madame Rose war zwar ohnehin keine große Anhängerin des milden und besinnlichen Weihnachtsfestes. Aber dieses Jahr war ihr selbst die geringe Freude, die sie empfinden konnte, obendrein gründlich verdorben worden. Besonders als Mr. Dolittle ihr am Abend schonend beibrachte, dass beim Zählappell zwei Mädchen nicht anwesend waren. Die schielende Molly und diese Neue, diese Rothaarige seien spurlos verschwunden – wie vom Erdboden verschluckt.

»Dieses Luder! Also hatte ich doch recht«, grollte Madame Rose und schloss ihre Faust um die grobe, an vielen Stellen geflickte Wollhose, die alles war, was Anna zurückgelassen hatte. »Ich hatte gleich das Gefühl, dass sie es faustdick hinter den Ohren hatte. Dieser kleine, irische Teufelsbraten! Hütet euch vor den Iren!«, rief sie laut aus, obwohl sie ja streng genommen selbst eine Irin war.

»Soll ich jetzt die Polizei verständigen und nach den Ausreißerinnen suchen lassen?«, fragte Dolittle.

»Sind Sie noch bei Trost?«, fuhr die Leiterin ihren Stellvertreter an. »Damit jeder in der Stadt erfährt, dass zwei von diesen Früchtchen die Flucht gelungen ist? Was wirft denn das für ein Licht auf uns? Es ist erst das zweite Mal in der langen und makellosen Geschichte von St. Pancras, dass ein Ausbruch gelang. Ich habe nicht die Absicht, das auch noch an die große Glocke zu hängen und zum Gespött der Leute zu werden.«

Also schickten sie Anna und Molly keine Polizei hinterher.

Der einzige, ehemalige Insasse der Besserungsanstalt von St. Pancras aber, dem jemals die Flucht gelang, brachte sein Fuhrwerk in sicherer Entfernung zum Stehen und suchte die Kiste, in der sich die beiden Mädchen verkrochen hatten.

»He, ihr könnt rauskommen«, sagte er, während er den

Deckel abhob. »Die alte Hexe Madame Rose kann euch hier nichts mehr anhaben.«

Schreckensbleich und stumm vor Angst kamen die beiden Mädchen ans Tageslicht. Der Lieferant strahlte sie an.

»Mein Name ist Henry Cricket. Willkommen auf der schönen Seite der Mauer! Ist das nicht ein glücklicher Zufall? Vor genau zehn Jahren, auch an Heiligabend, bin ich auf dem gleichen Weg in die Freiheit gekommen. In der Garnkiste. Wie hat sie mich damals gequält und schikaniert, diese Madame Rose. Hat mir immer wieder vorgehalten, dass aus mir niemals etwas Anständiges werden könnte. Und siehe da: Ich bin ein erfolgreicher Spediteur. Und sie ist immer noch eine gemeine alte Schachtel, die mich nicht einmal mehr wiedererkannt hat.«

»Danke, dass Sie uns gerettet haben, Mister Henry«, sagte Anna brav. »Aber wie konnten Sie nur ahnen, dass wir uns in der Kiste versteckt hatten?«

Er zupfte an ihrem Rock. »Ein Stück Stoff hing heraus.«

»Ach, kein Wunder. Ich habe bis heute immer nur Hosen getragen.«

»Tja. Ich habe das Stück Kleiderstoff sofort gesehen und mich davorgestellt, daher ist es Madame Rose nicht aufgefallen.«

»Zum Glück«, seufzte Molly.

»Ja«, sagte Spediteur Henry. »Das war wirklich ein Glück. Sie wird eben auch langsam alt, diese schreckliche Natter. Früher wäre ihr so was bestimmt nicht entgangen.«

Anna reichte Henry die Hand. »Jetzt müssen Sie aber

sicher dringend weiter. Sullivan wartet auf das Garn. Sonst gibt es doch noch Ärger.«

Er lachte herzhaft. »Ach was! Das habe ich nur gesagt, um mit euch schnell aus diesem Gefängnis zu kommen. Ob wir heute liefern oder nach Weihnachten – das ist Sullivan völlig egal. Kommt, wir machen einen kleinen Weihnachtsausflug. Wo soll ich euch hinbringen?«

»Wenn es nichts ausmachen würde, nach Old Nichol.«

»Na, dann kommt mal mit nach vorne, ihr hübschen Mädchen. Es riecht ein bisschen streng nach Pferd. Aber das ist der süße Duft der Freiheit.«

Kaum war er an seiner Apotheke in der *Rat Lane* angekommen, führte der erste Weg Elias Fox in seine Kräuterküche, wo er den Umschlag mit den dreitausend Pfund zwischen gläsernen Behältern ganz oben auf dem Regal deponierte. Später würde er ein besseres Versteck suchen, aber für den Moment war das Geld hier sicher. Sodann legte er sich eine speckige Schürze um und ächzte die Treppe hinab in sein unterirdisches Kräuterlager. In einer braunen Papiertüte sammelte er die Schlehenbratze, Wolfskresse und einige Fichtennadeln sowie den Knöterichsamen. Es war keine Zeit zu verlieren. Er konnte förmlich fühlen, wie das Glück ihn mehr und mehr verließ. Beim Stöbern rammte er versehentlich seinen Ellenbogen in den Türrahmen und jaulte auf vor Schmerz. Nach dem Missgeschick mit der Möwenkacke ein weiteres Indiz dafür, dass er sich mit der Zubereitung der Glücksessenz beeilen musste. Er stieg wieder nach oben. Sichelkraut und Schnittlauch bewahrte er in einem kleinen Beet in seiner chaotischen Küche auf.

Genau dort verbargen sich aber auch die beiden blinden Passagiere, die sich in seiner Kutsche versteckt hatten und ihm lautlos ins Haus gefolgt waren. Während der Apotheker im Untergeschoss verschwand, schauten sie sich entsetzt um.

»Meine Güte, wie sieht es denn hier aus?«, wisperte Wasmut, obwohl er selbst alles andere als ein Ordnungsfanatiker war. Überall waren Reste von zerbröselten Kräutern und Samen auf den Boden gerieselt. Splitter von Muschelschalen und Schneckenhäusern waren auf Dielen und Tischflächen verteilt. Späne von Wurzeln und Ästen und Hirschgeweihen und die Gerüche von Hunderten Wald-, Garten-, Meeres- und Moorblüten strömten zusammen zu einer erstickenden Wolke. Schon vom Einatmen wurde es Chip ein wenig schwindelig.

»Hier entlang!« Der flinke Leprechaun lotste seinen menschlichen Gefährten hinter einen Vorhang, wo noch viel bedenklichere Aromen waberten. In dieser Nische bewahrte Fox in übervollen Regalen seine exotischen Gewürze und andere Dinge auf, von denen er noch nicht wusste, wofür oder wogegen sie gut sein sollten oder an wen er sie irgendwann einmal für teures Geld verkaufen konnte. Da waren getrocknete Blüten und erstarrte Eidechsen aus China, Schildkrötenpanzer, tibetische Raupenpilze, Seesterne und allerhand eingelegte und konservierte Tierorgane aus den unerforschten Dschungeln der britischen Kolonien.

»Ich glaube, mir wird schlecht.« Chip musste würgen. »Das ist ja wirklich eine ganz üble Hexenküche.«

»Reiß dich zusammen!«, herrschte ihn der Kobold an. Er war jetzt richtig aufgeregt, und sein daumennagelgroßer Kopf wurde rot und röter. »Selbiger darf niemalsig und nichtig das Glückspulver herstellen! Das dürfen die Menschen sowieso nichtig. Schon die ansonsten nichtig ungute Siobhan hat gegen ein nichtig uneiseisernes Gebot verstoßen, als sie es für die nämlichen Kinder braute. Das kann man nur mit ihrer Liebe und ihrer Sorge entschuldigen. Aber es war nichtig undumm. Baff. Und jetzt mischtischt sich auch noch selbiger nichtig unverdächtige Apotheker ein. Das darf nichtig geschehen. Das ist vielleicht unsere letztige Chance, eine Katastrophe für die gesamtige Menschigheit zu verhindern.«

»Aber wenn er doch immer solches Glück hat – wird der Apotheker uns dann nicht sowieso finden? Und wer weiß, was er dann mit uns macht!«, sagte Chip, der direkt auf Höhe seiner Augen in ein Glas mit toten Skorpionen blickte, die in einer gelblichen Flüssigkeit schwammen.

Der Kobold konnte nur höhnisch kichern angesichts solch naiven, menschlichen Kleinmuts.

»Mein nichtig unahnungsloser, nichtig unjunger Freund«, antwortete Wasmut, dem diese Anrede sehr gut gefiel, weil er Chip nun etwas von Bedeutung beibringen wollte. »Wenn ein Menschiger von Glück spricht, ist das eine Sache. Aber für einen Leprechaun gelten ganz andere Regeln und Maßstäbe. Nämliche sind quasi immerlich und unbedingtig im Glück und brauchen dafür ganz gewisslich keiniges Pulver oder – oh!«

Mit einem schrecklichen Ruck wurde der Vorhang zur Kräuterküche aufgerissen, und vor ihnen, das Tageslicht aussperrend, riesengroß und mit einem Bauch wie ein Fesselballon, stand in seiner unappetitlichen Schürze Elias Fox, der sich das rapide verduftende Säckchen nun direkt in die Nase presste und die letzten Spuren des süßen Glücksaromas einsog.

»Aha!«, schrie er mit seiner grauenhaften Fistelstimme. »Habe ich doch richtig gehört! Eindringlinge! Diebe! Saboteure!« Er fasste Chip unsanft am Schlafittchen und packte auch den Leprechaun, bevor dieser entschwinden konnte, und hob ihn hoch. Wie ein grober Riese betrachtete er seinen Fang.

»Was bist du?«, wunderte er sich.

»Baff. Er tut mir weheh!«, presste Wasmut hervor, der nicht einmal mehr zappeln konnte, so fest war er in der Faust des Apothekers eingeklemmt. Er bekam zudem kaum Luft, seine Augen traten aus den Höhlen. Chip drehte und wand sich wie ein Fisch im Netz, aber der Mann hielt ihn ohne Mühe fest.

»Ein Leprechaun ... Gibt es euch also wirklich? Wie heißt denn der kleine Mann?«

»Nämlicher zieht es vor, wenn Menschige beim *Sie* bleiben. Und ein nichtig unkleiner Mann ist er schon gar nichtig und verbitittet sich derartige nichtig unplumpe Vertraulichkeiten«, protestierte der Kobold, aber seine Stimme klang angestrengt, und sein Kopf wurde immer röter. Wenn der Grobian noch fester drückte, würde er den armen Wicht noch zerquetschen. Aus seinem Vorsatz, sich nie wieder einem Menschigen zu zeigen, war plötzlich ein akuter Überlebenskampf geworden.

»Hast du denn auch Gold?«, war alles, was den dicken Apotheker interessierte. »Aber natürlich hast du Gold. Ihr Leprechauns versteckt ja doch einen riesigen Schatz, das weiß jeder. Und der gehört bald mir, denn ich bin der Mann, der alles Glück der Welt besitzt. Deswegen bist du hier, nicht wahr? Du willst mich unendlich reich machen.«

»Manchiger irrt sich auf nichtig unmannigfache Weise«, kam trotzig die Antwort des Kobolds.

»Ich muss jetzt leider erst dringend etwas enorm Wichtiges kochen«, sagte Fox mit gespieltem Bedauern. »Aber danach wirst du mir alles verraten. Ich werde alle Geheimnisse kennen. Haha. So, und nun hinter Gitter mit euch beiden.«

Er sperrte Chip und Wasmut in einen niedrigen Käfig, der mit engmaschigem Drahtgitter bespannt war. Darin hatte der Dickwanst zwei Kaninchen gehalten, die er eigentlich als weihnachtlichen Festtagsschmaus verzehren wollte. Aber wie so oft hatte er seinen Appetit nicht zügeln können und die armen Kreaturen schon vor dem zweiten Advent verspeist.

Es klopfte an der Haustür.

»Ich kann jetzt nicht!«, schrie der Apotheker höchst unwirsch. Vermutlich war es irgendein Nachbar mit irgendeinem Gebrechen. Dafür hatte er jetzt wirklich keine Zeit mehr. Schon viel zu lange hatte er sich mit den Krankheiten und Leiden der Slumbevölkerung herumgeschlagen. Damit war es nun vorbei. Seine hohe Stimme war durchdringend und schrill wie die eines bösen, alten Weibes: »Kommen Sie gefälligst später wieder!« Dann setzte er leise hinzu: »Oder verreckt doch einfach alle zusammen, ihr malades Pack. Bei mir gibt es ab heute keine Medizin mehr. Ich werde Premierminister. Und wenn es mir gefällt, werde ich vielleicht auch König. Und wenn mir England nicht mehr reicht, werde ich eben König von Amerika. Oder Kaiser von China oder beides …«

Chip wurde ganz unheimlich zumute, als er diese Worte hörte. Ratlos und voller dunkler Vorahnungen blickte er auf Wasmut, der seinerseits ein Bild der Zerknirschung abgab. Sein feiner karierter Anzug war im Würgegriff des Unholdes verrutscht, den Zylinder hatte er verloren, und dadurch stellte sich heraus, dass er zwar einen rauschenden, roten Bart, aber kein müdes Härchen mehr auf dem Kopf hatte. Sein Schädel glänzte vor Ärger, Wut und Erregung in einem leuchtenden Rosa.

Das Klopfen an der Tür wurde heftiger.

»Verschwinde!«, brüllte der Apotheker, der inzwischen die Zutaten für den Glückscocktail aus der Papiertüte auf den Tisch geschüttet hatte und gerade in der Jackentasche nach den Kleeblättern aus dem Hyde Park fischte. Er brachte aus dem Schrank einen Mörser herbei und entzündete eine Kerze, um darüber den Glaskolben zu erhitzen. Zwischendurch drückte er so fest er nur konnte das Duftsäckchen zusammen, klopfte damit mehrmals auf die Arbeitsplatte, rieb es und setzte ihm mit dem Stößel zu, um dann noch einmal daran zu schnüffeln wie ein gieriges Tier.

»Aufmachen! Hier ist die Polizei!«, erklang es vom Eingang her, gedämpft, aber dennoch deutlich genug, um Chips Herz vor Freude einen Schlag aussetzen zu lassen. Also waren sie dem Apotheker doch auf die Schliche gekommen, dachte er. Jetzt würde alles gut werden!

Fox hielt inne und schien kurz zu überlegen, wie er sich verhalten sollte, während das Hämmern an seiner Haustür immer heftiger wurde. Anscheinend wurde jetzt auch noch gegen die Tür getreten. Der Apotheker räumte seine Kochwerkzeuge beiseite und baute sich bedrohlich vor dem Kaninchenkäfig auf, in dem Chip tief gebückt und mit eingezogenem Kopf hockte. Wasmut hatte sich schmollend in das dunkle, mit Stroh ausgelegte Hasenhaus zurückgezogen.

»Einen Mucks, mein Junge, und es wird dir scheußlich leidtun.« Dann rieb Fox noch einmal, so kräftig er nur konnte, das magische Glückssäckchen mit beiden Händen und schnüffelte gierig daran.

»Haha, nicht mehr lange, dann habe ich mein eigenes Säckchen«, flüsterte er sich selbst wie zur Ermutigung zu. Und weil das Hämmern nicht aufhören wollte, kreischte er in Richtung Haustür:

»Ja doch. Ich komme schon!«

Ein letzter drohender Blick hinüber zu seinen Gefangenen, dann polterte Fox hinaus. Chip hörte bald darauf die tiefen Stimmen zweier Männer, die dem Apotheker unangenehme Fragen stellten. Doch wenn der Junge sich tatsächlich Hoffnung gemacht hatte, dass die Beamten ihn aus seiner misslichen Lage erlösen und den Übeltäter mitnehmen und einlochen würden, dann machte der Leprechaun diese zunichte.

»Die Polizisten können ihm nichtig beikommommen«, grollte der Kobold aus dem Dunkel des Kaninchenhauses. »Was die Jenige nichtig alte Siobhan da heimlich in dem Säckchen zusammengebraut hat, sollte den Kindern ihr ganzes Leben erleichtern. Das ist eine starke Mischung. Solange Welchiger an dem Sack schnüffelt, ist ihm Nichtiges anzuhaben.«

Als wollten sie seine Worte bestätigen, begannen die drei Männer an der Tür plötzlich zu lachen. Die Melodien ihrer Stimmen waren nicht mehr drohend, sondern versöhnlich und dann nachgerade fröhlich.

»Na dann, nichts für ungut«, sagte einer der Fremden laut.

»Das war nur ein Missverständnis. Wir bitten um Verzeihung.«

»Ach was, Gentlemen. Keine Ursache. Das kann doch jedem mal passieren. Eine Verwechslung, sonst nichts. Frohe Weihnachten wünsche ich Ihnen beiden«, erklang die Fistelstimme des Apothekers, bevor die Tür ins Schloss fiel und er den Schlüssel im Schloss zwei Mal umdrehte.

Er führte wieder seine unheimlichen Singsang-Selbstgespräche fort, als er zurück in die Kräuterküche schlurfte.

»Soso, mein Paddy-Boy hat mich also verpfiffen, dummer Paddy-Boy. Aber jetzt haben sie dich erwischt, und du musst ins Kittchen. Und ohne die Hustenmedizin vom guten Onkel Elias Fox bist du dummerweise bald tot … und für dein Schwesterchen finden wir schon eine passende Beschäftigung, dafür sorgt der gute Onkel Fox, der gute Onkel Fox …«

»Tun Sie doch was!«, zischte Chip seinen kleinen, kahlen Gefährten an. »Der Kerl muss aufgehalten werden.«

»Das sieht Nämlicher genauso«, kam es ebenso hilflos wie empört aus der Dunkelheit. »Aber wie? Wie denn nur?«

Die beiden Ermittler von Scotland Yard blieben etwas ratlos in der weihnachtlichen Kälte vor der Tür des Kräuterapothekers zurück.

»Ein wirklich netter Mann«, fand Assistenzinspektor Wilbur. »Ich hatte, ehrlich gesagt, von Anfang an den Verdacht, dass der Junge uns etwas vormacht.«

»Komisch«, fand Detective Inspector Cartwright. »Ich habe ehrlich gehofft, dass Benjamin uns die Wahrheit erzählt hat. Aber er ist anscheinend unbelehrbar. Oder so verängstigt, dass er ohne Scham lügt und einen unbescholtenen Mann wie diesen Mr. Fox belastet. Vermutlich, weil alles andere noch schlimmer ist als das, was wir ihm antun können. Wenn er nur nicht so krank wäre …«

»Mr. Fox ist auf jeden Fall von sehr einnehmendem Wesen. Steht ja auch schon in der Zeitung, dass er ein Held ist, der hilflosen Frauen beisteht«, sagte Wilbur, der den Artikel aus der *Times* auf dem Weg hierher in der Kutsche studiert hatte. »Ein außergewöhnlich sympathischer und zudem auch sehr lustiger Zeitgenosse.«

»Und einer, von dem man durchaus nicht annehmen kann, dass er mit verbotenen und gefährlichen Substanzen handelt«, ergänzte Cartwright, dem aber doch langsam wieder Zweifel kamen.

Es war sehr sonderbar.

Nachdem der dicke Mann die Tür geöffnet und sie begrüßt hatte, war ihm schlagartig klar, dass dieser Verdächtige ganz bestimmt der Falsche sein musste. Der Apotheker strahlte so viel Freundlichkeit und Rechtschaffenheit aus. Er war so charmant und geistreich und überaus zuvorkommend. Er hatte den beiden sogar je ein Päckchen von einem sehr lecker duftenden Zimttee überreicht und ihnen mit friedlichem Lächeln ein frohes Fest gewünscht. Nun jedoch, da die Tür wieder geschlossen war und sie sich von dem Haus entfernten, nagten erneut

Zweifel an dem misstrauischen Ermittler. Seine Erfahrung lehrte ihn, dass sich erschreckend oft genau diejenigen als die übelsten Schurken entpuppten, denen man gar nichts Böses zutraute. Zudem passte der Verdächtige genau ins Schema. Denn Cartwright hatte die ganze Zeit über einen Arzt oder Apotheker in Verdacht gehabt. Und der kranke Junge hatte das ja nicht ahnen können, als er den Apotheker in der Zeitung identifizierte. Und da war noch etwas, das der Detektiv jedoch nicht sofort benennen konnte. Etwas Wages und sehr Flüchtiges. Ein Hauch nur, der ihm leise zuflüsterte: Hier stimmt etwas nicht.

»Was ist, wollen Sie nicht mitkommen?«, fragte Wilbur, der an der Hauptstraße nach einer Kutsche Ausschau halten wollte. »Ich würde gerne den Heiligen Abend im Kreise meiner Lieben feiern. Es gibt wie immer Truthahn und Pflaumenkompott.«

»Schön für Sie«, sagte Cartwright, dem plötzlich sehr wehmütig zumute war. Seit sie damals ausgerechnet zur Weihnacht die schreckliche Todesnachricht aus Abessinien erhalten hatten, war das Fest für ihn und seine Frau ein schmerzlicher Tag, voller Tränen und Seufzer. »Aber ich fürchte, wir sind hier noch nicht ganz fertig.«

Wilbur brummelte etwas vor sich hin, was sich entfernt nach Rebellion anhörte, aber Cartwright überhörte das großzügig.

Er schlenderte wie ein harmloser Spaziergänger um das Haus des Apothekers. Der Dreck des Slums fraß sich Fußstapfen für Fußstapfen in die makellose Schneeschicht. Bald würde hier wieder alles grau und nichts mehr weiß sein. Der Inspector grübelte und grübelte. So zahlreich waren die Akten in diesem Fall. So widersprüchlich und ungenau die Aussagen, dass einem der Kopf davon schwirren konnte. Bevor er den Jungen als Boten einsetzte, hatte der unbekannte Mistkerl von einem Giftmischer seine Drogen persönlich an die Kundschaft ausgeliefert. Aber keiner der Zeugen konnte ihn zuverlässig beschreiben. Die einen wollten einen auffallend dicken, die anderen einen extrem dünnen, und wieder andere einen ganz normal gebauten und unauffälligen Mann gesehen haben. Glatzkopf, gelocktes Haar oder sogar Zopf. Blaue, grüne oder auch braune Augen. Schnurrbart, Vollbart oder Backenbart. Gut gekleidet, abgerissen oder auch ganz nackt. Es war den Ermittlungen nicht förderlich, dass die Mehrzahl seiner Kunden sich zum Zeitpunkt ihres Zusammentreffens und manche auch noch zum Zeitpunkt ihrer Aussage unter dem Einfluss eben jener unheilvollen Substanzen befanden, die der Strolch ihnen verkaufte. Nur in einem Punkt waren sich erstaunlich viele Zeugen einig, und dieser Punkt betraf ausgerechnet etwas eigentlich sehr Wages und Flüchtiges, nämlich den Geruch.

»Krötenfurz!«, rief Cartwright aus.

»Ich muss doch herzlich bitten.« Wilbur, der neben ihm ging, war zutiefst beleidigt. »Ich habe Ihnen keinen Anlass gegeben, persönlich zu werden.«

»Nein, nein«, wehrte der Detective Inspector ab. »Nicht Sie. Als der Mann in der Tür stand, haben Sie da nicht auch den Geruch von Krötenfurz bemerkt?«

»Ich kenne mich mit so was nicht aus«, gab Wilbur pikiert zurück und folgte dem Vorgesetzten widerwillig, als dieser auf dem Absatz kehrtmachte und abermals die Haustür des Verdächtigen ansteuerte. Diesmal jedoch blieb sein Klopfen unbeantwortet.

Denn in seiner Kräuterküche stand der Apotheker Fox ganz kurz vor dem größten Triumph eines Menschen über die Mächte der Willkür, des Zufalls und des Schicksals. Kräuter, Lauch und Klee waren vermengt zu einer blassgrünen Flüssigkeit, die intensiv nach etwas duftete, das pures, reines Glück sein musste. Fox sabberte ein wenig, doch das bemerkte er gar nicht. Sein Blick war starr und gierig auf den Glaskolben gerichtet, in dem der Trank aufkochte und seinen dichten Dampf abgab, der allmählich den Hals des Gefässes hinaufkletterte und sich im Raum ausbreitete. Fox schwenkte sanft den Kolben und nahm ihn vom Feuer, fächelte sich wie ein Weingenießer das köstliche Aroma zu und schloss die Augen. Dann sagte er:

»Wohl bekomm's« und kippte alles auf einmal hinunter. Es stürzte seinen Schlund hinab und erfüllte seine Eingeweide mit einem wohligen und verheißungsvollen Glühen.

Fox öffnete die Augen und lächelte.

Das Hämmern an der Tür hatte endlich aufgehört. Irgendetwas war anders. Irgendetwas hatte sich fundamental geändert. In diesem Raum, in diesem Stadtteil, in der Welt. Das ganze Universum schien für einen Moment stillzustehen.

Chip spürte das ebenfalls, aber er konnte es nicht benennen. Auch Wasmut fühlte es und erinnerte sich an etwas, das ihm sehr wichtig war. »Was immer nun kommt«, flüsterte er ernst, »Welchiger wäre dir überaus verbunden, wenn du dich an dein Versprechen hieltest und diese ganze Sache unter den Unsrigen bliebe und du niemalsig jemalsig irgendwelchem von Nämlichem erzähltest.«

»Aber wir sind ein wirklich gutes Team«, wisperte Chip zurück.

»Ja, schon. Aber Nämlicher verspürt wirklichst keinige Neigung, irgendwann als Zirkusnummer zu endenden. Du verstehst, was Nämlicher meint, oder?«

»Klar. Sie sind menschenscheu und wollen lieber unerkannt bleiben.«

»Meinst du, das ließe sich einrichten?«

»Sie meinen wegen der Direktion?« Chip kniff verschwörerisch ein Auge zu.

»*Diskretion*. Ja, genau deswegen.«

»Ich verspreche es. Von mir wird niemand etwas über Sie erfahren.«

»Danke. Du bist ein nichtig unguter Junge.«

Wasmut bot ihm seine winzige Hand, und mit aller Vorsicht erwiderte Chip den Gruß.

Zwölftes Kapitel

IN DER APOTHEKE KOMMT ES ZU VIEL GETÜMMEL, VERWIRRUNG UND ZU EINER LÄNGST ÜBERFÄLLIGEN VERHAFTUNG.

Auf dem Bürgersteig vor der Apotheke herrschte plötzlich ein ziemliches Gedränge. Daran waren neugierige Nachbarn, zufällige Passanten und eine Gruppe ortsfremder Charaktere beteiligt, die in dieser Gegend noch nie gesehen worden waren. Zuerst rollte eine schwer beladene Lieferantenkutsche heran, und zwei Mädchen in Anstaltskleidung kletterten vom Kutschbock. Die eine schielte, die andere hatte feuerrotes Haar.

»Benjamin, wo bist du?«, rief die Rothaarige. Sie rannte zu einem schmalen Seiteneingang, den die Polizeibeamten bisher noch gar nicht bemerkt hatten. Von dort führte eine enge Treppe hinunter in den Keller der Apotheke. Als die Detektive dem Mädchen folgten, entdeckten sie einen verborgenen Zugang zum Kräuterraum, von dem aus sie in das Haus des Verdächtigen gelangten.

»Mister Fox? Hallo? Sind Sie hier?«, rief Cartwright. »Ich hätte noch eine Frage!«

Er bekam jedoch keine Antwort. Stattdessen klopfte es von außen an der Eingangstür. Wilbur öffnete, und da stand sehr zu seiner Verwunderung Mrs. Cartwright, die sehr böse auf ihren Mann war.

»Ja, meine Liebe«, begrüßte sie schuldbewusst der Chefermittler.

»Ich hatte dich so sehr gebeten, nicht immer die Arbeit mit nach Hause zu bringen«, fuhr sie ihn an. »Der kranke Junge …«

»Was ist mit ihm?«

»Er hat keine Ruhe gelassen. Er wollte unbedingt hierher. Dabei kann er sich kaum noch verständlich machen. Er muss dringend zu einem Arzt, sonst …«

Cartwright blickte an ihr vorbei und sah in der Kutsche mehr liegend als sitzend Benjamin, der – wenn das überhaupt möglich war – noch geschwächter und noch blasser aussah als zuvor. Der Junge versuchte, sich zu erheben und auszusteigen. Was in seinem Zustand keine gute Idee war. Der Beamte eilte zu ihm und versuchte, ihn zu stützen. Da schrie jemand hinter ihm so laut, dass er erschrocken zur Seite wich.

»Benjamin!« Anna schoss wie ein roter Blitz an ihm vorbei und in die Kutsche, wo sie ihren Bruder herzte und umarmte. »Ich bin so froh, dich wiederzusehen«, stammelte sie, überglücklich und wie von Sinnen vor Angst und Sorge um ihn. »Es tut mir so leid. Ich wollte dich nicht allein lassen.«

Der Junge erkannte sie, aber er konnte nicht antworten. Er keuchte, und seine Augenlider flatterten, sein Wille jedoch war ungebrochen. Er wollte unbedingt in das Haus. Er wollte ihnen etwas zeigen. Ein Geheimnis, das nur er kannte.

Immer mehr Leute blieben auf der Straße stehen, weil

sich hier offenbar ein interessantes Spektakel entwickelte. Fox erfreute sich in der Nachbarschaft nicht gerade einer großen Beliebtheit, aber er war doch immer wieder für eine Überraschung gut. Und die Menschen vermuteten, dass es hier allerhand zum Staunen geben könnte. Schon kam auch der nächste Gast angerannt.

»Hallo? Hallo?«, rief der junge Mann. Er sah abgerissen und ein bisschen verwildert aus. So als hätte er eine lange Wanderschaft hinter sich. »Wo ist der Apotheker?«

»Sie können da nicht hinein!« Cartwright hielt ihn auf.

»Aber ich brauche eine Medizin für unsere Mutter. Sie hat das Bewusstsein verloren.«

»Die Apotheke ist vorübergehend geschlossen«, erklärte Wilbur.

»Bitte. Nur was zum Riechen, damit sie wieder aufwacht.«

»Junger Mann, verschwinden Sie! Wir haben hier einen Notfall«, belehrte ihn die strenge Madame Cartwright, die das Ganze lieber früher als später beendet sehen wollte. Wenn sie nicht bald wieder daheim wäre, um den Pudding vorzubereiten, geriet auch das Weihnachtsessen in akute Gefahr.

Schwer auf die Schultern seiner Schwester gestützt, entstieg Benjamin der Kutsche. Sofort sprang Molly ihrer Freundin bei, und zu zweit geleiteten sie den Jungen ins Haus. Die Männer starrten sie verwundert an.

»Wo ist denn nun dieser Mr. Fox? Hoffentlich hat er sich nicht dünnegemacht!«

Diese Sorge war unbegründet. Der Apotheker saß mit dem Rücken an der Wand auf dem Boden hinter seinem

Arbeitstisch in der Kräuterküche. Immer noch sabbernd und immer noch hatte er ein fettes Grinsen im Gesicht. Aber etwas war anders als vorher. Er wirkte geistesabwesend und gar nicht mehr gemeingefährlich. Auch war seine Lage alles andere als glücklich.

Chip, der ihn von seinem Käfig aus nicht aus den Augen gelassen hatte, seit er das grünliche Getränk geschluckt hatte, konnte sich die plötzliche Verwandlung nicht erklären. Eben war der dicke Mann noch voller Gier und böser Energie gewesen. Doch kaum hatte er die dampfende Flüssigkeit aus dem Gefäß geschluckt, da sank er in sich zusammen und starrte mit glasigem Blick ins Leere.

»Was hat Welchiger denn?«, wollte Wasmut wissen.

»Keine Ahnung. Er scheint irgendwie sehr, sehr langsam geworden zu sein. Und auch sehr schwerfällig.«

»Baff.«

Plötzlich entstand Unruhe an der Tür, und die Polizeibeamten traten herein. Gefolgt von den Mädchen, die Benjamin stützten, und Mrs. Cartwright, die sich voller Abscheu ihr Taschentuch vor ihre empfindliche Nase hielt und ihren Mann immer wieder mit vorwurfsvollen Blicken bedachte, als könne sie ihn so dazu bringen, die Sache hier endlich abzubrechen und mit ihr nach Hause zu gehen.

»Hallo? Hört mich jemand?«, rief Chip. »Holen Sie uns bitte hier heraus!«

Einen Moment später spürte er einen Knuff am Oberarm. Wasmut, der sich keinem Menschigen mehr zeigen wollte, hatte ihm aus seinem Versteck heraus einen heftigen Fußtritt verpasst.

Cartwright eilte herbei und öffnete den Käfig.

»Uns?«, fragte er. »Wieso uns? Du bist doch alleine, oder etwa nicht?«

»Ja … Entschuldigung, also … Ich wollte. Also …« Chip geriet ins Stottern.

»Chip, da bist du ja endlich!«, rief Anna, die ihren Bruder auch mit Mollys Unterstützung kaum noch in der Senkrechten halten konnte. Der halb bewusstlose Junge wurde immer schwerer, aber sein Wille trieb ihn weiter, bis er wankend, wie von einem heftigen Sturm geschüttelt, vor der Kommode zum Stehen kam.

»Was ist? Was hat er denn?«, fragte Wilbur.

Chip verstand, dass Benjamin ihnen etwas in der Kommode zeigen wollte, und öffnete die Türen. Packungen von getrocknetem Laub purzelten heraus und verteilten sich auf dem Boden. Benjamin machte in einem letzten Aufbäumen eine seitliche Handbewegung. Nun verstand Cartwright und eilte herbei, um das Möbelstück ein Stück nach rechts zu verschieben. Dahinter kam das Drogenversteck zum Vorschein.

»Sapperlot!«, entfuhr es Wilbur, nachdem er die Päckchen einer genaueren Betrachtung unterzogen, daran geschnüffelt und darauf geklopft hatte. »Das reicht ja, um die halbe Stadt zu benebeln.«

Cartwright ging in die Knie und nahm ebenfalls ein Päckchen in die Hand. »Muttertrost. Das ist der Beweis! Dafür wird Fox bitter büßen müssen.«

Schon erschien der nächste Besucher. Es war der Reporter der *Times*, der Wind von der plötzlichen Aufregung an der Apotheke bekommen hatte. Im Schlepptau hatte er seinen Zeichner, der sofort eine neue Skizze des dämlich grinsenden Apothekers anfertigte.

»Wie sich ein Mann von einem Tag zum anderen verändern kann«, sinnierte er dabei. »Gestern noch ein strahlender Held, heute ein Häuflein Unglück …«

Er hatte recht. Was immer Fox sich da zusammengebraut und unvorsichtigerweise getrunken hatte – ein Glückstrunk war das mit Sicherheit nicht gewesen. Das Grinsen des Apothekers war plötzlich wie weggewischt aus seinem Gesicht. Trübsinnig und matt glotzte der dicke Mann vor sich hin ins Nirgendwo.

»Benjamin, bitte, bleib doch wach. Bleib bei uns!« Annas verzweifelter Appell konnte den Bruder kaum noch erreichen. Seine letzten Kraftreserven waren erschöpft, sein Lebensmut verließ ihn. Er schaffte nicht einmal mehr ein Abschiedslächeln. Das Rauschen in seinem Kopf wurde laut wie das Toben der Brandung. Es war ihm, als befinde er sich wieder auf dem Schiff, das sie aus Irland herübergebracht hatte. Alles schwankte und rollte. Auf und ab, auf und ab.

»Benjamin!« Wie durch einen Sturm hörte er Anna rufen. Ihre Haare leuchteten rot. Er hörte sie von fern, aber antworten konnte er nicht mehr. Sein Mund, seine Stimmbänder gehorchten nicht mehr.

Da vernahm er, leise erst, aber ganz deutlich den Klang einer Geige. Und den wunderschönen Gesang der beiden Engelsmädchen. Diesmal waren sie nicht mehr weit weg, nicht draußen auf der Gasse, sondern ganz nah. Sie hatten durch die Wände den Raum betreten. Niemand außer Benjamin konnte sie sehen und hören. Der bärtige Schrat mit dem zerrissenen Anzug und den langen Haaren lächelte ihm aufmunternd zu, während er seine Violine spielte. Die Mädchen streckten die Hände nach ihm aus, wie um ihn einzuladen und ihm auf die Beine zu helfen. Sie standen nicht auf dem Boden. Sie schwebten.

Benjamin folgt unseren Wegen,
Fa-la-la-la-la, la-la-la-la
Sie verheißen Glück und Segen
Fa-la-la-la-la, la-la-la-la

»Schnell, wir brauchen einen Arzt!«, rief Mrs. Cartwright, die längst vergessen hatte, wie wütend sie auf ihren Mann war. Irgendjemand aus der Menge rannte in irgendeine Richtung los. Aber groß war die Hoffnung nicht, dass er noch rechtzeitig Hilfe heranschaffen konnte. Denn Ärzte gab es kaum in Old Nichol, wo die Menschen schnell und unheilbar erkrankten und früh starben. Der einzige halbwegs Medizinkundige lehnte mit ausdruckslosen Augen und heruntergeklapptem Unterkiefer reglos an der Wand.

»So tun Sie doch etwas!«, rief Molly den Polizeibeamten zu, die jedoch ihrem unsteten Blick auswichen und begannen, den Raum zu untersuchen. Cartwright sicherte noch mehr Drogenpäckchen aus dem Schrank, als bestünde die Gefahr, dass sie sich plötzlich in Luft auflösten. Und Wilbur schritt hinüber zu einem mit Phiolen, Flaschen und Gläsern überladenen Regal, wo er begann, die Etiketten zu studieren.

Anna streichelte das totenbleiche Gesicht ihres Bruders, das immer kühler wurde. Sie konnte spüren, wie seine Lebenskraft zwischen ihren Fingern zerrann.

»Sei doch stark, mein großer Bruder«, sagte sie schluchzend. »Ich kann doch nicht ohne dich nach Queensland reisen. Du musst bei mir bleiben, Benjamin, hörst du mich?«

Tränen tropften von ihrem auf sein Gesicht und ertränkten dort die Sommersprossen. Plötzlich lächelte er. Ganz friedlich, und es war fast, als habe er das Glück gesehen. Seine Augen öffneten sich, und er wollte sich erheben.

»Benjamin? Was siehst du da? Wer ruft dich?«

Benjamin sah, wie über den drei himmlischen Gestalten ein Licht erstrahlte. Ihr Lächeln war warm und freundlich, wie ihn auf der Erde außer Anna noch nie jemand angelächelt hatte. Er wusste, dass nun nichts Böses mehr geschehen würde, dass alles gut war und er alle Sorgen hinter sich lassen konnte.

Weihnacht, Weihnacht, deine Sterne
Fa-la-la-la-la, la-la-la-la
Leuchten nicht mehr in der Ferne
Fa-la-la-la-la, la-la-la-la

Jetzt war der Moment gekommen, loszulassen und den Schritt zu wagen. Der Gesang verhallte mit einem klangvollen Echo. Der Mann und beide Mädchen streckten die Hände nach ihm aus und wollten ihn zu sich hinauf heben. Zusammen würden sie durch die Wand ins Paradies verschwinden und alles Schlimme und Böse hinter sich lassen.

Da war ihm plötzlich, als würde eine Macht, die viel größer war als er selbst und alle anderen in diesem Raum, ihn zurückhalten. Aus weiter Ferne hörte er eine unbekannte Stimme, die dem Assistenzinspektor Wilbur gehörte. Beim Durchsuchen des Regals war der Polizist auf eine sonderbare Flasche gestoßen, deren Etikett seine Neugierde erregte.

»Da steht *Paddys Hustensaft*«, las er vor. »Kennt hier jemand einen Paddy?«

»Geben Sie her!«, schrie Anna ihn an. »Schnell, bitte!«

Verunsichert reichte er dem Mädchen das Fläschchen.

Benjamin spürte, wie ihm langsam eine ölige, aber köstliche Flüssigkeit eingeflößt wurde, die sofort ihre Wirkung entfaltete und seinen Körper ganz unverhofft wieder mit Kraft und Leben erfüllte.

»Es wirkt!«, hörte er Anna jubeln. »Er atmet wieder. Trink, Benjamin, trink das. Es tut dir gut ...«

Es war ihm, als flösse mit dem Hustensaft des Apothekers die Wirklichkeit zurück in seine Adern. Sein Leib, eben noch so leicht wie eine Feder und bereit, beim nächsten Windstoß davonzufliegen, wurde plötzlich wieder schwer. Er konnte seine Beine spüren, seine Hände bewegen, und seine Augen begannen zu leuchten.

»Anna«, sagte er. »Ich bin so froh ... Wo warst du nur?«

»Das ist eine lange Geschichte«, antwortete Molly an Stelle ihrer Freundin, und Anna nickte nur, überglücklich, ihren Bruder wiederzuhaben. Auch wenn er noch nicht wieder ganz bei Sinnen war.

»Wo ist der Mann mit der Geige? Die Mädchen haben so schön gesungen ...«

Anna streichelte den Kopf ihres Bruders und wusste nicht, wen er meinte. Aber sie wollte es auch gar nicht wissen.

Nur einer außer Benjamin war im Raum, der die

geheimnisvollen Wesen zumindest als Umrisse wahrgenommen und ihren Gesang gehört hatte. Nämlichem war nichts fremd, und er kannte jeden Zauber, jede Erscheinung und jegliche Geister. Er war flink und unbemerkt in dem ganzen Trubel aus dem Hasenhaus und dem Käfig geschlüpft und hatte sich ganz oben auf dem Vorratsregal des Apothekers hinter einem Glas mit Heidelbeermus versteckt. Von dort aus hatte Waòismuotth, Earl and Pearl of Loungflègéllan and Leaingscúll-Murphy-Gwòynnsdrough, letzter legaler Großneffe des letzten rechtmäßigen Großcallaghan von Cork und Lowbutton, alles beobachtet und war erleichtert, dass die Sache noch einmal glimpflich ausgegangen war. Es hätte auch schiefgehen können, und die Folgen wären tatsächlich fatal gewesen.

Während Detektive Inspector Cartwright und sein Assistent Wilbur weiteres Beweismaterial sicherten, betraten zwei Streifenbeamte den Raum und machten sich nützlich. Mrs. Cartwright besorgte sich ein feuchtes Tuch, mit dem sie den armen Benjamin erfrischte. Die Mädchen und Chip sahen ihr dabei entzückt und erleichtert zu. Der Zeitungszeichner ließ sich vor dem Apotheker nieder, um eine möglichst dramatische Skizze des überführten Schurken anzufertigen.

Aus der Höhe seines Verstecks glitt Wasmuts Blick über den Arbeitstisch. Dort blieb er an dem Rezept haften, das Fox aus dem Nachlass der verstorbenen Siobhan gefischt hatte.

Wasmut las mit großem Erstaunen: *Zwei Teile Schlehenbratze, gekerbelt und gesiebt. Drei Teile Wolfskresse mit ein paar Fichtennadeln und einem Schuss Knöterichsamen. Dann noch ein Bund Sichelkraut und Schnittlauch und zum Schluss zwei vierblättrige und zwei dreiblättrige Kleeblätter.*

Dann las er es noch einmal und noch einmal. Und dann dachte er: Ach, du nichtig unliebe Zeit!

Er hatte zwar auf der Kräuterschule oft gefehlt, aber selbst ihm war klar, dass man nie und unter gar keinen Umständen Sichelkraut, Schnittlauch und Schlehenbratze miteinander vermischen durfte. Das lernte man schon am ersten Tag. Egal, was sonst noch dazukam, diese drei Zutaten reichten aus, um das stärkste Pferd umzuhauen. Während Fox gedacht hatte, er habe das Rezept zum Glück in den Händen, hatte er sich in Wahrheit einen mächtigen Keulenschlag zusammengebraut, von dem er sich wahrscheinlich nie mehr ganz erholen würde. Wasmut fragte sich nun, wie es der klugen, alten Frau wohl gelungen war, noch aus dem Grabe heraus für eine solch begrüßenswerte Wende zu sorgen. Er musste kichern.

»Ich möchte jetzt wirklich noch einmal herzlich bitten, dass jemand unserer Mutter hilft«, sagte der etwas verwildert aussehende junge Mann, den die Polizeibeamten schon einmal abgewimmelt hatten, der aber offenbar nicht lockerlassen wollte. »Sie ist plötzlich in Ohnmacht gefallen und will einfach nicht mehr zu sich kommen.«

Wilbur, der inzwischen den Bestand im Vorratsregal des Apothekers recht gut kannte, griff zu einem Glas auf dem *Riechsalz* geschrieben stand. »Versuchen Sie es mal damit«, empfahl er.

»Danke sehr. Was bin ich schuldig?«

»Geschenkt.«

»Dann noch mal danke. Sind Sie der neue Apotheker?«

»Nein, und wer sind Sie?«

»Mein Name ist William Crackpickle, ich war zweiter Harpunier auf der Roscoe Bonham.«

»Was?« Anna sprang auf und starrte den jungen Mann mit weit aufgerissenen Augen an. »Aber Sie sind doch tot! Sie und Ihr Bruder.«

»Das ist mir bisher entgangen.« Der Fremde lächelte sie munter an. »Aber du hast recht, mein Kind. Fast wären ich und mein Bruder Charlie gestorben. Unser Schiff sank im Sturm mit Mann und Maus. Nur wir beide hatten unglaubliches Glück und konnten in ein Rettungsboot kriechen. Das trieb aber dann leider in die falsche Richtung ab. Statt zurück nach Chile, das viel näher war, sind wir raus auf den Pazifik geschippert und wurden erst Monate später in China angespült. Von dort wieder nach Hause war auch noch mal eine schöne Strecke. Aber jetzt sind wir endlich wieder hier und wollten rechtzeitig zur Weihnacht unsere Mutter überraschen. Das hat die alte Dame einfach umgehauen.«

»Sie sind am Leben – wie wundervoll!«, freute sich Anna. Sicherlich würde nun alles wieder gut im Laden und im Leben von Mrs. Crackpickle.

»Ja, das finde ich auch. Aber ich muss nun wirklich los«, sagte William Peter Crackpickle mit Blick auf das Riechsalz. »Wir haben daheim noch eine Menge zu tun. Fröhliche Weihnachten!«

Und schon war er weg.

Wilbur wurde unruhig. »Wenn es Ihnen nichts ausmacht, Chef, dann würde ich mich auch auf den Weg machen. Wie gesagt ... der Truthahn ruft ...«

»Gehen Sie nur, Wilbur. Wir sind hier fertig«, erklärte Cartwright.

Die beiden Streifenbeamten nahmen den verwirrten Apotheker, der nur noch kicherte und sich nicht einmal an seinen Namen erinnern konnte, in ihre Mitte und führten ihn hinaus. Dort wartete bereits ein Gefängniswagen, der ihn in das berüchtigte Zuchthaus von Pentonville bringen sollte.

Zugleich hatte Cartwright den Zeitungsreporter beiseitegenommen und ihm alle wichtigen Details seines Fahndungserfolges in die Feder diktiert. Er fühlte sich stolz und auch sehr erleichtert. Sein leichtfertiges Versprechen, den Übeltäter bis Weihnachten hinter Schloss und Riegel zu bringen, war durch dieses glückliche Ende doch noch erfüllt worden. Commissioner Jones würde diesmal tatsächlich nicht umhinkommen, ihn zu loben und möglicherweise sogar zu befördern. Selbst Mrs. Cartwright war ein bisschen stolz auf ihren Mann, denn es hatte ihr im Grunde gar nicht gefallen, dass er einen kranken Jungen ins Gefängnis bringen wollte. Jetzt strahlte sie glücklich und war auch nicht mehr böse darüber, dass er immer die Arbeit mit nach Hause brachte. Das Ehepaar nahm nun Abschied von Benjamin, der bereits wieder ohne fremde Hilfe stehen konnte.

»Pass gut auf deinen Bruder auf«, sagte der Beamte zu Anna, die einen braven Knicks machte. Seit sie den Rock trug, fühlte sie sich sehr damenhaft.

»So hatte selbst der Aufenthalt in St. Pancras etwas Gutes«, freute sich Molly.

»Und außerdem haben wir uns da getroffen«, erwiderte Anna.

»Ihr beiden wart tatsächlich in St. Pancras?«, wunderte sich Chip. »Wie seid ihr da nur herausgekommen? Man sagt, es sei das sicherste Gefängnis der ganzen Stadt.«

»Ach, war gar nicht so schwer«, behauptete Anna. »Man braucht dazu nur ein bisschen Glück.«

»Verstehe«, sagte Chip mit einem geheimnisvollen Lächeln. »Eine winzinzige Reserve Restglück.«

»Was?«

»Ach nichts. Nur so ein Ausdruck.«

»Schaut mal, was ich hier gefunden habe.« Benjamin hielt plötzlich etwas Schwarzes in der Hand, das er vom Boden aufgehoben hatte. Es sah aus wie eine Nussschale, aber die Form war nicht rund, sondern zylindrisch. »Wem gehört denn dieser kleine Hut?«

Wasmut, hoch oben auf dem Regal, blieb vor Schreck für einen Moment die Luft weg, doch Chip reagierte schnell und gewissenhaft.

»Ach, das ist doch kein Hut«, sagte er schnell. »Das ist so ein Messbecher für Apotheker. Siehst du, damit kann man messen, ob man die richtige Menge zum Rezept gibt.« Er ließ ein wenig von der gekerbelten Schlehenbratze hineinrieseln und kippte sie gleich darauf wieder aus.

»Ach so«, sagte Benjamin, ein wenig enttäuscht.

»Du kennst dich aber gut in solchen Sachen aus«, fand Molly.

»Ich war ja hier gefangen und konnte dem Apotheker ein bisschen zusehen.«

»Nichtig unbraver Junge!« Der Leprechaun entspannte sich in seinem Versteck. Jedenfalls so lange, bis er mit großem Schrecken bemerkte, dass ihn etwas im Nacken kitzelte. Langsam, das Schlimmste befürchtend, drehte er sich herum und erstarrte.

Baff, dachte er. Das haben die Beamtigen von der Polizei aber übersehen. Das ist ja wieder mal ein Glück. Da könntönte sich aber jemand nichtig unmächtig freuen …

Dreizehntes Kapitel

DAS WEIHNACHTSWUNDER VON OLD NICHOL NIMMT SEINEN LAUF.

William und Charlie legten sich wirklich mächtig ins Zeug. Zuerst mussten sie die Mutter aus ihrer Ohnmacht holen und ihr immer wieder versichern, dass sie wirklich, wirklich keine Gespenster waren, sondern ihre leibhaftigen Söhne. Sie hatten einfach nur unglaubliches Glück gehabt, und sie wollten es sich eine Lehre sein lassen und in Zukunft lieber daheim in Old Nichol Spielwaren verkaufen, als zur See fahren.

Aber nun wurde die Zeit knapp. Der Nachmittag war schon weit fortgeschritten, als sie die ersten Kisten aus dem Keller nach oben und vom Dachboden nach unten schleppten. Irgendwann bemerkten die Straßenkinder, dass hinter dem geschlossenen Vorhang von Mrs. Crackpickles Geschäft gehämmert und geschraubt wurde. Ringsherum kamen die Männer von der Arbeit in den Docks heim zu ihren Familien, als die beiden heimgekehrten Söhne die ersten Schienen der Eisenbahn verlegten und die kleinen Hausfassaden entstaubten und aufstellten. In den Fenstern entlang der Boundary Street leuchteten die ersten Lichter, als die winzigen Menschen in der Zauberwelt erwachten und ihre kleine, magische Straße mit Leben erfüllten.

Als es dunkel wurde an diesem Heiligen Abend, begann es wieder zu schneien, und William und Charlie setzten das lustige Äffchen auf das Rathausdach und stellten fest, dass der Mechanismus für die Schepperbecken dringend geölt werden musste. Und da ging es bereits wie ein Wispern von Haus zu Haus, dass tatsächlich ein Wunder geschehen war. Zwischen grauen Mauern und aus trostlosen Hinterhöfen kamen sie hervor, eingehüllt in Decken gegen die Kälte, Familien und Nachbarn, Freunde und Fremde. Wie von einer unsichtbaren Kraft angezogen, versammelten sie sich vor dem Fenster. Und was keiner mehr zu hoffen gewagt hatte, das geschah pünktlich zum sechsten Glockenschlag der Shoreditch-Kirche: Der Vorhang öffnete sich, und vor ihnen im wärmsten Licht lag die zauberhafte kleine Welt, in der alles schön und freundlich war, in der keine Sorgen die Menschen plagten und jeder glücklich sein konnte.

Spontaner Applaus brandete auf, und es gab sogar Jubelschreie.

»Bravo, bravo!«, riefen einige.

Irgendwo im Gedränge warteten die Kinder, bis die träge Menschenmenge sich bewegte und auch sie nach vorne gedrückt wurden, um nun ihren Moment an der Schwelle zu einem kleinen Paradies zu erleben, das man nicht betreten, sondern nur bewundern durfte.

»Ich bin so gespannt, wie es aussieht«, sagte Anna, die zwar die Kisten mit dem Weihnachtsschmuck abgestaubt hatte, aber nie hineinsehen durfte.

»Alle sagen, es sei das Schönste, was sie je gesehen haben«, wusste Benjamin zu berichten.

»Ich habe überhaupt noch nie etwas Schönes gesehen«, gab Molly zu. »Ich bin so aufgeregt!«

Chip sagte nichts und war einfach nur froh, dass er so gute Freunde gefunden hatte und dass er nie wieder zur Schuhputzergilde des Gary Simmons zurückkehren musste.

Dann war es endlich so weit. Die letzte Wand aus menschlichen Rücken bewegte sich zur Seite, und sie waren die Nächsten. Es war überwältigend. Als leuchte ein Diamant im Dreck, strahlte mitten in der dunklen Kälte, in der grauen Einöde von Old Nichol das friedliche Bild einer perfekten Welt. Alle waren da. Der Kutscher, der Gelehrte, die Marktfrauen und die spielenden Kinder und auch der selige Zecher und seine schimpfende Frau, der Polizist und der Einbrecher.

»Schaut mal da, auf der Eisenbahn!«, rief Molly.

Tatsächlich! Auf der Treppe des letzten Wagens saß ein kleiner Kerl mit rotem Bart in grün kariertem Anzug. Seinen Hut hatte er wieder in Besitz genommen und winkte ihnen damit zu.

»Er sieht so echt aus«, fand Benjamin.

»Ja, das stimmt«, pflichtete ihm Chip bei und winkte begeistert zurück. Waòismuotth, Earl and Pearl of Loungflègéllan and Leaingscúll-Murphy-Gwòynnsdrough, letzter legaler Großneffe des letzten rechtmäßigen Großcallaghan von Cork und Lowbutton, genoss seinen kleinen Auftritt wie immer. Bei der nächsten Durchquerung des Tunnels sprang er jedoch ab und kletterte in Windeseile hinauf auf das Dach. Unbemerkt rieselte mit einem Mal zusammen mit den weichen Flocken des Schnees etwas ganz Besonderes auf die Menschen nieder. Etwas, das er am Nachmittag, als endlich alle gegangen waren, nach einem alten, geheimen Rezept, das fast verbrannt wäre, mit den übrig gebliebenen Kleeblättern aus dem Hyde Park in der Küche des Apothekers Fox zusammengebraut hatte.

Niemand konnte es riechen oder gar sehen, niemand konnte ahnen, was es war. Aber es ließ die Menschen lächeln und aufatmen, ließ sie ruhig werden und einander umarmen und Kraft und Hoffnung sammeln für ein weiteres Jahr im trostlosen Grau von Old Nichol.

Chip drehte, als die Nachrücker immer ungeduldiger wurden, das Gesicht nach oben und erhaschte tatsächlich einen Blick auf den Leprechaun, der lachend und mit baumelnden Beinen in der Dachrinne saß und aus seiner Mäuseledertasche ein kleines bisschen Glück über alle brachte.

Wasmut bemerkte ihn und legte den Kopf ein wenig zur Seite, als sei er plötzlich traurig. Dann jedoch lachte er wieder und brachte noch eine kleine Handvoll Staub über den Köpfen der Ahnungslosen aus.

»Fröhliche Weihnachten«, rief irgendjemand in der Menge, und von allen Seiten kam die Antwort: »Ja, danke! Und auch dir fröhliche Weihnachten!«

Auf dem Rückweg in ihre Kellerwohnung war Anna voller Tatendrang und Ideen. Sie gingen langsam, weil Benjamin, den Anna und Chip von zwei Seiten stützten, noch immer etwas wackelig auf den Beinen war.

Anna sprudelte los: »Gleich morgen werde ich wieder zu Mrs. Crackpickle gehen und sie fragen, ob ich wieder bei ihr arbeiten darf. Und dann werde ich jeden Penny sparen. Bis wir genug beisammen haben, um vier Schiffspassagen nach Queensland zu kaufen!«

»Und ich könnte Lumpen sammeln«, bot Molly an. »Ich habe mal eine Zeitlang als Lumpensammler gearbeitet. Bevor ich zu Madame Rose gebracht wurde. Da habe ich allerhand gelernt.«

»Ich könnte es noch mal mit dem Schuhputzen versuchen«, dachte Benjamin laut nach.

Aber Chip rüttelte ihn gleich am Arm. »Bloß das nicht«, sagte er. »Damit wollen wir gar nicht erst wieder anfangen.«

»Aber wir müssen doch auch etwas verdienen, sonst kommen wir niemals nach Queensland.«

»Es wird uns schon noch etwas einfallen«, sagte Chip. »Jetzt, wo unser Glück zurück ist …«

Die anderen konnten gar nicht verstehen, was er damit meinte.

»War es denn mal weg, das Glück?«, fragte Anna verwundert.

»Na ja … habt ihr das etwa nicht bemerkt? Als sie dich und Benjamin verhaftet haben …«

»Ja, das war nicht schön. Aber wir haben doch nichts verloren, sondern neue Freunde gewonnen. Und nun sind wir alle zusammen. Als ob das kein Glück wäre …«

»Genau«, sagte Benjamin, der schon fast wieder vergessen hatte, dass er beinahe den singenden Engeln gefolgt wäre. »Das Glück kann gar nicht ausgehen. Man hat es immer in seinem Herzen.«

Da beschloss Chip, die Sache mit dem Glück doch lieber auf sich beruhen zu lassen. Möglicherweise hätte er ohnehin bald schon zu zweifeln begonnen, ob die Begegnung mit dem grün karierten Kobold nicht nur ein Traum gewesen war. Ob seine Phantasie ihm das alles vielleicht nicht doch nur vorgegaukelt hatte. Bis er mitten in der Nacht von einem Geräusch geweckt wurde, das ihm bekannt vorkam.

Tok, Tok, toktoktok …

Als klopfe jemand mit einem winzigen Gehstock gegen den Bettrahmen.

Chip fuhr erschrocken aus dem Schlaf hoch.

»Pssst. Jeniger will doch nichtig die Nämlichen wecken.«

Wasmut saß gegenüber auf dem Stuhl, ließ die Beine baumeln wie zuvor auf dem Dach und schien bester Laune zu sein.

»Schöner Abend, viel Vergnügen«, freute der Kobold sich. »Frohe Weihnacht. Aber jetzig ist endgültiglich Schluss.«

»Was heißt das?«, flüsterte der Junge.

»Welchiger geht zurück nach Irland. Zweihundert Jahre London reichen. War nichtig unnett, aber irgendwann ist genugig. Baff.«

»Sie gehen nach Irland?«

»Natürlich. Wohin sonst?«

»Na ja. Die Welt ist groß. Wir zum Beispiel wollen nach Australien. Warum kommen Sie nicht mit uns?«

Der kleine Kerl schien kurz nachzudenken, schüttelte aber dann den Kopf.

»Auf Wiedersehen«, sagte er schließlich. »Obwohl Jeniger Welchigen gewisslich nichtig jemalsig wiedersehen wird.«

»Ja«, flüsterte Chip traurig. »Schade. Ich hätte Sie wirklich gerne meinen Freunden vorgestellt. Die werden mir nie glauben, dass ich Sie kennengelernt habe.«

Wasmut zuckte die Achseln. »Ja, ja. Hauptsache, du räumst endlich mit dem nicht unalbalbernen Märchen auf, dass wir Leprechauns den Menschigen Geld und Gold geben. Das ist ein ganz nichtig unblöder Quatsch. Das würden wir niemals tun. Gold verschenken! Unsinn. Baff.«

»Das verspreche ich.«

»Gut. Dann verrät Welchiger dir jetzt noch ein kleines Geheimnis. Oben auf dem Schrank vom Apotheker … also neben der Flasche mit dem Heidelbeermus liegt ein nichtig unkleiner Batzen Geld. Ziemlich genau dreitausend Pfund.«

»Dreitausend Pfund?«

»Pssst!«

Chip hielt sich die Hand vor den Mund. »Dreitausend Pfund?«

»Der nichtig unböse Strolch hat es bestimmt nichtig auf ehrenhafte Weise an sich gebracht. Deswegen ist es kein Diebstahl, wenn ihr es benutzt. Nehmt das Geld und kauft euch was Schönes davon in Queensland.«

Chip war überwältigt von Dankbarkeit und wusste nicht, was er sagen sollte.

Dem Leprechaun war das peinlich. »Ach, und noch was.« Aus seiner Mäuseledertasche, in der auf unerklärliche Weise unendlich viel Platz zu sein schien, kramte er mit beiden Händen etwas hervor, das für ihn so groß wie ein Kochtopf war. Chip nahm es mit zwei spitzen Fingern. Es war ein Gläschen mit einer weißen Substanz.

Wasmut hatte das Mittel am Nachmittag gleich nach dem Glückspulver in der Kräuterküche des Apothekers hergestellt.

»Welchiger hat sich doch noch erinnert an eine nichtig unnütze Lektion aus der Kräuterschule«, sagte der grüne Kobold stolz. »Kauzfarn, Beerenknorpel und die Blüten von Silberdisteln und Blaufarz. Dazu noch ein paar nichtig ungrüne Kleinigkeiteiten. Und fertig ist die nichtig unfeine Wundsalbe. Besondonders gegen Brandstellen auf der Haut. Wenn du das dreimal auf die nichtig unböse Stelle am Arm reibst, wird baldig alles wieder gut.«

»Wieder gut?« Chip verstand nicht sofort.

»Du hast niemalsig wieder Schmerzen von der nicht undummen Brandverletzung.«

Chip war weiterhin sprachlos.

»Danke!«, brachte er schließlich heraus.

»Baff. Und jetzt wünscht Nämlicher dir und Deinigen eine nichtig ungute Reise ins Queensland. Und nichtig unfrohe Weihnachten. Oder, wie man bei uns sagt: *Nollaig Shona Duit!*«

Wasmut sprang mit einem Satz von der Stuhlkante, landete lautlos auf dem Boden und tippte sich mit dem Stock zum Gruß an den Zylinder.

»Ja«, sagte Chip, als der kleine Geselle mit federnden Schritten in der Dunkelheit verschwunden war. »Das wünsche ich Ihnen auch. Und auch Ihnen eine nichtig ungute Reise!«

Dann ließ er sich wieder in sein Kissen sinken, hielt das Gläschen mit der Wundersalbe fest in der Hand und schlief mit einem seligen Lächeln ein.

Leseprobe

KRISTIN HANNAH
Die Nachtigall
Zwei Schwestern. Die eine kämpft für die Freiheit.
Die andere für die Liebe.
ROMAN
RL

EINS

9. April 1995

AN DER KÜSTE VON OREGON

Wenn ich in meinem langen Leben eines gelernt habe, dann ist es Folgendes: In der Liebe finden wir heraus, wer wir sein wollen; im Krieg finden wir heraus, wer wir sind. Heutzutage wollen die jungen Leute alles über jeden wissen. Sie denken, über ein Problem zu reden wäre schon die Lösung. Ich stamme aus einer schweigsameren Generation. Wir haben verstanden, welchen Wert das Vergessen hat, wie verlockend es ist, sich neu zu erfinden.

In letzter Zeit allerdings ertappe ich mich dabei, wie ich an den Krieg denke und an meine Vergangenheit, an die Menschen, die ich verloren habe.

Verloren.

Das klingt, als hätte ich meine Liebsten irgendwo verlegt; sie vielleicht an einem Ort zurückgelassen, an den sie nicht gehören, und mich dann abgewendet, zu verwirrt, um wieder zu ihnen zurückzufinden.

Aber sie sind nicht verloren. Und auch nicht an einem besseren Ort. Sie sind tot. Heute, wo ich das Ende meines Lebens vor mir sehe, weiß ich, dass sich Trauer ebenso wie Reue tief in uns verankert und für immer ein Teil von uns bleibt.

Ich bin in den Monaten seit dem Tod meines Mannes und meiner Diagnose sehr gealtert. Meine Haut erinnert an knittriges Wachspapier, das jemand zum Wiedergebrauch glattstreichen wollte. Meine Augen lassen mich häufig im Stich – bei Dunkelheit, im Licht von Autoscheinwerfern oder wenn es regnet. Diese neue Unzuverlässigkeit meiner Sehkraft ist nervtötend. Vielleicht schaue ich deshalb in die Vergangenheit zurück. Die Vergangenheit besitzt eine Klarheit, die ich in der Gegenwart nicht mehr erkennen kann.

Ich stelle mir gern vor, dass ich Frieden finde, wenn ich gestorben bin, dass ich all die Menschen wiedersehe, die ich geliebt und verloren habe. Dass mir zumindest verziehen wird.

Aber ich weiß es besser.

Mein Haus, das von dem Holzbaron, der es vor mehr als hundert Jahren erbaute, *The Peaks* getauft wurde, steht zum Verkauf, und ich bereite meinen Umzug vor, wie mein Sohn es für richtig hält.

Er versucht, sich um mich zu kümmern, mir zu zeigen, wie sehr er mich liebt in dieser schweren Zeit, und deshalb lasse ich mir seine übertriebene Fürsorge gefallen. Was kümmert es mich, wo ich sterbe? Denn darum geht es im Grunde. Es spielt keine Rolle mehr, wo ich wohne. Ich packe das Strandleben von Oregon, zu dem ich mich vor beinahe fünfzig Jahren hier niedergelassen habe, in Kartons. Es gibt nicht viel, was ich mitnehmen will. Doch eine Sache unbedingt.

Ich greife nach dem von der Decke hängenden Griff, mit dem die Speichertreppe heruntergezogen wird. Die Stufen falten sich von der Decke wie der Arm eines Gentlemans, der die Hand ausstreckt.

Die leichte Treppe schwankt unter meinen Füßen, als ich in den Speicher hinaufsteige, in dem es nach Staub und Schimmel riecht. Über mir hängt eine einsame Glühbirne. Ich ziehe an der Schnur.

Es sieht aus wie im Frachtraum eines alten Dampfers. Die Wände sind mit breiten Holzplanken verkleidet, Spinnweben schimmern silbrig in den Winkeln und hängen in Strähnen von den Fugen zwischen den Planken herunter. Das Dach ist so steil, dass ich nur in der Mitte des Raums aufrecht stehen kann.

Ich sehe den Schaukelstuhl, in dem ich saß, als meine Enkel klein waren, dann ein altes Kinderbettchen und ein zerschlissenes Schaukelpferd auf rostigen Federn und den Stuhl, den meine Tochter gerade neu lackierte, als sie von ihrer Krankheit erfuhr. An der Wand stehen mit *Weihnachten*, *Thanksgiving*, *Ostern*, *Halloween*, *Geschirr* oder *Sportsachen* beschriftete Kartons. Darin sind Dinge, die ich nicht mehr oft benutze, von denen ich mich aber dennoch nicht trennen kann. Mir einzugestehen, dass ich zu Weihnachten keinen Baum schmücken werde, ist für mich wie aufzugeben, und im Loslassen war ich noch nie gut. Hinten in der Ecke steht, was ich suche: ein alter, mit Aufklebern gespickter Überseekoffer.

Mit einiger Anstrengung zerre ich den schweren Koffer in die Mitte des Speichers, direkt unter die Glühbirne. Ich hocke mich daneben, habe jedoch prompt solche Schmerzen in den Knien, dass ich mich auf den Hintern gleiten lasse.

Zum ersten Mal seit dreißig Jahren hebe ich den Deckel des Koffers. Der obere Einsatz ist voller Andenken an die Zeit, in der meine Kinder klein waren. Winzige Schuhe, Handabdrücke auf Tonscheiben, Buntstiftzeichnungen, die von Strichmännchen und lächelnden Sonnen bevölkert werden, Schulzeugnisse, Fotos von Tanzvorführungen.

Ich hebe den Einsatz aus dem Koffer und stelle ihn neben mir ab.

Die Erinnerungsstücke auf dem Boden des Koffers liegen wild durcheinander: mehrere abgegriffene ledergebundene Tagebücher; ein Stapel alter Postkarten, der mit einem blauen Satinband zusammengebunden ist; ein Karton mit einer eingedrückten Ecke; eine Reihe schmaler Gedichtbändchen von Julien Rossignol und ein Schuhkarton mit Hunderten Schwarzweißfotos.

Ganz oben liegt ein vergilbtes Stück Papier.

Meine Finger zittern, als ich es in die Hand nehme. Es ist eine *carte d'identité*, ein Ausweis aus dem Krieg. Das Bild im Passfotoformat. Eine junge Frau. *Juliette Gervaise.*

»Mom?«

Ich höre meinen Sohn auf der knarrenden Holztreppe, Schritte, die mit meinem Herzschlag übereinstimmen. Hat er schon vorher nach mir gerufen?

»Mom? Du solltest nicht hier oben sein. Mist. Die Stufen sind wacklig.« Er kommt zu mir. »Ein Sturz und …«

Ich berühre sein Hosenbein, schüttle langsam den Kopf. Ich kann den Blick nicht heben. »Nicht«, ist alles, was ich sagen kann.

Er geht in die Hocke, setzt sich zu mir. Ich rieche sein Aftershave, dezent und würzig, und auch eine Spur Rauch. Er hat heimlich draußen eine Zigarette geraucht, eine Gewohnheit, die er vor Jahrzehnten aufgegeben und nach meiner Diagnose vor kurzem wieder angenommen hat. Es besteht kein Grund, meine Missbilligung zu äußern. Er ist Arzt. Er weiß es selbst.

Instinktiv will ich den Ausweis in den Koffer zurückwerfen und den Deckel zuklappen, ihn wieder verstecken. Wie ich es mein Leben lang getan habe.

Doch jetzt sterbe ich. Vielleicht nicht schnell, aber auch nicht gerade langsam, und ich sehe mich gezwungen, auf mein Leben zurückzuschauen.

»Mom, du weinst ja.«

»Wirklich?«

Ich will ihm die Wahrheit sagen, aber ich kann es nicht. Es macht mich verlegen, und es beschämt mich, dieses Versagen. In meinem Alter sollte ich mich vor nichts mehr fürchten – und ganz bestimmt nicht vor meiner eigenen Vergangenheit.

Ich sage nur: »Ich will diesen Koffer mitnehmen.«

»Der ist zu groß. Ich packe die Sachen, die du haben willst, in eine kleinere Schachtel.«

Ich lächle bei seinem Versuch, mich zu kontrollieren. »Ich liebe dich, und ich bin wieder krank. Aus diesen Gründen habe ich mich von dir bevormunden lassen, aber noch bin ich nicht tot. Ich will diesen Koffer mitnehmen.«

»Wozu sollen dir denn die Sachen nützen, die da drin sind? Das sind doch nur unsere Zeichnungen und solches Zeug.«

Wenn ich ihm die Wahrheit längst erzählt oder wenigstens mehr getanzt, getrunken und gesungen hätte, wäre er vielleicht imstande gewesen, *mich* zu sehen statt einer verlässlichen, normalen Mutter. Er liebt eine Version von mir, die nicht vollständig ist. Ich dachte immer, das wäre es, was ich wollte: geliebt und bewundert zu werden. Doch jetzt denke ich, dass ich in Wahrheit richtig gekannt werden will.

»Betrachte es als meinen letzten Willen.«

Ich sehe ihm an, dass er sagen will, ich solle nicht so reden, aber er befürchtet, seine Stimme könnte schwanken. Er räuspert sich. »Du hast es schon zweimal geschafft. Du schaffst es wieder.«

Wir wissen beide, dass das nicht stimmt. Ich bin zittrig und schwach. Ohne medizinische Hilfe kann ich weder essen noch schlafen. »Natürlich schaffe ich es.«

»Ich will doch nur, dass du gut aufgehoben bist.«

Ich lächle. Amerikaner können dermaßen naiv sein.

Früher habe ich seinen Optimismus geteilt. Ich habe gedacht, die Welt sei ein sicherer Ort. Aber das ist schon sehr lange her.

»Wer ist Juliette Gervaise?«, fragt Julien, und es versetzt mir einen kleinen Schock, ihn diesen Namen aussprechen zu hören.

Ich schließe die Augen, und in der Dunkelheit, die nach Schimmel und längst vergangenem Leben riecht, schweifen meine Gedanken zurück in einem weiten Bogen, der über Jahre und Kontinente hinwegreicht. Gegen meinen Willen – oder vielleicht ihm zufolge, wer kann das wissen? – erinnere ich mich.